btb
Aus Freude am Lesen

btb

Buch

»Ich möchte«, hat Luciano De Crescenzo einmal in einem Interview verraten, »die Menschen von heute wieder für die antiken Erzählungen begeistern, denn diese sind erstens äußerst unterhaltsam – jede *soap opera* ist dagegen ein müder Abklatsch – und zweitens auch noch sehr lehrreich.« In seinem neuen Buch erzählt »der lachende Philosoph aus Neapel« die Geschichte des sagenhaften Odysseus, jenes griechischen Königs, der gegen seinen Willen in den Trojanischen Krieg zog, da ihm eine Rückkehr nach erst zwanzig Jahren geweissagt worden war. Das Orakel behielt recht, und die »Odyssee«, das Epos seiner abenteuerlichen Heimreise, zählt zu den großen Mythen der Weltliteratur.
Auf seiner langen Irrfahrt erwies sich Odysseus als unerschrocken und listig, intelligent und neugierig, aber auch als hinterhältig und verlogen, als Schwindler, Verräter und Aufschneider. Dank dieser Eigenschaften meisterte er mit Bravour auch die brenzligsten Situationen. Kein Wunder, daß De Crescenzo von Kindesbeinen an einen Narren an diesem Helden gefressen hatte. Seiner Meinung nach können wir alle ein bißchen von dem vielseitigen Odysseus lernen, um im verflixten Alltag besser zu bestehen …

Autor

Luciano De Crescenzo, geboren in Neapel, arbeitete als Ingenieur bei IBM, bis der überwältigende Erfolg von »Also sprach Bellavista«, sein Leben radikal veränderte. Heute gilt De Crescenzo als einer der erfolgreichsten italienischen Autoren der Gegenwart. Mit seinen amüsanten und kurzweiligen Betrachtungen über philosophische Fragen hat er sich eine treue Leserschaft erworben, mit seinen vergnüglichen Neubearbeitungen klassischer Stoffe wurde er zum Bestsellerautor.

Luciano De Crescenzo bei btb

Alles fließt, sagt Heraklit (72165)
Als Männer noch Helden sein durften (72151)
Kinder des Olymp (72150)
Die Kunst der Unordnung (72429)
Das Urteil des Paris (72153)
Von der Macht der Liebe (72152)

Luciano De Crescenzo

Der Listenreiche

Roman

Aus dem Italienischen von
Bruno Genzler

btb

Die Originalausgabe erschien 1997 unter dem Titel
»Nessuno« bei Arnoldo Mondadori Editore, Mailand

Umwelthinweis:
Alle bedruckten Materialien dieses Taschenbuches
sind chlorfrei und umweltschonend.

btb Taschenbücher erscheinen im Goldmann Verlag,
einem Unternehmen der Verlagsgruppe Bertelsmann.

1. Auflage
Genehmigte Taschenbuchausgabe Mai 2000

Umschlaggestaltung: Design Team München
Umschlagfoto: Artothek/Bayer@Mitko
Satz: Filmsatz Schröter GmbH, München
KR · Herstellung: Augustin Wiesbeck
Made in Germany
ISBN 3-442-72634-4

Lieber Leser,

am Schluß *meiner* Version der *Odyssee* verläßt Odysseus, nachdem er alle Freier getötet und nun endlich sein Königreich zurückerobert hat, die treue Gattin Penelope und sticht wieder in See. Warum nur? Weil Odysseus besessen ist. Von einer Sucht, die den Menschen dazu treibt, aufzubrechen und alles hinter sich zu lassen. Immer wieder. Eine Sucht, von der manche befallen sind, andere nicht. Wenn auch du diese Sehnsucht kennst, so wisse, daß im Hafen immer ein Schiff auf dich wartet. Mach dir keine Gedanken um das Gepäck. Frag nicht nach dem Fahrpreis. Frag nicht nach dem Ziel. Das einzige, was zählt, ist loszufahren.

Niemand

Als ich fünfzehn war, begeisterte mich Odysseus' List, sich dem Kyklop Polyphemos als «Niemand» vorzustellen, so sehr, daß ich meinen Vater bat, meinen Namen ändern zu lassen. Ich wollte auch Niemand heißen. Mein Vater jedoch, kein großer Liebhaber der klassischen Autoren, zeigte wenig Verständnis und antwortete ziemlich barsch: «Streng dich lieber an, damit du Jemand wirst. Und jetzt laß mich in Ruhe.»

Die *Odyssee* ist das erste Buch, das im Abendland veröffentlicht wurde. Das war so um 530 v. Chr., also ungefähr in der Epoche des athenischen Tyrannen Peisistratos, der aller Wahrscheinlichkeit nach auch der Herausgeber war. Homer hatte jedoch schon einige Jahrhunderte früher jenes berühmte Epos geschrieben, dessen unumschränkter Protagonist ein Held namens Ulysses oder auch Odysseus ist. Die Frage, ob er bei mir nun Ulysses oder Odysseus heißen soll, hat mich lange Zeit beschäftigt. Als Nachkomme der alten Römer hätte ich ihn eigentlich Ulysses nennen müssen, als Erzähler für ein hoffentlich breites Publikum aber Odysseus. Mein Pförtner Raffaele zum Beispiel weiß bei dem Namen Odysseus, von wem die Rede ist, bei Ulysses würde er nur ratlos den Kopf schütteln. Ein weiteres Dilemma: Sollte ich die einzelnen Kapitel «Gesänge» oder «Bücher» nennen? Ich habe mich schließlich, auch wenn ich nichts vorsinge, auf «Gesänge» festgelegt, weil die *Odyssee* ein Epos ist und Epen gewöhnlich in Gesänge unterteilt werden.

Die letzte Streitfrage: In welchem Jahrhundert fanden die Ereignisse, von denen Homer berichtet, überhaupt statt? Im vierzehnten oder im zehnten Jahrhundert vor Christus? Um es gleich vorwegzunehmen, es gibt weit und breit keinen Historiker, der uns genau sagen könnte, wann der Trojanische Krieg ausgebrochen ist. Für Duris von Samos war es das Jahr 1334 v. Chr., für Herodot 1250 v. Chr., für Eratosthenes von Kyrene 1184, für Ephoros von Kyme das Jahr 1135, andere sprechen von der Jahrtausendwende, wieder andere gar von der ersten Hälfte des 9. Jahrhunderts. Es gibt sogar einen Gelehrten, der sich zwar nicht auf ein Jahr festlegen will, dafür aber felsenfest vom genauen Datum überzeugt ist: Die Zerstörung Trojas, so sagt er, geschah am 5. Juni, Punkt zwanzig Uhr dreißig, mit anderen Worten: zur besten Sendezeit. Komplizierter wird die ganze Sache noch, wenn man bedenkt, daß Heinrich Schliemann bei seinen Ausgrabungen sage und schreibe neun «Trojas» ans Tageslicht brachte, neun Städte, übereinandergeschichtet am Berg Hissarlik, nur wenige Kilometer von den Dardanellen entfernt. «Unser» Troja müßte nach seinen Forschungen die siebte Stadt sein, und die Geschehnisse fanden nach Schliemann vermutlich um 1200 v. Chr. statt.

Klarheit herrscht hingegen über die Gründe, die zum Trojanischen Krieg führten, wobei der Raub der schönen Helena bloß eine romantische Erfindung der Dichter ist. Die historische Wahrheit sieht ganz anders aus: Es ging um handfeste Interessenkonflikte zwischen Griechen und Trojanern, die mit den Handelsrouten zwischen dem Schwarzen Meer und der Ägäis zusammenhingen. Die Troer waren nämlich ein Volk von *Camorristas*, die Tag und Nacht die Meeresstraße der Dardanellen überwachten und von allen Vorbeifahrenden Schutzgelder erpreßten. Eines schönen

Tages waren es die Griechen so leid, daß sie die Störenfriede aus dem Weg räumten. Das war alles.

Zu allen Zeiten schon wurde darüber debattiert, wie die *Odyssee* entstanden ist und wer sie tatsächlich geschrieben hat. Wir wollen uns an dieser Stelle weder zu eingehend auf die sogenannte «homerische Frage» einlassen, noch können wir hier klären, ob nun ein Herr namens Homer tatsächlich gelebt hat. Aber ganz egal, ob es nun keinen, einen oder womöglich sogar eine Reihe von Homers gegeben hat, eines steht jedenfalls fest: Die *Odyssee* war *die* TV-Serie der damaligen Zeit. Was machten denn die Reichen damals im achten Jahrhundert vor Christus nach dem Abendessen? Nichts Besonderes: Sie lauschten einem, häufig blinden, Liedermacher, der ihnen für eine warme Mahlzeit oder auch das ein oder andere kleine Geschenk eine spannende Fortsetzungsgeschichte vortrug. Und wer weiß, vielleicht dauerte Odysseus' Irrfahrt nur deshalb so lange, weil jede weitere Etappe auch eine weitere warme Mahlzeit für den Sänger bedeutete.

Doch was für ein Mensch war Odysseus eigentlich? Meiner Ansicht nach der einzige wahre Mann in den Epen Homers. Die vielen anderen Helden waren doch im Grunde nichts weiter als bloße Rambos, die es allein durch ihre Muskeln und nicht durch das, was sie im Kopf hatten, zu Ruhm und Ansehen brachten. Achill und Aias etwa, um nur zwei herauszugreifen, taten sich allein im Austeilen von Hieben und Schlägen hervor, und in einer Gesellschaft, in der Hiebe und Schläge sehr hoch im Kurs standen, erreichten sie mit diesem Können den Status von Halbgöttern. Odysseus hingegen vereinigte in sich alle Stärken und Schwächen, die ein Mensch nur haben kann. Er war unerschrocken und listig, intelligent und neugierig, ein Abenteurer und ein Familienmensch, aber auch hinterlistig und verlogen, ein Schwindler, Verräter und Aufschneider. Er war eben ein *poly-*, um ihn mit einem einzigen Wort zu definieren. Homer beschreibt ihn denn auch abwechselnd als *polytropos* (verschlagen, listig), *polymetis* (erfindungsreich), *polyphron* (sehr klug), *polymechanos* (sehr gerissen), *polyplanes* (weit umherirrend) und dergleichen mehr. Kurzum, er war «multipel», was immer er auch anpackte.

Odysseus ist der Star der *Odyssee*, so wie Achill der Star der *Ilias* ist. Platon erörtert in einem seiner Dialoge *(Hippias)*, wer von beiden der Bessere sei. Die Unterhaltung führen Sokrates und ein gewisser *Hippias*.

«Achill sagt immer die Wahrheit», behauptet Hippias, «und wenn er ausnahmsweise einmal lügt, dann ohne böse Absicht. Bei Odysseus hingegen ist die Lüge ein Laster; er lügt vorsätzlich, um ein Ziel zu erreichen.»

«Aber», wirft Sokrates ein, «wer ist denn dann der Intelligentere der beiden und damit auch der Bessere? Jener, der sich stets von neuem zwischen Lüge und Wahrheit entscheidet, oder jener, der lediglich das ausspricht, was ihm gerade in den Kopf kommt?»

«Ersterer», muß Hippias einräumen.

Und so geht das weiter, bis sich Hippias schließlich geschlagen gibt, auch weil er irgendwann einfach nicht mehr kann. Sokrates hatte ja die ermüdende Angewohnheit, sein Gegenüber unter den Tisch zu reden.

«Du hast mich überzeugt, o Sokrates», sagt Hippias zum Schluß, «doch nun laß mich endlich gehen.»

Da ich in diesem Buch aber sowohl vom Helden als auch vom Schwindler Odysseus erzählen werde, hielt ich es für angemessen, der *Odyssee* ein Schlußkapitel anzufügen, das sich allein mit dem Schwindler befaßt und in dem alles Herabsetzende, was über ihn zu finden war, zur Sprache kommen soll. Vielfach handelt es sich dabei um Gerüchte, die aber, wie man weiß, der Wahrheit oft sehr nahe kommen können.

Was hingegen Homers *Odyssee* betrifft, so habe ich sie in eine, sagen wir, «menschliche» Sprache übersetzt, eine modernere, dem Leser vertrautere Sprache, und den Geschehnissen immer wieder eigene Bemerkungen und Überlegungen angefügt.

Von der *Odyssee* gibt es sicher ein Dutzend verschiedene Ausgaben. Am bekanntesten ist noch immer die klassische Übersetzung von Johann Heinrich Voß aus dem Jahr 1781. Wer dagegen vor allem eine Version lesen möchte, die sich sehr nah am Original bewegt, mag zu der Prosaübersetzung von W. Schadewald von 1958 greifen.

Es konnte nicht ausbleiben, daß ich bei meiner Arbeit immer wieder abgeschrieben habe. Doch möchte ich in diesem Zusammenhang eine grundlegende Tatsache in Erinnerung rufen: Von einem einzigen Text abzuschreiben, ist geistiger Diebstahl, also eine strafbare Handlung. Wer jedoch von mehreren Texten abschreibt, «forscht», leistet also letztlich eine verdienstvolle Arbeit. Einigen wir uns also darauf, daß ich sehr ausgiebig geforscht habe. Dazu paßt übrigens auch, was Ugo Foscolo über den Homer-Bearbeiter Vincenzo Monti sagte, als er sich auf dessen *Ilias*-Übertragung bezog und ihn spöttisch als «großen Übersetzer der Homer-Übersetzer» bezeichnete.

ERSTER GESANG

Der Ratschluß der Götter

Hier wird erzählt, wie die Göttin Athene sich bei Zeus über das ungnädige Schicksal beschwert, mit dem Odysseus geschlagen wurde, der einzige Archäer, der nach der Zerstörung Trojas noch nicht ins Vaterland zurückgekehrt ist. In Mentes Gestalt begibt sie sich nach Ithaka und berät Odysseus' Sohn Telemachos.

«Sage mir, Muse, die Taten des vielgewanderten Mannes,
Welcher so weit geirrt, nach der heiligen Troja Zerstörung»

So beginnt die *Odyssee*, der schönste Abenteuerroman, der je geschrieben wurde. Schauplatz des ersten Gesangs ist zunächst der Olymp.

Zeus betrat das *synedrion*, den Großen Ratssaal, und alle Götter erhoben sich. Nicht, daß sie ihm solch eine wahnsinnige Ehrfurcht entgegengebracht hätten, aber sie kannten ihn eben und wußten, welch großen Wert er auf gute Umgangsformen legte. So hatte er einmal die Insel eines Götterkollegen ein ganzes Jahr lang unter Wasser gesetzt, nur weil dieser bei einem Festmahl vor ihm zu essen begonnen hatte.

Die Versammlung war fast vollzählig. Abgesehen von Hades, dem Herrscher über das Schattenreich, der nie zum Olymp hochkam, hatten sich nur Artemis, die Göttin der Jagd, und der Erderschütterer Poseidon entschuldigen lassen. Letzterer hatte eine Reise nach Äthiopien, also ans Ende der Welt, angetreten, um dort irgendeine Hekatombe zu genießen. Aber das war typisch für ihn: Es genügte, daß selbst ein vollkommen Unbekannter in der hintersten Ecke des Planeten ein paar hundert Schafe abschlachtete und dabei laut den Namen des Meeresgottes anrief, schon eilte Poseidon herbei. So ungefähr nach dem Motto: «Ihr könnt mir alles nehmen, aber wehe, ihr vergreift euch an meinen Hekatomben.»

Als erste ergriff Athene, die Göttin mit den strahlenden Augen, das Wort.

«O Sohn des Kronos», sprach sie, an Zeus gewandt. «Der Krieg, der die Strände von Ilios so lange mit Blut getränkt hat, ist vorüber. Das Schicksal aller Krieger hat sich auf die eine oder andere Weise erfüllt. Viele verloren ihr Leben, im Zweikampf mit dem Schwert in der Hand, bei der Rückkehr auf dem Meer oder gar in dem Moment, als sie endlich heimischen Boden betraten. Anderen war es durch deinen Großmut, o Göttlicher, vergönnt, Gemahlin und zarte Kinder wieder in die Arme zu schließen. Nur ein einziger der Helden, Odysseus genannt, kreuzt noch auf den fischreichen Meeren.

Mit Koseworten und Schmeicheleien hält ihn seit gut sieben Jahren die wollüstige Kalypso, eine Tochter des Atlas, auf einer verlassenen Insel gefangen. Bittere Tränen vergießt der Unglückliche beim Gedanken an den Rauch, der den Kaminen Ithakas entsteigt, an die Gattin in der Ferne und den Sohn, dessen Gesicht er noch nicht kennt. Er möchte fort, doch die schöngelockte Nymphe läßt ihn nicht ziehen. Unsterblichkeit und ewige Jugend verspricht sie ihm und vergißt dabei, daß für einen Sterblichen sieben Jahre sieben Ewigkeiten bedeuten. Und deshalb frage ich dich: Warum haßt du Odysseus so sehr, daß du ihn am Heimweh zugrunde gehen läßt?»

Den Sitzungssaal müssen wir uns wie das italienische Parlament vorstellen, abgesehen vielleicht von den Sitzgelegenheiten – Holzbänke auf dem Montecitorio und goldene Sessel auf dem Olymp. Auf einem etwas erhöhten Thron in der Mitte des Raums residierte der Göttervater Zeus. Neben ihm, eine Handbreit tiefer als er, aber wirklich nur eine Handbreit, seine Gattin Hera, und gegenüber, im Halbkreis, alle anderen Götter. Unter denen auf der rechten Seite ragte der Kriegsgott Ares hervor. Unter jenen auf der linken Hephaistos, der Gott der Metallarbeiter.

Zeus mußte schmunzeln über Athenes leidenschaftliche Parteinahme für Odysseus, überrascht war er jedoch nicht. Schließlich hatte der Trojanische Krieg die Götter des Olymps in zwei Lager gespalten: Auf der einen Seite die Fans der Achäer, auf der anderen die der Troer. So hatte Athene von Anfang an die Griechen unterstützt, während sich Poseidon, der Odysseus haßte, keine Gelegenheit entgehen ließ, die Achäer zu vernichten, besonders wenn er einen von ihnen auf dem offenen Meer erblickte. Zeus hingegen war im Grunde neutral, was darin zum Ausdruck kam, daß er die eine wie die andere Seite mit derselben Hartnäckigkeit verfolgte, ohne sich um die Farbe der Trikots zu scheren.

«Viele glauben, o meine alleinige Tochter*, daß alles, was auf Erden geschieht, auf meinen Willen zurückgeht. Doch

* Eines Tages hatte Zeus unerträgliche Kopfschmerzen. Da die Kopfschmerztabletten noch nicht erfunden waren, ließ er sich von Hephaistos den Schädel spalten. Aus dem Spalt entstieg Athene, was zum einen Zeus' Kopfschmerzen erklärt, zum anderen aber auch, warum der Göttervater Athene «meine alleinige Tochter» nennt. Die erste Klonung der Geschichte.

so einfach laufen die Dinge nicht. Nehmen wir zum Beispiel den Fall des edlen Ägisthos, der es sich in den Kopf gesetzt hatte, König Agamemnon zu töten, um ihm dessen Reich und dessen Gemahlin zu entreißen. Ich versuchte ihn noch zu warnen, indem ich Hermes, den Boten mit den scharfen Augen, zu ihm sandte. Doch vergeblich. Der Dickschädel führte seinen verbrecherischen Plan dennoch aus und wurde dafür später, wie ihm geweissagt war, von dem tapferen Orestes, Agamemnons Sohn, abgeschlachtet. Und nun frage ich dich und euch alle: Wer ist schuld an dem ganzen Drama? Zeus, der alles überwacht, oder Ägisthos, der darauf bestand, sich mit Agamemnons rechtmäßiger Gattin fleischlich zu vereinigen? – Doch kehren wir zu dem Mann zurück, der alle anderen Sterblichen an Klugheit überragt: Odysseus. Der jähzornige Poseidon stellt sich dessen glücklicher Rückkehr entgegen, und du weißt, daß mein göttlicher Bruder nicht zu jenen gehört, denen Vergebung leichtfällt. Auf der anderen Seite ist auch der listige Odysseus so unschuldig nicht. Immerhin waren es seine Männer, die die heiligen Kühe des Sonnengottes schlachteten, und er selbst blendete den Kyklopen Polyphemos, Poseidons Sohn, den ihm die Nymphe Thoosa nach der Vergewaltigung in einer dunklen Grotte geboren hatte. Dies alles erklärt wohl hinlänglich, warum es deinem Schützling bisher nicht gelang, ins Land seiner Väter heimzukehren.»

Obwohl Zeus das Prinzip des freien Willens so einleuchtend erklärt hatte, drängte Athene weiter:

«Was Ägisthos angeht, so muß ich dir recht geben, o Vater. Er erhielt seine gerechte Strafe. Und auf die gleiche Weise mögen all jene sterben, die sich gegen Könige und Königssöhne erheben. Doch bitte ich dich, göttlicher Vater, sende auf der Stelle deinen treuen Hermes zur Insel Ogygia, damit er der wollüstigen Nymphe Kalypso mitteile, daß die Götter die Heimkehr des tapferen Odysseus beschlossen haben. Ich selbst werde mich unterdessen nach Ithaka begeben, wo sich eine Schar anmaßender junger Männer, die sich Odysseus' Thron bemächtigen wollen, im Königsschloß eingenistet hat und die Gemahlin des Helden bedrängt. Ich werde Odysseus' Sohn Telemachos dazu ermuntern, sich zu Nestor nach Pylos und zu Menelaos nach Sparta zu begeben, um diese zu befragen, ob sie etwas vom Schicksal seines Vaters wissen.»

Telemachos hatte bei all dem eine furchtbare Wut im Bauch. Hilflos mußte er mit ansehen, wie diese unverschämten Freier in seinem Hause kampierten, grölten, fluchten, Ochsen und ganze Schafherden schlachteten und den Mägden nachstellten. Und das ließ ihm keine Ruhe mehr. Hätte sich ihm die Möglichkeit geboten, würde er keinen Moment gezögert haben, sie alle umzubringen, vom ersten bis zum letzten Mann. Aber wie sollte das gehen? Er war so jung, noch keine zwanzig Jahre alt, und stand ganz allein dieser Horde streitlustiger Trunkenbolde gegenüber. Irgend etwas sagte ihm, daß es am klügsten war, möglichst wenig aufzufallen. Und so hielt er sich die meiste Zeit in der Küche bei der Dienerschaft oder in Gesellschaft seiner treuen Amme Eurykleia auf. Die hatte ihn schon auf die Welt kommen sehen, genau wie davor schon seinen Vater Odysseus. Und dessen Vater wiederum, sein Großvater Laërtes also, hatte sie einst für nur zwanzig Ochsen gekauft. Es wird berichtet, das damals vierzehnjährige Mädchen habe zu jener Zeit einen solch festen Busen gehabt, daß sogar Aphrodite selbst hätte neidisch werden können. Trotz ihrer Schönheit hatte der weise Laërtes jedoch darauf verzichtet, mit Eurykleia ins Bett zu gehen. Er muß wohl gespürt haben, daß sie mit ihrer Sanftheit und Herzenswärme zum Kindermädchen besonders geeignet war und daß es ratsamer wäre, eine vertrauenswürdige Person im Kinderzimmer zu haben als bloß eine weitere Geliebte unter den vielen anderen im Gynäkeion.

Die Freier hatten sich im Palast eingenistet und warteten darauf, daß Penelope einen Nachfolger für Odysseus bestimmen würde, der auch jetzt, zehn Jahre nach Beendigung des Trojanischen Krieges, immer noch nicht heimgekehrt war und auch kein Lebenszeichen von sich gegeben hatte. Wahrscheinlich waren die Männer nicht unbedingt verrückt nach Penelope, die sicher immer noch eine schöne Frau war, wenn auch schon ein wenig verblüht. Ihr eigentliches Ziel war der Thron von Ithaka, ein Anspruch, der nur durch eine Heirat mit der Königin zu legitimieren war. Penelope jedoch hielt die Freier Tag für Tag hin, sehr zur Freude von Telemachos und auch der weniger favorisierten Freier, die, solange noch keine Entscheidung gefallen war, nach Herzenslust saufen und sich den Bauch vollschlagen konnten.

«Ach, wenn doch nur mein Vater wiederkäme!» seufzte Telemachos. «Wie kurz würde das Leben jener Männer sein.»

Währenddessen dachten die Edlen von Zakynthos, Same, Dulichion und Ithaka, mitnichten verschreckt ob dieser Möglichkeit, überhaupt nicht daran, ihren Griff zu lockern, und der arme Telemachos wußte schon nicht mehr, wohin er sich noch verkriechen sollte.

Gerade heute hatte das Festmahl ein nicht mehr zu unterbietendes Niveau erreicht. Nicht nur waren die Freier mal wieder sturzbetrunken, sondern sie jagten auch noch halbnackt den jungen Mägden durch den Saal hinterher und versuchten, sie auf die Liegen zu zerren: Schreie verängstigter Frauen, obszöne Gesänge, Gegröle, Herolde, die Wein wie Wasser ausschenkten – kurzum, eine Aneinanderreihung abstoßendster Szenen.

Übertreibt Homer in der Beschreibung da nicht ein wenig? Schon möglich, andererseits aber auch verständlich. Denn ohne eine ausführliche Darstellung aller Schandtaten der Freier ist am Schluß die Grausamkeit nicht zu rechtfertigen, mit der Odysseus das Treiben beendet. Und so fühlt Homer sich als der gute Drehbuchschreiber, der er ist, gewissermaßen dazu verpflichtet, die Herrn Freier stets im schlechtesten Licht auftreten zu lassen.

An jenem Abend jedenfalls trat ein alter Diener, empört über das, was er da mit ansehen mußte, zu Telemachos, um seinem Herzen Luft zu machen.

«O mein Herr», flüsterte er ihm ins Ohr, «das Fest der Freier ist an Schamlosigkeit nicht mehr zu überbieten, und gerade jetzt schickt sich deine Mutter, die göttliche Penelope, an, in die Halle, das *megaron*, hinabzusteigen.»

In der Hoffnung, seine Mutter noch rechtzeitig zurückhalten zu können, sprang Telemachos auf, doch die Königin durchquerte schon mit verschleiertem Gesicht den Saal und hielt auf den Sänger Phemios zu, der gerade dabei war, die schwierigen Heimfahrten der achäischen Helden zu besingen.

Ein plötzliches Schweigen hatte sich über die Gesellschaft gelegt und begleitete Penelopes Gang.

«O mein guter Phemios», sagte Penelope zu dem Aöden, «warum besingst du immerfort diese traurigen *nostoi*, die tragischen Heimfahrten der griechischen Helden aus dem Trojanischen Krieg? Du weißt doch, daß mein Herz mit Trauer erfüllt ist um den Mann, den ich liebe. Warum singst du nicht eine erbaulichere Geschichte nach deiner Wahl und verzichtest darauf, mein zerrissenes Herz noch weiter zu quälen?»

«O Mutter», unterbrach Telemachos sie, «du solltest es Phemios nicht zum Vorwurf machen, daß er das traurige Schicksal der Achäer besingt. Es ist ja nicht seine Schuld, daß viele Helden nicht in ihre Heimat und in die Arme ihrer Liebsten zurückkehren durften. Die Götter haben es so gewollt. Und du kehre lieber wieder in deine Gemächer zu Spindel und Webstuhl zurück. Um die Angelegenheiten und Gespräche der Männer will ich mich kümmern, denn schließlich bin ich es, der in diesem Haus befiehlt und herrscht.»

Als er diese für einen Jungen seines Alters recht überheblichen Worte gesprochen hatte, bemerkte er unter dem Portikus einen Mann, der eine bronzene Lanze in der Rechten hielt. Sein Aussehen war hochherrschaftlich, ja geradezu blendend, und bei genauerem Hinsehen konnte man etwas Weibliches in seinen Gesichtszügen entdecken. Telemachos hätte sich nicht gewundert zu erfahren, daß jener Mann ein Gott sei. So stürzte er auf ihn zu, um ihn willkommen zu heißen, wobei er sich fragte, warum sich noch niemand um den edlen Gast gekümmert hatte.

«Sei gegrüßt, o Fremder», sagte er, als er ihm mit einem breiten Lächeln im Gesicht entgegentrat. «Willkommen in meinem Hause. Koste von unseren Speisen, ruhe dich von der langen Reise aus und erzähle uns dann, wenn dir der Sinn danach steht, wer du bist, welchem Geschlecht du entstammst und was dich zu uns führt.»

Diese überaus freundliche Aufnahme war im antiken Griechenland keineswegs ungewöhnlich. Gastfreundschaft war damals so etwas wie ein religiöses Gebot, etwas Heiliges, dem sich niemand entziehen konnte. Und ein Fremder wurde niemals mit zu persönlichen Fragen belästigt, zumindest nicht, bis er es sich bequem gemacht und sich gestärkt hatte. Anders als heute, in unseren mit Sprech- und Alarmanlagen gesicherten Häusern, wo einem, wenn man sich nicht ausgiebig vorstellt, so leicht keiner die Türe aufmacht.

Doch zurück zu Telemachos und seinem Gast. Athene, denn um sie handelte es sich, antwortete nicht. Sie trat ein paar Schritte vor, warf einen Blick ins *megaron* und fragte Telemachos:

«Sag mir, o junger Fürst, was ist das für ein Festmahl? Wer sind diese Gäste? Und wieso hast du sie geladen? Handelt es sich vielleicht um einen alten Brauch, an den du dich gebunden fühlst? Oder um ein Hochzeitsmahl? Ein Essen unter guten Freunden scheint mir das jedenfalls nicht zu sein, da alle so gierig zugreifen, als wenn sie den Hals nicht voll bekommen könnten.»

«O werter Gast», antwortete Telemachos, «vielleicht wird dich meine Antwort empören, doch dies sind alles Parasiten, die nichts anderes im Kopf haben, als zu fressen, zu saufen und den Mägden nachzusteigen. Was nicht weiter verwunderlich ist, da es sich um die Güter eines anderen Mannes handelt, eines Helden, dessen bleiche Knochen vielleicht schon auf dem weiten Meer dahintreiben oder unter dem Regen eines fernen Landes vermodern. Doch sag mir, Fremder: Wer bist du, und womit kann ich dir dienen?»

Und die Göttin mit den azurblauen Augen antwortete:

«Ich heiße Mentes und bin der Sohn des tapferen Anchialos, der über das Seefahrervolk von Taphos herrscht. Ich kam über das Meer, um funkelndes Eisen gegen Bronze zu tauschen, und bringe dir Neuigkeiten von deinem Vater. Ich hörte, daß er noch nicht tot ist, sondern auf einer Insel lebt, umgeben vom unendlichen Meer. Eine Tochter des Titanen Atlas soll ihn dort mit weiblicher List gefangenhalten. Und nun höre, was ich dir voraussage, denn durch mich sprechen die Götter: Odysseus wird zurückkehren. Ihm wird die Flucht gelingen, auch wenn er in hundert Ketten liegen sollte, denn er ist stark und listig. Du aber rüste das trefflichste Schiff mit zwanzig Gefährten und eile, Kundschaft dir zu holen von deinem Vater. Mache dich auf die Reise nach Pylos und befrage den greisen, ruhmreichen Nestor, und dann ziehe weiter nach Sparta zum bräunlichgelockten Menelaos, der von allen Achäern als letzter sein Vaterland wiedersah. Wenn diese gerechten und weisen Könige dir sagen, daß dein Vater lebt, so warte ab und ertrage das schamlose Treiben der Freier noch ein weiteres Jahr. Sollte sich aber doch herausstellen, daß Odysseus tot ist, so überrede deine Mutter, sich einen neuen Gatten zu wählen.»

«Wie freundlich hast du geredet, göttlicher Gast», antwortete Telemachos, «wie ein Vater zum Sohn, und dafür danke ich dir. Verweile noch ein wenig bei uns, erfrische dich mit einem Bad, daß es dir wohlergehe an Körper und Seele.»

Nachdem er sich bei dem Fremden bedankt hatte, kehrte Telemachos in den Saal zurück, wo ihn die mißtrauischen Freier, die befürchteten, daß jemand ihre ehrgeizigen Pläne durchkreuzen könnte, sogleich einem strengen Verhör unterzogen.

Eurymachos, der Sohn des Polybos, hielt sich nicht mit einer langen Vorrede auf:

«Raus mit der Sprache, o Telemachos, mit wem hast du

draußen gesprochen? Wer war der Mann? Vielleicht ein Fremder, der dir Neuigkeiten von deinem Vater brachte? Woher kam er? Seinem Aussehen nach schien er von edler Herkunft zu sein. Ich hätte ja gerne selbst mit ihm gesprochen, wäre er nicht so plötzlich verschwunden.»

Und Telemachos erwiderte:

«Keine Sorge, o Eurymachos. Ich glaube nicht, daß mein Vater so bald zurückkehren wird. Ich traue keinen Botschaften mehr, wer immer sie auch überbringen möge, und auch keinem Orakel, wie sie meine Mutter unablässig befragt.»

ZWEITER GESANG

Der Jüngling Telemachos

Telemachos beruft eine Versammlung ein, um das Volk dazu zu bringen, sich gegen die Freier zu erheben. Von diesen verhöhnt, bittet er um ein Schiff, um nach Pylos und Sparta zu segeln und nach dem Verbleib seines Vaters zu forschen.

Man muß wissen, daß Ithaka eine ganz arme, vorwiegend von Schafen und Schäfern (mehr Schafen als Schäfern genaugenommen) bewohnte Insel war. Nicht vergleichbar mit Kreta oder Mykene, wo es zum Alltag gehörte, daß das Volk zusammenlief, um einem Redner zu lauschen. Auf Ithaka muß solch eine Versammlung, noch dazu von einem Jüngling wie Telemachos einberufen, ein Ereignis gewesen sein, so daß es nicht verwunderlich war, daß sich innerhalb einer halben Stunde der Platz vor dem Palast bis zu den angrenzenden Gäßchen gefüllt hatte. «Was ist los?» fragten sich die Leute. «Eine Versammlung? Und das auch noch um die Mittagszeit, wenn die Sonne am höchsten Punkt steht und die Hitze unerträglich ist?» Von überall her strömten die Menschen herbei, einige sogar von den benachbarten Inseln. Und natürlich waren auch die Freier zugegen.

Sei es nun, daß ihn ein heiliger Zorn gepackt oder daß Athene ihm eine zusätzliche Dosis Schönheit verliehen hatte, jedenfalls erhob sich, als Telemachos auf den Balkon des Palastes trat, ein bewunderndes «Oh!» aus der Menge. So schön, so groß, so stolz hatte den jungen Prinzen bis dahin noch niemand gesehen. Seine Miene wirkte entschlossen, wie die eines Menschen, der weiß, was er will, und alles dafür tun wird, um es zu erreichen. Mit einem Ruck riß er einem Herold das Zepter aus der Hand und hob mit einer Autorität zu sprechen an, die ihm niemand der Anwesenden zugetraut hätte.

«O Volk von Ithaka, ein doppelter Fluch lastet auf meinem Haus, und ich bin es, der in erster Linie darunter zu leiden hat. Zunächst verlor ich den tapferen Vater, und dann machte sich in meinem Palast eine Horde dreister Emporkömmlinge breit, die sich anmaßen, Odysseus zu ersetzen, sowohl auf dem Thron, der allein mir zusteht, als auch im Bett meiner Mutter. Sie haben sich bei mir eingenistet und tun den ganzen Tag nichts anderes, als meine Ochsen zu zerlegen, meine Lämmer zu braten, meine Schafe zu schlachten und den Rotwein aus meinem Weinberg zu trinken. Kein Bewohner Ithakas und, wie ich zu meiner Schande gestehen muß, auch niemand aus meiner Familie ist in der Lage, diesem ruchlosen Treiben Einhalt zu gebieten. Und deshalb rufe ich die Freier hiermit auf: Kommt zur Besinnung und kehrt in eure eigenen Paläste zurück, wollt ihr verhindern, daß euch die Götter eines Tages für euer schamloses Tun bestrafen.»

Mit diesen Worten schleuderte er das Zepter vom Balkon und brach in Tränen aus. Die Menschen, denen eher seine Tränen als seine Ansprache zu Herzen gingen, senkten schweigend die Köpfe. Nicht so Antinoos, der freche Sohn des Eupeithes und Anführer der Freier.

«O Telemachos, sehr verwegen von dir, solche Lästerungen über uns auszusprechen, aber du bist wirklich ungerecht! Es ist doch nicht unsere Schuld, daß wir länger als geplant schon in deinem Hause zu Gast sind. Es ist die

Schuld deiner Mutter, die uns seit bald vier Jahren zum Narren hält. So lange zögert sie schon die Entscheidung über einen Nachfolger ihres Gatten hinaus. So versprach sie uns zwar eine endgültige Antwort, wenn sie irgend so ein Tuch für den alten Laërtes fertig gewebt habe, doch gerade gestern mußten wir von einer Magd erfahren, daß Penelope tagsüber an diesem verfluchten Tuche webt, aber das Gewebte des Nachts wieder auftrennt. Deine Aufgabe, Telemachos, ist es nun, dich zu ihrem Vater Ikarios zu begeben, damit dieser sie zu einer zweiten Heirat verpflichtet. Denn wisse, wir Freier werden erst dann den Palast verlassen und in unsere Häuser zurückkehren, wenn sie, die Göttliche, eine Entscheidung getroffen hat.»

Diese Sache mit Penelopes Tuch ist wirklich eine außergewöhnliche Geschichte, ein leuchtendes Vorbild für alle möglichen Verzögerungsstrategien. Die Königin weiß, daß sie angesichts der Schwäche ihres Landes die Freier nur dann an einer Machtübernahme hindern kann, wenn sie sie mit einer List hinhält. Und dazu benutzt sie die weiblichste aller Künste: das Weben. So entstand die Redensart «Penelopes Tuch weben» oder die Kunst, eine Entscheidung *sine die* zu verschieben.

Antinoos hatte kaum zu Ende gesprochen, da geschah etwas Seltsames: Vom Gipfel des Berges Neiritos flogen zwei Adler heran, und zwar so pfeilschnell, daß man sie für Blitze des Göttervaters Zeus hätte halten können. Und als sie über der Menge waren, begannen sie, sich mit Schnäbeln und Krallen gegenseitig so kräftig zu beharken, daß die Federn flogen, wandten sich dann nach rechts und schwebten im Tiefflug über die Dächer der Stadt davon. Keiner der

Anwesenden war so kühn, eine Deutung des Vorfalls zu wagen, bis auf einen alten Mann namens Halitherses, dem einzigen auf der Insel, der den Vogelflug zu lesen verstand.

«Höre mich an, Volk von Ithaka», begann Halitherses, «und auch ihr Freier, hört mir gut zu. Denn ihr seid es, zu denen Zeus soeben gesprochen hat. Er hat euch gewarnt, denn über euren Köpfen braut sich ein gewaltiges Unwetter zusammen. Nicht mehr lange wird der göttliche Odysseus dieser sonnenreichen Insel fernbleiben, und ist er erst wieder da, wird er fürchterlich Rache an euch nehmen. Daher rate ich euch, schenkt meiner Weissagung Glauben und verhaltet euch dementsprechend. Zu euch spricht kein Neuling auf diesem Gebiet, ich spreche aus Erfahrung.»

Wie alle Wahrsager wußte auch Halitherses, daß nur besonders schlimme oder besonders schöne Vorhersagen Beachtung finden. Nun hatten die Freier zwar aufmerksam zugehört, doch anfreunden konnten sie sich mit der Weissagung nicht. Es war Eurymachos, der Unsympathischste von allen, der Halitherses anfuhr:

«Geh nach Hause, Alter, und hebe dir die Weissagungen lieber für deine Kinder auf, falls du welche hast. Und paß auf, daß sich nicht über deren Häuptern ein Verhängnis zusammenbraut! Auch ich kenne mich mit Weissagungen aus und kann dir sagen, daß nicht jeder Vogelflug etwas bedeuten muß. Odysseus, das weiß doch mittlerweile jedes Kind, ist tot, tot, tot. Und es wäre kein Unglück, wenn dich das gleiche Schicksal treffen würde. Dann könntest du wenigstens nicht mehr die Seele des armen Telemachos weiter aufwühlen. Der Junge ist schon verstört genug. Es ist wahrlich keine Kunst, seine Hoffnungen mit falschen Vorhersagen zu nähren. Aber damit stiftest du nur Unheil, denn die Enttäuschung wird um so größer sein. Eins sollte euch allen klar sein: Wir Freier haben nicht die Absicht, das Quartier zu wechseln. Und anstatt uns zu verleumden, sollte sich auch der junge Prinz damit abfinden und seine Mutter lieber dazu bringen, sich auf eine Hochzeit vorzubereiten.»

Telemachos drängte es, mit den passenden Worten zu antworten, erwies sich dann jedoch als würdiger Sohn seines Vaters Odysseus, das heißt, er dachte nach und unterbreitete dann einen Kompromißvorschlag.

«O Eurymachos, und ihr, edle Fürsten», sagte er, «laßt uns den Streit begraben und in Ruhe einen Beschluß fassen: Gebt mir ein rüstiges Schiff und zwanzig starke Ruderer, denn ich will nach Pylos am Meeresstrand und nach Sparta, das im Gebirge versteckt liegt, aufbrechen, um bei den weisen, ruhmreichen Königen, Nestor und Menelaos, nach dem Verbleib meines Vaters zu forschen. Wenn diese mir versichern, daß er noch lebt, werde ich ein weiteres Jahr erdulden und auf seine Rückkehr warten, wie bedrängt ich auch sein mag. Höre ich aber, er sei gestorben, will ich dem Vater ein Totenmal errichten und meiner Mutter einen Mann geben.»

Telemachos Plan stieß jedoch nicht auf einhellige Zustimmung. Aus der Menge erhob sich Mentor, einer der engsten Freunde Odysseus', und sprach:

«Wegen der anmaßenden Freier, die schamlos die Güter meines Freundes verzehren, will ich mich jetzt gar nicht ereifern. Sondern das Volk will ich schelten, das so gleichgültig dem Rauben zusieht und die Blutsauger nicht davonjagt, so wie sie es verdient hätten. Volk von Ithaka, du bist feige, denn du bist zahlreich und der Freier sind wenige. Deshalb rufe ich dir zu: Verhüll dein Haupt und wisse, daß ein Volk, das ...»

«O Mentor, du törichter alter Narr», fiel ihm Leiokritos,

der Sohn des Euenor, ins Wort. «Was redest du nur für einen Mist! Sei lieber still und öffne deinen Mund nur zum Atmen. Du hetzt das Volk gegen uns auf, obwohl du weißt, daß es in einem Kampf gegen uns unterliegen würde. Niemand wird uns aus dem Palast vertreiben, solange wir hier genug zu essen und zu trinken haben. Wenn wir gehen, dann nur freiwillig. Noch nicht einmal Odysseus könnte uns dazu zwingen, er stände allein gegen uns und würde früher oder später den kürzeren ziehen. Und ihr, Bewohner Ithakas, geht heim. Und du, Jüngling, hör endlich auf, hier rumzujammern. Du weißt doch sehr genau, daß wir dir niemals ein Schiff geben würden.»

Leiokritos' Worten schlossen sich sogleich andere Freier an, wobei sich wieder Antinoos hervortat. Er tauchte plötzlich hinter Telemachos auf, reichte ihm die rechte Hand zur Versöhnung und meinte mit einem spöttischen Lächeln:

«Mein Junge, sei vernünftig. Leiokritos hat recht. Stell das Gejammer ein und komm mit uns zu Tisch. Du mußt doch noch wachsen, und ein wenig Nahrung könnte dir nicht schaden.»

Doch Telemachos stieß angewidert die Hand zurück: «Mit dir, Antinoos», sagte er, «würde ich mich nie an einen Tisch setzen. Reicht es dir nicht, all meine Vorräte zu verprassen? Willst du jetzt auch noch meine Zustimmung dazu? Denk an meine Worte: Eines Tages werde ich dich für alles, was du uns angetan, bezahlen lassen.»

Telemachos' Worte gingen in schallendem Gelächter unter.

«Hört, hört, der Kleine plant unseren Untergang!» höhnten die Freier. «Er will uns alle niedermetzeln, bis zum letzten Mann. O Zeus, was sollen wir bloß tun? O erhabener Zeus, stehe uns bei!»

«Sieh dich nur vor, Telemachos», rief einer von ihnen mit Lachtränen in den Augen, «daß dich nicht das gleiche Schicksal wie deinen Vater ereilt. Für uns würde das nur noch mehr Arbeit bedeuten. Wenn auch du jahrelang auf den Meeren herumirrst, müßten wir nicht nur die Güter deines Vaters, sondern auch noch die deinen durchbringen. Und ich weiß nicht, ob wir das schaffen würden.»

Doch mit wie vielen Freiern hatten es Penelope und Telemachos eigentlich zu tun? Insgesamt werden es wohl fünfzig, höchstens sechzig junge Männer aus angesehenen Familien, teilweise von Ithaka, teilweise von benachbarten Inseln, gewesen sein. Manche Quellen sprechen auch von hundertacht, die Dienerschaft eingeschlossen. Homer beschreibt sie als Kriminelle, für uns, die wir objektiv sind, handelt es sich eher um Opportunisten. Nach einem zwanzigjährigen Machtvakuum kann es schließlich nicht verwundern, wenn es ein Gerangel um die Stellung gibt, die der Verschollene geräumt hat. Und die Gelegenheit war ja wirklich günstig, denn welche Kontrahenten hatten diese Freier schon? Eine vierzigjährige sanftmütige Frau und einen nicht überdurchschnittlich aufgeweckten Jüngling. Außerdem – was taten sie eigentlich so Schlimmes? Im Grunde beschränkten sie sich darauf zu essen, zu trinken und sich mit den Mägden zu amüsieren. Wer wollte sie wegen solcher Kleinigkeiten verurteilen?

Telemachos löste nun, nachdem er das Angebot der Freier, mit ihnen zu lagern, abgelehnt hatte, die Versammlung auf und wollte sich in seine Gemächer zurückziehen. Er stand gerade im Flur, als ihm erneut Athene, diesmal in Mentors Gestalt, entgegentrat.

«Höre, o Telemachos», sprach die Göttin ohne lange Vorrede, «suche sogleich deine Mutter auf und bereite Proviant für die Reise nach Pylos vor. Um das Schiff und eine Mannschaft von Freiwilligen werde ich mich kümmern.»

Als der Junge gegangen war, schlüpfte Athene, die geschickte Verwandlerin, aus Mentors Gestalt und nahm die von Telemachos selbst an. Sie hatte nämlich bemerkt, daß die meisten Inselbewohner ein schlechtes Gewissen gegenüber dem jungen Mann hatten, und diesen Umstand wollte sie sich zunutze machen. Sie durchstreifte die ganze Insel und trommelte eine Besatzung für das Schiff zusammen, indem sie den stärksten jungen Männern reiche Belohnung versprach, wenn sie sich ohne zu zögern als Ruderer zur Verfügung stellten. Den reichen Noëmen bewog sie dazu, ein Schiff mit vierzig Ruderplätzen zur Verfügung zu stellen, und versetzte dann, damit niemand Telemachos' Verschwinden bemerkte, die Freier in Tiefschlaf, so daß sie einen ganzen Tag außer Gefecht gesetzt waren. Und schließlich gebot sie noch dem sanften Zephyros, in Richtung Pylos zu blasen.

DRITTER GESANG

Der weise Nestor

Nestor nimmt Telemachos sehr freundlich auf, weiß aber nichts über den Verbleib dessen Vaters zu berichten. Er schickt ihn weiter zu Menelaos nach Sparta, der Odysseus als letzter gesehen hat, und gibt ihm seinen Sohn Peisistratos als Reisebegleiter mit.

Als Telemachos' Schiff vor Pylos, der schönen, von Neleus gegründeten Stadt, vor Anker ging, war der greise Nestor gerade damit beschäftigt, Poseidon, dem Gott mit den tiefblauen Haaren, unter der sengenden Sonne vier riesige Stiere zu opfern. Die Einwohner von Pylos lebten überwiegend vom Fischfang, und so lag es in ihrem Interesse, sich einen Gott wie Poseidon, den unumschränkten Herrscher über die Meere, gewogen zu halten. Dazu muß man wissen, daß die meisten Griechen an der Küste lebten und so furchtbar arm waren, daß ihnen fast ausschließlich Austern und Langusten zur Verfügung standen, um den schlimmsten Hunger zu stillen.

Athene, wieder in Mentors Gestalt, war die erste, die ihren Fuß auf festen Boden setzte, gefolgt von dem jungen Prinzen.

«Keine Scheu, Telemachos», sagte sie zu ihm, indem sie auf die Menschen deutete, die sich um den Opferaltar drängten. «Gehe geradewegs zu Nestor, dem Weisesten aller Achäer, und frage ihn, ob er etwas von deinem Vater gehört hat.»

Und Telemachos antwortete mit zittriger Stimme:

«O Mentor, allein schon bei dem Gedanken, mit ihm zu sprechen, bekomme ich Herzklopfen. Ich bin kein Meister der geschliffenen Rede, und außerdem ist es vielleicht unschicklich für einen Jüngling wie mich, einen solch berühmten König anzusprechen.»

Doch zumindest in diesem Punkt konnte Athene ihn beruhigen.

«Sorge dich nicht, o Telemachos: Dein Verstand wird dir schon die passenden Worte eingeben, und wenn er stockt, wird ein Gott sie dir einflüstern. Und bedenke, du bist Odysseus' Sohn und solltest keine Schwierigkeiten haben, mit den Mächtigen der Erde zu reden.»

Schon kurz darauf standen sie dem großen Rossebändiger Nestor und seinen sieben Söhnen gegenüber.

Der jüngste, Peisistratos, trat auf sie zu, nahm sie bei der Hand und führte sie zur Tafel seines Vaters. Dann bot er ihnen Wein in goldenen Kelchen an, wobei er zunächst Mentor (Athene also) und dann Telemachos bediente. Schließlich forderte er alle Anwesenden auf, auf Poseidons Wohl anzustoßen.

Der Göttin imponierte es, daß Peisistratos sie selbst, das Alter ehrend, als erste bedient hatte. Und so ließ sie sich die Gelegenheit nicht entgehen, ihm vor allen Anwesenden zu danken und gleichzeitig in einem Trinkspruch eine Botschaft an den Kollegen Poseidon loszuwerden.

«O großer Erderschütterer», rief sie voller Inbrunst, indem sie den Kelch zum Himmel hob, «schenke Peisistratos ein langes Leben, wie auch seinem Vater und seinen Brüdern, so wie sie es verdient haben.»

Nach dem ganzen Vorgeplänkel, den Trinksprüchen, Glückwünschen und dem Schulterklopfen also, bat Nestor die Neuankömmlinge, sich vorzustellen und zu erklären, wer sie überhaupt seien, woher sie kämen und was sie zu ihm geführt habe. Telemachos nahm allen Mut zusammen und hob an:

«O Nestor, Neleus' Sohn, Stolz aller Achäer, eine sehr persönliche Angelegenheit ist der Grund unseres Besuches. Ich bin Telemachos, Odysseus' einziger Sohn, und habe seit undenkbaren Zeiten nichts mehr von meinem Vater gehört, strenggenommen seit meiner Geburt. Alle sind voll des Lobes über ihn und erzählen von seinen zahlreichen Listen, doch dadurch wird meine Sehnsucht, ihn endlich umarmen zu können, nur noch brennender. Doch du, der du das Glück hattest, ihn zu kennen, Seite an Seite mit ihm zu kämpfen und über viele Jahre sein Schicksal zu teilen, was weißt du von ihm? In welchem Winkel der Erde oder des Meeres steckt er, und wer hindert ihn daran, zu seinen Liebsten zurückzukehren? Von den übrigen Achäern, die vor Troja kämpften, weiß man ja, wie es ihnen ergangen ist (den meisten schlecht, leider), nur von Odysseus nicht. Aber was soll man machen, die Götter haben es so gewollt. Das Schicksal meines Vaters ist der Grund, der mich nach Pylos geführt hat. Erzähl mir bitte, o Nestor, alles, was du über meinen Vater weißt, aber wirklich alles, ohne Rücksicht und ohne die Worte zu versüßen, nur um mir Schmerz und Trauer zu ersparen.»

Und Nestor antwortete mit bewegter Stimme:

«O lieber Telemachos, wie zu einem Sohn will ich zu dir sprechen! Du hast mich an die Leiden und Entbehrungen erinnert, die die Achäer mit den bronzenen Rüstungen vor und nach dem Fall der Stadt Priamos' erdulden mußten. Vor Trojas Mauern starben die meisten unserer tapfersten Helden. Zu den ersten Gefallenen zählte Patroklos, schön wie Ganymedes und stark wie Ares, ihm folgten bald der unbesiegbare Achill, der wagemutige Aias und leider auch mein Sohn Antilochos, der beste Ringkämpfer unter allen Kriegern. Und auch danach, als der Krieg mit dem Fall der Stadt sein blutiges Ende fand, wendeten sich die Dinge nicht zum Besseren. Wir verluden das Beutegut und die schönsten trojanischen Mädchen auf unsere Schiffe und bereiteten uns auf die lange Reise vor. Doch wir wußten nicht, wie entbehrungsreich die Heimfahrt für das achäische Heer werden sollte. Mit Mühe überlebten die Myrmidonen unter der Führung des mutigen Neoptolemos und gelangten an heimische Strände. Auch Philoktetes, Poias' Sohn, erreichte glücklich sein Vaterland. Ebenso Idomeneus, der alle seine Krieger ohne Ausnahme nach Kreta zurückführte. Agamemnon jedoch ereilte der Tod, als er gerade das lange herbeigesehnte Haus seiner Väter betreten hatte. Meuchlings erstach ihn der feige Ägisthos, eine ruchlose Tat, die Orestes, Agamemnons Sohn, jedoch rächte, indem ...»

Hier konnte Telemachos nicht länger an sich halten und fiel dem greisen Nestor ins Wort:

«Mögen die Götter mir beistehen», rief er laut, «daß es auch mir gelinge, wie Orestes Rache zu üben und alle Freier, die meine Mutter bedrängen, aus dem Palast zu vertreiben. Doch jene, die mich lieben, rieten mir, mich im Moment noch in Geduld zu üben ...»

«... und sie taten gut daran», fuhr Nestor fort und fügte dann hinzu: «Aber ich glaube auch, daß dir nicht bange sein müßte, wenn sich nur die strahlende Göttin Athene ein wenig deiner annehmen würde, so wie sie sich einst deines Vaters annahm.»

«Leider, o Nestor», seufzte Telemachos, «halte ich es für

unmöglich, sogar für eine Göttin, das einmal vorgezeichnete Schicksal eines Menschen zu ändern.»

«Was redest du da für einen Unsinn, o Telemachos?» schaltete sich jetzt Mentor, das heißt Athene, ein, die sich verständlicherweise an einer empfindlichen Stelle getroffen fühlte. «Die Macht der Götter ist grenzenlos, und selbstverständlich können die Unsterblichen das Schicksal eines Menschen ändern. Vorausgesetzt natürlich, daß dieser noch lebt. Ist er erst tot oder ins Reich des Hades hinabgefahren, müssen auch sie sich geschlagen geben.»

«Und um zu erfahren, ob dein Vater noch lebt», ergriff nun wieder Nestor das Wort, «rate ich dir, den ruhmreichen Menelaos in Sparta aufzusuchen. Auch er ist erst vor kurzem nach einer langen Irrfahrt in seine Heimat zurückgekehrt. Dabei hat er viele Länder und Menschen kennengelernt, die niemand von uns gerne kennenlernen würde, und wenn dir einer weiterhelfen kann, dann ist er es. Nach Sparta gelangst du sowohl übers Meer als auch über Land. Wenn du letzteren Weg wählst, würde ich mich glücklich schätzen, dir Pferd und Wagen zur Verfügung stellen zu dürfen. Auf alle Fälle werde ich aber meinen Sohn Peisistratos bitten, dich als Lotse zu begleiten.»

Nachdem sie sich nun satt gegessen und getrunken hatten, wollten sich die blauäugige Athene und der bartlose Telemachos auf ihrem Schiff zum Schlafen niederlegen, doch Nestor hielt sie gestenreich zurück.

«Kommt nicht in Frage», rief er, «die unsterblichen Götter würden es mir nie verzeihen, wenn ich euch mein Haus verwehrte, so als wäre ich ein armer Mann und besäße nicht genug Teppiche und Seidendecken. Niemals würde ich den Sohn des Odysseus auf der harten Brücke eines Schiffes schlafen lassen.»

Und Athene entgegnete: «Wir danken dir, großherziger Greis, doch nur Telemachos wird in deinem Haus nächtigen. Ich selbst möchte zum Schiff zurückkehren, um den an Bord verbliebenen Gefährten von unseren Plänen zu berichten. Es sind alles mutige junge Männer, ähnlich wie Telemachos, die jedoch noch jemanden brauchen, der sie zum Wagnis ermuntert.»

Nestor galt damals als der weiseste Mensch der Welt. Das aber nicht, weil er tatsächlich so weltbewegende Weisheiten von sich gegeben hätte, sondern weil er zu den wenigen Menschen zählte, die die Fünfzig überschritten hatten. Fünfzig Jahre alt zu werden, war zu jener Zeit tatsächlich ein beinahe aussichtsloses Unterfangen. Kriege oder Krankheiten hatten die meisten schon hinweggerafft, bevor sie das dreißigste Lebensjahr erreicht hatten. Aber wie auch immer, fest steht jedenfalls, daß sowohl in der *Ilias* als auch in der *Odyssee* stets der «weise» Nestor gefragt wurde, wenn eine wichtige Entscheidung anstand.

Als sich tags darauf Aurora, die Rosenfingrige, am Himmel zeigte, machten sich Nestors sieben Söhne (Perseus, Echephron, Stratios, Aretos, Sestos, Trasymedes und Peisistratos) daran, die Vorbereitungen für die lange Reise zu treffen. Als erstes befahl der König, Athene zu Ehren ein fettes junges Rind zu opfern. Er hatte ihre Nähe wohl irgendwie gespürt und wollte ihr nun mit einem Opfer Dank sagen. Dazu befahl er dem Hofgoldschmied Laërkes, die Hörner des Opfertiers zu vergolden, und trug dann seinem Sohn Aretos auf, eine mit Blumen geschmückte Wanne herbeizuschaffen, in der das Blut aufgefangen werden sollte. Ein anderer Sohn, Trasymedes, griff zur Axt, und die anwesenden Frauen schrien auf, als er den todbringenden Hieb mit einer solchen Präzision ausführte, daß der Kopf der jungen Kuh mit einem Schlag in die Wanne fiel.

Nach der Opferfeier bereitete Polykaste, die schöne jüngste Tochter Nestors, Telemachos ein Bad, wusch ihn sorgfältig, rieb ihn mit duftendem Öl ein und reichte ihm dann ein blütenweißes Gewand und einen reichbestickten Umhang. Schön wie ein junger Gott nahm der Prinz auf dem Wagen neben Peisistratos Platz. Der verabschiedete sich winkend von seinem Vater und seinen Geschwistern, schwang dann die Peitsche, und die «schöngemähnichten» Rosse, wie Homer schreibt, zogen an.

Mittlerweile dürfte schon aufgefallen sein, daß für Homer zu jener Zeit fast alles außergewöhnlich schön und gut war: das Essen, die Gefäße aus Gold und Silber, die Pferdemähnen, die jungen Mägde und vor allem die Königskinder, die zumindest so schön wie Götter waren.

VIERTER GESANG

Der ruhmreiche Menelaos

Telemachos in Sparta. Der junge Prinz erfährt von Menelaos, daß sein Vater immer noch von der Nymphe Kalypso auf der Insel Ogygia festgehalten wird. Währenddessen beschließen die Freier, Telemachos in einen Hinterhalt zu locken.

Telemachos und Peisistratos gelangten in ein Tal, das von hohen, zerklüfteten Bergen umstanden war. Je näher sie nun Sparta kamen, desto steiler und beschwerlicher wurde der Weg. Finstere Abgründe und schauerliche Schluchten öffneten sich zur Linken und zur Rechten. Nestors Sohn aber, der die rauhe Gegend bereits kannte, strahlte eine große Ruhe aus, und mehr als um den Weg machte er sich Gedanken um die Seelenlage seines Reisegefährten.

«Keine Angst, Telemachos, den gefährlichen Weg werden wir bald hinter uns haben. Und dann erwartet uns der ruhmreiche Menelaos, der im Ruf steht, der gastfreundlichste König auf Erden zu sein. Auch wenn diese vielgerühmte Gastfreundschaft viel Leid über die Achäer gebracht hat.»

Natürlich bezog sich Peisistratos hier auf die Ereignisse von vor zwanzig Jahren, als Menelaos den trojanischen Prinzen Paris bei sich aufgenommen und dieser es ihm mit dem Raub seiner wunderschönen Gattin gedankt hatte. Wie der Troer es damals geschafft haben soll, nach Sonnenuntergang mit seiner Beute diesen halsbrecherischen Pfad hinter sich zu bringen, wird wohl für immer ein Geheimnis bleiben. Helena jedenfalls erklärte später, sie sei Paris ohne jeden Argwohn gefolgt, weil der Entführer mit Aphrodites Hilfe die Gestalt ihres Gatten Menelaos angenommen habe. Ob das wohl stimmt? Ich habe da meine Zweifel. Für mich hört sich das, ehrlich gesagt, eher wie eine Ausrede an.

Und dann, nach einer Kurve, lag plötzlich Menelaos' Palast in seiner ganzen Pracht vor ihnen. Telemachos riß den Mund vor Staunen weit auf. So etwas Majestätisches hatte er noch nie im Leben gesehen. Der Königssitz war noch mächtiger als der von Nestor in Pylos, und sein eigener Palast auf Ithaka kam ihm im Vergleich dazu wie eine schäbige Hütte vor. Das Dach funkelte in der Sonne, als sei es mit kostbaren Metallen verkleidet.

Als die beiden Prinzen nun den Palast betraten, stellten sie fest, daß dort ein großes Fest gefeiert wurde, und zwar die Doppelhochzeit der Königskinder. Hermione hatte Achills Sohn, den griechischen Helden Neoptolemos zum Mann genommen und Megapenthes (den Menelaos mit einer Sklavin gezeugt hatte) eine der zahlreichen Töchter Alektors geheiratet.

Eteoneus, der erste Diener an Menelaos' Hof, eilte sofort los, um seinen Herrn über die Ankunft der fremden jungen Männer zu unterrichten.

«O Herr», verkündete er keuchend, als er den Thronsaal erreicht hatte, «zwei Jünglinge aus Pylos, beide von göttlichem Aussehen, stehen vor der Tür. Was soll ich tun? Sie hereinbitten oder auffordern weiterzuziehen?»

Und Menelaos antwortete: «Mein guter Eteoneus, mir scheint, daß dein Verstand mit zunehmendem Alter immer mehr schwindet. Erst erzählst du mir, die beiden Fremden seien von göttlicher Erscheinung, und dann fragst du mich, ob du sie verjagen sollst. Verliere nun keine Zeit mehr und empfange sie, wie sie es verdienen. Laß ihre Pferde in den Stall bringen und geleite sie in den Saal, damit sie sich an unserer Tafel stärken können.»

Schon im Atrium nahm Telemachos staunend wahr, daß das Innere des Palastes noch prachtvoller als die Fassade war. Beim Anblick des ganzen Prunks wurde ihm fast schwindlig: diese hohen Decken, die kostbare Einrichtung, die Nippsachen aus Gold und Elfenbein, die weichen Teppiche, die bronzenen Waffen, die an den Wänden hingen, die langen Flure und funkelnden Kandelaber – alles erstrahlte in einem solchen Glanz, daß es Telemachos vorkam, als würden Sonne und Mond auch hier drinnen scheinen. Aber man muß schließlich bedenken, daß ein Reisender wie Telemachos geradezu dazu prädestiniert war, ständig ins Staunen zu geraten. Er kannte ja nur Ithaka, das heißt eine karge, steinige Insel mit nur wenigen Straßen, Gärten oder gemauerten Häusern.

«Sieh dir das an, Peisistratos!» rief er begeistert. «Sieh dir diese Pracht an. Das könnte Zeus' Wohnsitz sein!»

Nun trat ein junges Mädchen auf sie zu, das ihnen frisches Brunnenwasser in einem silbernen Krug und dazu eine goldene Schüssel reichte, damit sie ihre Gesichter vom Staub der Reise säubern konnten. Gleich darauf forderte man sie auf, in zwei fein geschliffene Steinbecken zu steigen, woraufhin sich weitere vier Mägde daran machten, sie zu waschen und zu massieren, mit gut duftenden Ölen einzureiben und dann von Kopf bis Fuß mit blendendweißen Gewändern und reich verzierten Wollumhängen neu einzukleiden. Jetzt endlich waren sie geschniegelt genug, um zum glorreichen Menelaos vorgelassen zu werden.

Der König empfing sie mit den üblichen Worten:

«Bedient euch ohne Scheu von allem, was euren Gaumen erfreuen könnte, o Fremde», sagte er, indem er auf die gedeckte Tafel deutete, «und wenn ihr euch gestärkt habt und Hunger und Durst gestillt sind, so erzählt mir, wer ihr seid und welchem Geschlecht ihr entstammt.»

Zur Krönung des fürstlichen Empfangs erschien auch die Königin, die immer noch betörend schöne Helena, in allem ein Ebenbild der Göttin Aphrodite. Die Magd Adraste brachte ihr einen zierlichen Sessel, Alkippe einen weichen Wollteppich, um die Füße darauf zu setzen, und Phylo einen silbernen Korb mit einer goldenen Nadel und violetter Wolle für die Stickarbeit.

«Nun, mein lieber Mann», wandte sie sich an Menelaos, «hast du schon erfahren, wer unsere jungen Gäste sind?» Und ohne eine Antwort abzuwarten, fuhr sie, auf Telemachos deutend, fort: «Ich weiß nicht, was mit mir los ist, aber mein Herz schlägt so wild, als wolle es mir unbedingt etwas mitteilen. Hast du nicht gemerkt, o Menelaos, daß dieser junge Mann hier dem göttlichen Odysseus unglaublich ähnlich sieht? Ja, ich wage sogar zu behaupten, daß dies Telemachos ist, das Kind, das Odysseus in Windeln zu Hause zurücklassen mußte, als ich Hündin den Krieg zwischen Achäern und Troern entfesselte.»

«Da muß ich dir recht geben, o teures Weib», antwortete Menelaos. «Vollkommen gleich sind die Hände, und auch die Füße, die Augen, der Kopf und das Haar ...»

«... und ihr täuscht euch nicht», schaltete sich jetzt Peisistratos ein. «Neben mir sitzt eben Telemachos, der einzige Sohn des großen Odysseus. Mein Vater Nestor bat mich, ihn zu euch nach Sparta zu begleiten, damit du, o ruhmreicher Menelaos, ihn in deiner großen Weisheit berätst. Denn viel Leid hat das unverschämte Treiben einer Bande von Schurken über ihn gebracht, die sich in seinem Hause breitgemacht haben und danach trachten, seine Mutter zu verführen und ihm sein Königreich zu entreißen. Und da er nicht weiß, ob sein Vater tot ist oder noch auf den Meeren umherirrt, ist es ihm verwehrt, tröstende Tränen der Trauer um den Vater zu vergießen; noch kann er sein Haar abschneiden, so wie ich es damals tat, als ich erfahren mußte, daß der blutrünstige Memnon, der Sohn der Morgenröte, meinen Bruder Antilochos getötet hatte.»

«Deine Worte, o Peisistratos», antwortete Menelaos, «rufen in mir die Erinnerung an die Jahre vor Trojas Toren wach. Unzählige Freunde verlor ich im Kampf, und viele habe ich mit eigenen Händen begraben. Manche waren noch Jünglinge mit Flaum auf den Wangen, andere hingegen ließen eine liebende Frau und zarte Kinder zurück.»

Bei diesen Worten waren alle gerührt: Die schöne Helena weinte, der edle Peisistratos weinte, der junge Telemachos weinte, und auch König Menelaos kamen bei seinen eigenen Worten die Tränen. Doch Helena, die göttliche Zeustochter, nutzte die allgemeine Verwirrung und schüttete in die Becher der Anwesenden ein kostbares Pulver, das ihr eine Frau namens Polydamna einmal in Ägypten geschenkt hatte. Dabei handelte es sich um ein Zaubermittel, das alles Leid sofort vergessen ließ. Schon ein Gramm davon reichte, um jedem Schicksalsschlag gegenüber vollkommen gleichgültig zu werden. Noch nicht einmal der gleichzeitige Tod von Vater und Mutter oder die Ermordung der eigenen Kinder mit ansehen zu müssen, konnte einen da aus der Fassung bringen. Manche behaupten aber auch, die wunderschöne Helena habe gar kein Zaubermittel verabreicht, sondern ihre Tränen seien ungewollt in den Weinkrug gefallen. Und bekanntlicherweise hatten die Götter Helenas Tränen, auch *elenion* genannt, die Macht verliehen, den Schmerz zu betäuben.

Als erster ergriff nun wieder Telemachos das Wort. «Ich beschwöre euch, erzählt mir von meinem Vater», flehte er, «und schont mich nicht. Sagt mir die Wahrheit, wie grausam sie auch sein mag.»

«Eines Tages», hob Helena zu erzählen an, «beobachtete ich, wie sich Odysseus, barfuß und in eine zerlumpte Tunika gehüllt, durch die Straßen Trojas schleppte, so als sei er der niedrigste aller Sklaven. Und niemand außer mir erkannte ihn. Wie ich später erfuhr, hatte er sich sogar selbst schreckliche Wunden zugefügt, um noch größeres Mitleid zu erregen. Nachdem ich ihn also trotz der Lumpen und des Gestanks erkannt hatte, brachte ich ihn in den Palast, wusch ihn ausgiebig, rieb ihn mit kostbarem Öl ein und fragte ihn dann, was ihn zu der Tollkühnheit veranlaßt habe, sich in die feindliche Stadt einzuschleichen. Doch er mißtraute mir hartnäckig, obwohl ich ihm feierlich schwor, ihn unter keinen Umständen zu verraten.»

«Alles, was du erzählst, ist wahr, o Helena», bestätigte Menelaos ihre Worte. «Ich habe schon den Mut vieler Männer in schier ausweglosen Situationen bewundern können, doch nie jemanden kennengelernt, der über eine solche Selbstbeherrschung wie Odysseus verfügt hätte. Wir befanden uns im Bauch des hölzernen Pferdes. Um mich herum warteten zusammengekauert die tapfersten argivischen Helden. Aus Angst, entdeckt zu werden, hielten wir alle die Luft an. Und dann kamst du, Helena, von Aphrodite gesandt, und gingst dreimal um das Pferd herum und sprachst jeden einzelnen von uns an, mit den Stimmen unserer Gemahlinnen. Du nanntest uns beim Namen und riefst zum

Beispiel: ‹Komm heraus, Diomedes, mein Liebster, ich sehne mich nach deinen Küssen. Viel zu lang schon habe ich sie entbehren müssen.› Diomedes war hingerissen, und ich ebenso, doch als wir hinausstürzen wollten, hielt uns Odysseus mit Gewalt zurück. Und als Antiklos sogar auf dein Rufen antworten wollte, preßte Odysseus ihm die Hand auf den Mund und ließ ihn erst wieder zu Atem kommen, als Athene dich fortgeführt hatte.»

Verwirrt und reumütig schlug Helena die Augen nieder. Sie konnte es nicht fassen, daß sie damals so töricht gehandelt hatte, doch Menelaos war ein großherziger Mann und spielte den Verrat seiner Frau, wieder einmal, herunter.

«Das ist doch Vergangenheit, laß uns nicht mehr darüber sprechen», sagte er, indem er sanft ihre Hand streichelte. Dann wandte er sich an Telemachos: «Nun erzähl mir, mein Junge, wie kann ich dir denn nun helfen?»

Und Telemachos antwortete:

«O Sohn des Atreus, o göttlicher Menelaos, o Herr der Völker, ich weiß, daß du sieben lange Jahre durch die Welt gezogen bist und Länder besucht hast, die vor dir noch kein Sterblicher gesehen hat. Nun würde ich gern von dir wissen, ob du auf deinen Reisen vielleicht etwas von meinem Vater gehört hast.»

Menelaos schwieg einen Moment, so als wolle er sich die Ereignisse ins Gedächtnis zurückrufen, und antwortete dann:

«Du hast recht, ich bin weit gereist, zu Wasser und zu Lande. Ich war in Zypern und Phönizien, in Ägypten und Libyen und lernte Völker mit den seltsamsten Gebräuchen kennen, so die Äthiopier, die Sidonier oder die Erember. Bis zum Ende der Welt gelangte ich, zu Orten, wo die Lämmer schon mit Hörnern geboren werden und die Schafe dreimal im Jahr werfen. Aber leider habe ich deinen Vater nirgendwo getroffen. Dennoch will ich dir eine Geschichte erzählen, die dir vielleicht weiterhelfen kann.»

Telemachos und Peisistratos hielten die Luft an, so gespannt waren sie auf das, was Menelaos nun erzählen sollte.

«Eines Tages», begann der König, «saßen wir auf einer Insel vor der ägyptischen Küste fest, Pharos genannt. Kein Lufthauch, keine frische Brise kam vom Meer, die es uns erlaubt hätte, die Segel zu setzen. Die Flaute dauerte schon zwanzig Tage, und die Mannschaft war mit ihren Kräften am Ende. Alle Vorräte waren aufgebraucht, und die Insel bot nichts, was uns das Überleben ermöglicht hätte. Einige von uns hatten sich Angeln gebaut, doch fehlten uns sowohl das notwendige Glück als auch die passenden Köder. Es war zum Verzweifeln. Irgendwann begegnete ich dann am Strand einer Frau von seltener Schönheit, die mit erhobenem Haupt und stolz nach vorne gerichtetem Blick einherschritt. Und sogleich dachte ich: Das kann nur eine Göttin sein. Ich warf mich zu ihren Füßen nieder und flehte: ‹O göttliche Erscheinung, o goldgelockte Göttin, Meer und Himmel hassen mich und verwehren mir die Rückkehr in meine Heimat. Verrate mir, welche Götter ich beleidigt habe und was ich tun muß, um ihre Vergebung zu erlangen!› Da antwortete sie mir: ‹Ich bin Eidothea, aber ich wüßte nicht, wie ich dir helfen könnte, denn ich kenne dein Schicksal nicht. Doch mein Vater Proteus, der graue Wogenbeherrscher, regiert auf dieser Insel, und vielleicht weiß er dir zu sagen, wie du deine Fahrt fortsetzen kannst. Dazu mußt du ihn jedoch erst fangen, was nicht leicht ist, da er Dutzende und Aberdutzende verschiedener sowohl tierischer als auch sonstiger Gestalten anzunehmen in der Lage ist. Erst wenn du ihn in seiner wahren Gestalt erblickst, kannst du ihn befragen. Stürz dich auf ihn, wenn er im Schlummer liegt, sonst entwischt er dir sogleich. Gewöhnlich taucht er aus den Meereswogen auf, wenn die Sonne ihren höchsten Stand erreicht hat, und zieht sich dann in eine tiefe Höhle zurück, wo er zunächst alle Robben zählt, die mit ihm dem Meer entstiegen sind. Erst wenn er sicher ist, daß ihm keine fehlt, legt er sich zum Schlafen nieder. Wähle nun drei deiner kräftigsten Männer aus, verkleidet euch als Robben und wartet auf ihn in der Grotte. Sobald er eingeschlafen ist, stürzt euch auf ihn.› Wir taten, wie sie uns geheißen, töteten vier Robben, zogen ihre Häute über und betraten die Höhle, die Eidothea uns genannt hatte. Proteus erschien, zählte seine Robben und legte sich zum Schlafen nieder. Als wir uns auf ihn stürzten, verwandelte er sich zunächst in einen Löwen mit fürchterlich wallender Mähne, dann in eine Schlange, einen Panther, ein Wildschwein, schließlich in Wasser und einen Baum mit einer mächtigen Krone. Als er alle Verwandlungen durch hatte, nutzten wir die Gelegenheit und zwangen ihn zu sprechen. Ich fragte ihn, welche Götter ich beleidigt hätte und welche Opfer ich bringen müsse, damit sie mir verziehen. Auch fragte ich ihn, wem von uns Achäern es bestimmt sei, auf der Heimfahrt zu sterben, und wer ins Vaterland zurückkehren würde.»

Menelaos hielt ein paar Sekunden inne, um seinen Becher zu leeren, und niemand wagte zu atmen, bis er seine Erzählung fortsetzte.

«Der greise Meeresgott antwortete mir: ‹Zunächst mußt du nach Ägypten zurückkehren, angesichts der Flaute natürlich rudernd, und dort am Ufer des Nils, dem Fluß, der vom Himmel herabfließt, Zeus und der ganzen Schar unsterblicher Götter ein reiches Opfer darbringen. Was die anderen Achäer betrifft, so wisse, daß zwei von ihnen bereits auf dem Heimweg ums Leben kamen und ein dritter auf dem fischreichen Meer umherirrt.› Da fragte ich ihn, wer die beiden Toten seien und wer der dritte, woraufhin er mir antwortete. ‹Der erste, der starb, war Aias der Lokrer. Der unversöhnliche Poseidon selbst schleuderte ihn gegen die mächtigen gyräischen Felsen. Fast wäre Aias sogar seinem Schicksal entronnen, denn es gelang ihm, sich mit letzter Kraft an Land zu ziehen. Leider prahlte er dann voller Übermut und schrie mit lauter Stimme, er habe die Götter besiegt, weil er den Unsterblichen zum Trotz den stürmenden Wogen entflohen sei. Da griff Poseidon noch einmal zum Dreizack und zertrümmerte den Felsen, auf dem Aias stand. Und nun zum zweiten Achäer, der zum Hades fuhr: Es tut mir leid, daß du es von mir erfahren mußt, aber es erwischte auch den Herrn über alle Herrscher, deinen Bruder Agamemnon. Kaum hatte er den Fuß auf heimischen Boden gesetzt, da lockte ihn der heimtückische Ägisthos in einen Hinterhalt. Zusammen mit zwanzig gekauften Männern lud er ihn zu einem Festmahl, wo er ihn dann wie einen Stier an der Futterkrippe abschlachtete. Vergieße keine Tränen, o ruhmreicher Menelaos, denn dir bleibt noch Zeit, dich an ihm zu rächen, falls das dein Sohn Orestes noch nicht erledigt hat.›»

«Und wer war der dritte Held?» fragte Telemachos mit äußerster Anspannung. «Auch um den Preis, mir weh zu tun, o Menelaos, enthülle mir seinen Namen.»

«Der dritte war tatsächlich dein Vater: der listenreiche Odysseus. Proteus erzählte mir, daß er ihn auf Ogygia gesehen habe, einer verlassenen Insel jenseits der Herkulessäulen. Die Nymphe Kalypso, eine Tochter des schrecklichen Atlas, halte ihn dort mit Gewalt und mit Schmeicheleien fest. Und Odysseus, so erzählte der greise Meergott weiter, habe keinerlei Aussicht zu fliehen, da ihm sowohl langrudrige Schiffe als auch Männer zum Rudern fehlten.»

«Und was sagte er dann noch?» fragte Telemachos atemlos.

«Seine letzten Worte konnte ich leider nicht mehr verstehen», antwortete Menelaos, «denn er sprang plötzlich auf den Rücken eines Delphins und war im Meer verschwunden.»

Währenddessen fanden vor Odysseus' Palast auf Ithaka Wettkämpfe im Speer- und Diskuswerfen statt. Die Freier, die sich mächtig was auf ihre Körperkräfte einbildeten, nahmen fast alle daran teil. Nur Antinoos und Eurymachos hatten keine Lust und schauten lieber zu. An diese beiden wandte sich nun Noëmon:

«Weiß einer von euch beiden zufällig, wann Telemachos zurückkommt?»

«Nein, wieso?» rief Antinoos verwundert aus. «Ist der Junge denn fort?»

«Ja, schon vor längerer Zeit, und zwar mit meinem Schiff», antwortete Noëmon. «Aber das brauche ich jetzt selber, denn ich muß nach Elis hinüber, wo zwölf ungezähmte Stuten für mich weiden.»

In Windeseile verbreitete sich die Neuigkeit unter den Freiern. Dieser Telemachos begann allmählich, den Bogen zu überspannen.

«Wir müssen ihm das Handwerk legen», entschied Antinoos. «Gebt mir ein Schiff mit zwanzig Ruderern. Ich werde ihm zwischen Ithaka und dem felsigen Same auflauern.»

Kalypso

Odysseus als Gefangener bei der Nymphe Kalypso. Hermes befiehlt dieser, ihn freizugeben und ihm dabei zu helfen, ein Floß zu bauen. Der Gesang endet damit, daß Poseidon einen mächtigen Sturm entfesselt, Odysseus sich aber auf die Insel der Phäaken retten kann.

Und die rosenfingrige Eos entstieg dem Lager des edlen Tithonos und verkündete: «Meine Damen und Herren, darf ich Ihnen vorstellen: Odysseus.» Und das war auch Zeit, denn es ist das erste Mal, daß der Sohn des Laërtes in der *Odyssee* auftritt.

Er saß auf einem Fels auf der Insel Ogygia und blickte, mit der rechten Hand die Augen abschirmend, zum Horizont. Er war traurig, und Tränen standen ihm in den Augen. Er dachte an seine Frau, die sanfte Penelope. An seinen Sohn Telemachos, den er praktisch noch nie gesehen hatte. An Mentor, seinen besten Freund, an die Amme Eurykleia, an Argos, seinen Hund, an seine Mutter Antikleia und den Vater Laërtes, und er fragte sich, ob sie wohl noch alle lebten. Er dachte an sein geliebtes Ithaka, diese, verglichen mit Ogygia, karge Insel, deren Schönheit aber gerade in dieser wilden Ursprünglichkeit lag. Kalypsos Insel war zweifellos hübsch anzuschauen, mit den saftig grünen Wiesen voller Veilchen, den Rosenhecken und Obstbäumen, die hier wuchsen, ohne daß sie jemand gepflanzt hätte, und doch war Ogygia eintönig, bot keine Überraschungen. Auf Ithaka hingegen zeigte sich Demeter, die Göttin der Fruchtbarkeit, nicht eben verschwenderisch. Bevor hier eine Frucht, eine Blume oder auch nur ein Weizenkorn geerntet werden konnte, verlangte sie, daß die Bewohner den Buckel krumm machten und sich Schwielen an den Händen holten. Und dennoch liebte Odysseus diese Insel mehr als jeden anderen Ort auf der Welt. Und er hätte alles dafür gegeben, wenn er sie noch einmal hätte wiedersehen dürfen!

Auf der unendlichen Wasserfläche vor ihm war kein Lebenszeichen zu entdecken, kein Segel, keine Insel, kein Rauch, nichts, auf das sich der Blick hätte richten und das Anlaß zur Hoffnung hätte geben können. So saß er da, die Hände in den Schoß gelegt, und wußte nicht, was er tun sollte. Diese Nymphe, Kalypso, hatte sich unsterblich in ihn verliebt und ließ ihn einfach keinen Moment aus den Augen. Er war praktisch ihr Gefangener, womit sie ihrem Namen Kalypso auch gerecht wurde. Denn das griechische Verb *καλύπτω* bedeutet «umhüllen» oder auch «verheimlichen», «verstecken». Und so hatte Kalypso ihn tatsächlich vor dem Rest der Welt versteckt und erlaubte es ihm noch nicht einmal, im Meer zu schwimmen.

Worin unterschied sie sich nun von Kirke, der anderen Dame, bei der er festgesessen hatte? Kirke war, sagen wir es ganz offen, eine richtige Nymphomanin. Aber sie war nicht unersättlich. Hatte er ihr Begehren einmal gestillt, ließ sie ihn in Ruhe. Nicht so Kalypso. Sie verfolgte ihn mit ihren Gefühlen, wollte lieben und geliebt werden in jedem Augenblick, vierundzwanzig Stunden am Tag. Und so fragte sie ihn unablässig: «Liebst du mich? Ich liebe dich so sehr. Wie sehr liebst du mich?» Homer faßt das in dem Ausdruck *οὐκ ἐθέλων ἐθελούσῃ* (*Odyssee*, V, 155) zusammen, was soviel wie «er lustlos, und sie ständig wollüstig» bedeutet. Das große Problem für Leute, die es mit Göttinnen zu tun haben, ist ja, daß die Unsterblichen im Gegensatz zu Menschen, die sich nach einiger Zeit zu langweilen beginnen, für die Ewigkeit geschaffen sind und daher keine Monotonie kennen. Sie wissen nicht, welchen Wert die Zeit hat, und verstehen nicht, was es bedeutet, «ein Jahr zu verlieren». Und er, der Unglückliche, hatte auf Ogygia schon deren sieben verloren.

Währenddessen war Odysseus bei der Götterversammlung auf dem Olymp einmal mehr Tagesordnungspunkt, und wie stets war es Athene, die sich für ihn einsetzte:

«O Zeus, unser aller Vater, und ihr, unsterbliche Götter, hört mich an: Der arme Odysseus sitzt untätig und verlassen auf einem Felsen der Insel Ogygia und vergießt bittere Tränen. Während sein Blick über die unendliche Weite des Meeres wandert, denkt er an seine Lieben in der Ferne, die er wohl nie mehr wiedersehen wird. Und dies nur, weil eine unersättliche Nymphe ihn mit Schmeicheleien und süßen Worten bei sich festhält. Denn der arme Odysseus kann ihr nicht entfliehen, weil er weder ein Schiff hat noch eine Mannschaft. Und indessen werden die Freier in seinem Haus immer dreister. Mittlerweile haben sie dort alles vollkommen in Besitz genommen, und jetzt planen sie auch noch einen Hinterhalt, um Odysseus' Sohn aus dem Weg zu räumen.»

Zeus konnte sich wiederum ein Lächeln nicht verkneifen.

«O meine alleinige Tochter, was beschwerst du dich?» sagte er. «Hast du nicht selbst diese Freier ein wenig aufgehetzt, damit dein Schützling um so mehr Grund hat, sich furchtbar an ihnen zu rächen? Also, ich bitte dich, gib jetzt nicht den anderen Göttern die Schuld. Kümmer dich lieber um Telemachos, dem Vater werden wir schon helfen.»

Dann rief er seinen Boten Hermes herbei und trug ihm auf: «O treuer Hermes, mach dich sogleich auf den Weg zur Nymphe Kalypso und teile ihr meine unwiderrufliche Entscheidung mit: Sie muß sich von Odysseus trennen. Sie soll ihm dabei helfen, ein Floß zu bauen, und dann günstige Winde herbeirufen, die ihn zu den Phäakischen Inseln treiben. Die Menschen dort entstammen dem göttlichen Geschlecht; sie werden ihn mit allen Ehren empfangen und ihm ein gutes Schiff zur Verfügung stellen, mit dem er dann sein Vaterland erreichen kann.»

Hermes band sich die geflügelten Sandalen um, nahm den goldenen Hirtenstab zur Hand, mit dem er die Sterblichen in Trance versetzen konnte, flog hinab vom höchsten Gipfel des Olymp und schlug Kurs Richtung Westen ein. Dabei fluchte er, weil die Reise nach Ogygia so lang war und weil man ihm vor dem Abflug noch nicht einmal die Zeit für ein Schlückchen Nektar gelassen hatte. Wer ihn so sah, wie er jetzt gerade mal einen Meter über der Wasseroberfläche dahinschoß, hätte ihn für eine Möwe halten können.

Die lockige Kalypso wartete in ihrer Grotte darauf, daß Odysseus vom Strand zurückkehrte. Ein romantisches Liedchen summend, saß sie am Webstuhl und wob ein Gewand aus silbernen Fäden, daß das vergoldete Schiffchen nur so hin und her flog, als sie plötzlich im Gegenlicht den Gott mit den geflügelten Sandalen im Grotteneingang erblickte. Kalypso war sogleich klar, daß etwas Einschneidendes geschehen sein mußte, denn bis zu diesem Tag hatten die Götter sie als eine der niedrigen Gottheiten betrachtet und weitgehend ignoriert. Wenn sie nun eine Persönlichkeit von Hermes' Rang eigens zu ihr sandten, dann sicher nicht, um ihr einen schönen Gruß auszurichten. Aber was sollte sie machen? Sie mußte sich fügen. So ließ sie dem Neuankömmling einen Pokal voll Nektar und ein übervolles Tablett mit Ambrosia bringen und erwartete ergeben das Urteil der unsterblichen Götter.

Hermes stärkte sich und machte sich dann an die Erledigung seines Auftrags.

«O göttliche Kalypso», sagte er. «Zeus, der Wolkenversammler, befahl mir, dich aufzusuchen, und so habe ich wohl oder übel diese beschwerliche Reise nach Ogygia auf mich nehmen müssen. Es geht um folgendes: Du hältst hier einen Mann gefangen, Odysseus heißt er, der vor sieben Jahren vor deiner Insel Schiffbruch erlitt. Wie ich hörte, hast du damals seine Notlage sofort ausgenutzt und ihn deiner Wollust unterworfen und willst ihn seitdem nicht mehr fortlassen. Aber der Mann ist todunglücklich bei dir, und so höre nun, was die Götter beschlossen haben: Dein edler Gast soll ins Land seiner Ahnen zurückkehren.»

Das war zuviel für die arme Kalypso. Tränen schossen ihr in die Augen, und sie begann zu flehen:

«Habt Erbarmen, ihr Götter des Olymps! Habt Erbarmen! Warum seid ihr nur so grausam? Ich liebe diesen Mann, auch wenn er ein Sterblicher ist. Ach, warum habt ihr es nur stets auf Göttinnen abgesehen, die sich Sterbliche zum Gatten wählen? Die goldgelockte Demeter habt ihr verfolgt, weil sie sich Iasion hingegeben hatte. Und Eos, die Göttin der Morgenröte, wurde damals, als sie mit Orion das Lager geteilt hatte, so schwer beschimpft, daß die Ärmste noch heute bei der Erinnerung daran errötet. Und nun ist es an mir, der armen Kalypso, auf den Mann zu verzichten, den ich mehr liebe als alles auf der Welt. Als ich Odysseus fand, war er nach dem verheerenden Schiffbruch mehr tot als lebendig, und wenn ich mich recht entsinne, war es eben Zeus, der sein Schiff mit seinen Blitzen zertrümmert hatte. All seine Gefährten waren ertrunken, und nur er hatte sich retten können. Ich brachte den Ermatteten an Land, umsorgte ihn und stand ihm bei, bis er endlich anfing, wieder zu Kräften zu kommen. Und nun, da er gesund und vielleicht sogar noch schöner ist als je zuvor, wollen ihn die Götter zurückhaben. Ich finde das ungerecht. Aber ich muß mich wohl fügen, weil es einer Nymphe nicht zusteht, gegen Zeus' Willen zu handeln. Also gut: Wegen mir kann er in See stechen. Allerdings muß ich dich darauf aufmerksam machen, daß ich weder mit einem Schiff noch mit Ruderern dienen kann. Das einzige, was ich ihm mitgeben kann, sind meine besten Wünsche.»

«Hilf ihm, so gut du kannst», schloß Hermes, der es nicht erwarten konnte, von der Insel fortzukommen. «Sag ihm, er soll sich ein Floß bauen, und dann flehe die Winde an, daß sie ihn nach Osten treiben.»

Odysseus saß noch immer auf dem Felsen und blickte sehnsüchtig zum Horizont, als Kalypso zu ihm trat.

«Trockne deine Tränen, o mein unglücklicher Geliebter», sprach sie ihn niedergeschlagen an. «Zeus' Wunsch ist es, daß du auf deine steinige Insel Ithaka heimkehrst, und ich soll dir, Ironie des Schicksals, auch noch dabei helfen. Fälle daher einige dicke Baumstämme, verknote sie sorgfältig und baue dir auf diese Weise ein Floß, das den Wogen standhält. Errichte darauf ein Deck und einen Mast mit einer Rahe und einem großen Segel. Ich selbst werde für die Vorräte sorgen. Ich werde dir einen Schlauch mit frischem Wasser mitgeben, einen weiteren Schlauch mit rotem Wein, einen Sack mit Brot und trockene Kleider, die du anlegen kannst, wenn die anderen vom Seewasser durchnäßt sind. Und schließlich werde ich noch die Winde dazu bewegen, in Richtung deiner Heimat zu blasen.»

Doch der mißtrauische Odysseus glaubte ihr kein Wort. Das alles hörte sich viel zu schön an, um wahr zu sein, und er hegte den starken Verdacht, daß ihm die Nymphe eine Falle stellen wollte.

«Ich weiß nicht, ob ich dir trauen kann, o Kalypso, und daher werde ich niemals ein Floß besteigen, bevor du mir nicht bei allen olympischen Göttern geschworen hast, nichts gegen mich im Schilde zu führen.»

So verzweifelt Kalypso auch war, erhellte sich ihre Miene zu einem Lächeln: Das war Odysseus, wie sie ihn kannte und liebte, der mißtrauischste Sterbliche auf Erden. Daher tat sie ihm den Gefallen, wandte sich nach Osten, in Richtung Olymp, legte eine Hand aufs Herz und schwor feierlich:

«Bei der Erde, auf die ich meinen Fuß setze, bei den Himmeln, die mich überragen, und bei dem stygischen Flusse, der rasch dahinströmt, schwöre ich, daß ich nichts zu deinem Verderben beschließe und niemals beschließen werde! Dafür liebe ich dich viel zu sehr!»

Und um ihn restlos zu überzeugen, fügte sie hinzu:

«Ich weiß, daß du dich danach sehnst, deine Gemahlin wieder in die Arme schließen zu können. Und weil ich dich liebe, will ich dir helfen, diesen Wunsch zu erfüllen. Obwohl ich nicht verstehe, warum du dermaßen an ihr hängst. Sie hat mir doch nichts voraus, weder an Schönheit noch an Herzensbildung, und größer als meine Liebe zu dir kann Penelopes unmöglich sein.»

Und Odysseus antwortete ihr:

«Niemand hat je behauptet, o Kalypso, daß Penelope dich an Schönheit oder Sanftmut übertreffe. Das ändert jedoch nichts daran, daß meine Sehnsucht, sie wiederzusehen, so ungeheuer stark ist. Gefühle wachsen mit der Zeit, und bedenke, daß ich nicht nur eine Gemahlin, sondern auch einen Sohn habe, von dem ich noch nicht einmal die Gesichtszüge kenne. Und nicht zu vergessen die vielen Freunde, die in der Heimat seit Ewigkeiten auf mich warten.»

«Seltsam, daß ihr Sterblichen stets die älteren Gefühle überschätzt und jenen, die neu entstehen, so wenig Beachtung schenkt.»

«Das kommt eben daher, weil mit zunehmendem Alter die tief verwurzelten Gefühle immer stärker werden.»

«Du hast wohl vergessen, o mein angebeteter Odysseus, daß du bei mir niemals altern würdest. Wenn du dich entschließt, bei mir auf Ogygia zu bleiben, werde ich Zeus, unser aller Vater, bitten, dir ewige Jugend zu verleihen. Bei mir würdest du für immer jung und schön bleiben. Bei ihr jedoch erwartet dich, wenn du Glück hast, ein langes, beschwerliches Alter.»

Dieses Angebot war nun wirklich das Höchste, was man sich wünschen kann, und der Held hat unsere ganze Bewunderung dafür verdient, daß er sich nicht darauf einließ. An Odysseus läßt sich ja nun wirklich einiges aussetzen, aber nicht, daß es ihm an Familien- und Heimatverbundenheit gemangelt habe. Immer jung zu bleiben, nie krank zu werden und täglich mit einer Göttin ins Bett zu steigen – da wären wohl die meisten schwach geworden. Und vielleicht war es auch nur eine Art Entschuldigung für seine Ablehnung, daß er sich in jener Nacht der Nymphe hingab. Wahrscheinlich hätte er gut und gern darauf verzichten können, doch war es zu wichtig für ihn, alle versprochenen

Hilfeleistungen zu erhalten, und außerdem war er ja nicht mit dem Herzen bei der Sache.

Anders Kalypso. Sie liebte ihn zärtlich – und weinte. Dann wollte sie ihn ein zweites Mal lieben und weinte wieder. Kurzum, es war ein Alptraum.

Am folgenden Morgen, im ersten Licht des neuen Tages, begann Odysseus mit dem Floßbau. Es mußte äußerst stabil werden, sollte es die weite Reise übers Meer überstehen. Er schlug zwanzig hochstämmige, möglichst gerade gewachsene Bäume, entfernte die Äste mit einer bronzenen Axt, die Kalypso ihm gegeben hatte, und verband sie mit Holznägeln und Tauen. Als guter Schreiner, der er war, zimmerte er dann ein Aufbaudeck, auf das er steigen konnte, um den Horizont zu beobachten. Darauf setzte er einen großen Mast, der ein breites Segel tragen konnte, und befestigte am Heck ein Steuer. Und schließlich dichtete er das Floß noch an allen vier Seiten mit hohen Matten aus Weidenruten ab.

Fünf Tage mußte er warten, bis sich günstige Winde erhoben und er sein Segel setzen konnte.

Kalypso saß reglos wie eine Statue auf einem Fels und blickte ihm nach, als er nun endlich in See stach. Sie trug ein silbernes Gewand, dessen Widerschein Odysseus viele Seemeilen verfolgen würde. Während sich das Floß langsam entfernte, hoffte die Göttin immer noch, daß Odysseus zur Vernunft kommen und kehrtmachen würde. Ach, wie hätte sie ihn geliebt! Ach, wie viele Küsse hätte sie ihm gegeben, wenn er auch nur ein weiteres Jahr geblieben wäre. Sie hätte alles für ihn getan, hätte Zeus angefleht, ihm Unsterblichkeit und ewige Jugend zu verleihen. Aber das wußte Odysseus ja, sie hatte es ihm oft genug gesagt, ohne jedoch seine Meinung ändern zu können. Mittlerweile waren er und sein verdammtes Floß bloß noch ein Pünktchen am Horizont. Kalypso konnte es nicht fassen: Sieben Jahre hatten sie sich geliebt, und dann stahl er sich einfach fast wortlos davon. Wie sollte sie das aushalten, ihn nie mehr wiederzusehen? «Kehr um, mein Geliebter, kehr um!» schrie ihr Herz. Doch der Held, man muß es so deutlich sagen, war davongesegelt, ohne sich auch nur einmal zu ihr umzuwenden.

Siebzehn Tage segelte Odysseus, wobei er sich an den Sternen orientierte und sich, wie Kalypso es ihm geraten hatte, links von den Pleiaden und von Bootes und rechts des Großen Wagens hielt. Als sich am Morgen des achtzehnten Tages der Frühnebel hob, erblickte er in der Ferne die dunklen Berge der Insel Scheria, wo die Phäaken wohnten. Er war bereits voller Vorfreude, endlich an Land zu kommen, als Poseidon ihn plötzlich sichtete.

«Diese hinterlistigen Götter!» fluchte Poseidon. «Nutzen meine Abwesenheit schamlos aus, um dem verfluchten Odysseus zu helfen. Aber nicht mit mir! Der soll mich kennenlernen! Der wird es noch bereuen, sich aufs Meer hinausgewagt zu haben!»

Gesagt, getan. Poseidon entfesselte eins jener gewaltigen Unwetter, von denen Seeleute an Winterabenden, in der Sicherheit einer Osteria vor einem Glas Rotwein sitzend, gerne erzählen. Zunächst ließ er die Nacht herniedersinken und versammelte alle Wolken, die greifbar waren. Dann wühlte er das Meer mit seinem Dreizack auf und befahl den Winden Boreas, Notos, Euros und Zephyros, gleichzeitig aus verschiedenen Richtungen heranzustürmen.

Mächtige Brecher türmten sich vor Odysseus auf, und der Held schrie, sich verzweifelt am Steuer festklammernd: «O Götter, die ihr vom hohen Himmel auf mich herabschaut, was soll bloß aus mir werden? Schon erblicke ich den Schatten des Thanatos, des Gottes des Todes, der seine gierigen Pranken nach mir ausstreckt, um mich zu packen. Ach, wieviel lieber wäre ich doch mit der Waffe in der Hand am Ufer des Skamandros vor den Toren Trojas gestorben. Zumindest eine ehrenvolle Totenfeier im Beisein aller Helden wäre mir sicher gewesen!»

Er hatte sein Stoßgebet kaum beendet, als eine gigantische Welle sein Floß erfaßte und es fünf, sechs Meter hoch in die Luft schleuderte. Krachend schlug es auf den Fluten auf, der Mast zerbarst, das Steuer entglitt Odysseus' Händen, und der Held stürzte ins Meer und versank. Doch mit letzten Kräften kämpfte er sich wieder hoch, prustete Salzwasser aus und schaffte es schließlich mit dem Mut der Verzweiflung, sich an den Resten seines Floßes festzuklammern.

In jenem Moment erschien ihm die Meergöttin Leukothea, eine der Töchter von Kadmos.

«O du Unglücklicher», bedauerte ihn die Göttin mit den schönen Fesseln. «Willst du dich retten, so ziehe die Kleider aus, stoße dich von dem Floß ab, an das du dich klammerst, und versuche, schwimmend das Land der Phäaken zu erreichen. Keine Angst, dieser heilige Schleier hier wird dich schützen. Binde ihn um deinen Bauch, und er wird dich über Wasser halten, bis du das rettende Ufer erreicht hast. Dort angekommen, wirf ihn sogleich ins Wasser zurück, ohne dich nach ihm umzudrehen.»

Doch Odysseus, mißtrauisch wie immer, wollte sich nicht auf das Angebot der Göttin einlassen.

«Das ist bestimmt eine List der Götter, die meinen endgültigen Untergang beschlossen haben», dachte er. «Aber nein, so töricht bin ich nicht! Ich werde doch nicht meinen letzten Halt aufgeben.»

Doch da brach die nächste, noch gewaltigere Sturzwelle über ihn herein und riß den Rest des Floßes in Stücke. Nun hatte Odysseus keine andere Wahl mehr: Er zog die Kleider aus, die ihm Kalypso geschenkt hatte, und band sich Leukotheas Schleier wie einen Rettungsring um den Bauch. Glücklicherweise hatte auch Athene ihn beobachtet und eilte vom Olymp herab, um ihm beizustehen: Mit Hilfe des Nordwindes Boreas glättete sie vor ihrem Schützling das Wasser, das ihn vom rettenden Land der Phäaken trennte. So schwamm Odysseus zwei Tage und zwei Nächte, bis er schließlich die Küste erreicht hatte. Doch hier stellte sich das nächste Problem: Wohin er auch blickte, überall waren nur scharfe, spitze Felsen und Klippen, so daß er mit Sicherheit zerschmettert worden wäre, hätte er versucht, hier an Land zu kommen. So schwamm er noch ein Stück, aber nirgendwo war ein Strand oder auch nur eine kleine Bucht zu erkennen. Schließlich umrundete er mit letzten Kräften fast die ganze Insel, bis er plötzlich eine Flußmündung entdeckte.

«O Herr des Flusses», flehte Odysseus, schon mehr tot als lebendig, «wer du auch seist, ich beschwöre dich: Poseidon verfolgt mich mit seinem Haß, hab Erbarmen mit mir und nimm mich in deinen Armen auf.»

Und der Flußgott hielt tatsächlich die Strömung zurück, so daß Odysseus ans Ufer klettern konnte. Dort angelangt, erblickte er etwa hundert Meter entfernt einen kleinen Hain, wo er Schutz suchen wollte. Er schleppte sich dorthin und ließ sich hinter einer Hecke zu Boden sinken – endlich in Sicherheit vor den Nachstellungen der Menschen und Naturgewalten. Athene trat zu ihm, schloß ihm die Lider und deckte seine Augen mit süßem Schlummer.

SECHSTER GESANG

Nausikaa

Der schlafende Odysseus wird von Nausikaa und ihren Mägden, die nackt am Strand Ball spielen, geweckt. Odysseus, ebenfalls nackt, bedeckt sich notdürftig mit Blättern, nähert sich der Schar und bittet Nausikaa, ihn zu ihrem Vater Alkinoos, dem König der Phäaker, zu bringen.

Hätte ich eine *Miss Odyssee* zu wählen, würde ich keinen Moment zögern, Nausikaa diese Anerkennung zukommen zu lassen. Und dafür gibt es folgende Gründe:

In der *Odyssee* lernen wir vier wichtige Frauengestalten kennen: Penelope, Kirke, Kalypso und Nausikaa. Penelope ist eine Frau um die Vierzig, die ständig traurig ist und kein Fünkchen Lust hat, sich auch einmal zu amüsieren. Sie weint viel und gern. Tagsüber verbirgt sie ihr Gesicht hinter einem dichten Schleier, und nachts ist sie damit beschäftigt, das zu webende Leichentuch für ihren Vater wieder aufzutrennen. Kirke hingegen ist halt so, wie sie ist, das heißt ein Flittchen, das ein Stundenhotel betreibt und mit jedem Mann, der ihr über den Weg läuft, sofort ins Bett steigt. Kalypso ist die Schlimmste von allen: Sie hält Odysseus sieben Jahre gefangen, weicht dem armen Kerl keine Sekunde von der Seite, fragt ihn ständig, ob er sie liebt, und erklärt unentwegt, wie sehr sie selbst ihn liebt. Nausikaa aber ist jung, lebenslustig, sportlich, nackt und wunderschön. «Niemals habe ich», sagt Odysseus in den Versen 160ff. zu ihr, «solch ein schönes Geschöpf wie dich gesehen; staunend bewundere ich dich und zittere vor Ehrfurcht.» Und ich glaube ihm aufs Wort.

Doch nehmen wir den Faden der Erzählung wieder auf. Wir hatten Odysseus schlafend hinter der schützenden Hecke zurückgelassen. Er kann natürlich nicht wissen, wo er gestrandet ist und womit er hier zu rechnen hat, vielleicht mit wilden Tieren, die ihn zerfleischen, oder feindlich gesinnten Menschen, die ihm das Fell über die Ohren ziehen wollen. Wirklich sicher weiß er nur, daß Poseidon ihm nicht wohlgesonnen ist und ihm gewiß noch einige Steine, oder Stürme, in den Weg legen wird. Kalypso hat ihm das bestätigt, und er hat keinen Grund, an ihren Worten zu zweifeln, zumal der Meeresbeherrscher das auch vor der Götterversammlung geschworen hat. Gott sei Dank gibt es da aber auch noch Athene, die unseren Helden beschützt und ihm zur Seite steht, so auch jetzt wieder, als sie Nausikaa, der schönen Tochter des phäakischen Königs, in Gestalt einer Freundin im Traum erscheint.

«O süße Nausikaa», sagt Athene zu ihr, «wieso läßt du dich so gehen? Deine Kleider liegen starrend vor Schmutz auf einem Haufen in einer Ecke deiner Kammer. Du solltest wirklich mehr auf dich achten. Denn wisse, du wirst nicht mehr lange Jungfrau bleiben. Seit einiger Zeit schon haben die edelsten jungen Phäaken ein Auge auf dich geworfen und begehren dich zum Weibe. Darum bereite dich auf den großen Tag vor und bitte gleich morgen früh deinen Vater, dir einen Wagen bereitzustellen, damit du alle deine Kleider zu den Waschtrögen am Strand bringen kannst.»

Als sich Aurora von ihrem wunderschönen Thron erhob, fiel Nausikaa der Traum wieder ein, und so lief sie eilig zu ihren Eltern, um ihnen davon zu berichten. Woraufhin der Vater sogleich Befehl gab, einen Wagen anzuspannen, der groß genug war, um seiner Tochter mit all ihren Mägden Platz zu bieten. Der Zufall wollte es nun, daß die Waschtröge in nächster Nähe der Hecke aufgestellt waren, hinter der Odysseus zum Schlafen niedergesunken war.

Dort angekommen, legten die Mädchen sogleich ihre Kleider ab, wuschen sie in den Trögen, nahmen dann ein Bad, und während sie darauf warteten, daß die Gewänder in der Sonne trockneten, begannen sie Ball zu spielen. Dabei passierte es, daß ein schlecht gezielter Wurf im Wasser landete. Laut kreischend sprangen die Mädchen hinterher, und davon wachte Odysseus auf.

«Wo bin ich?» murmelte er. «Und was sind das für fröhliche Mädchenstimmen, die da an mein Ohr dringen?»

Nun versetzen wir uns einmal in seine Lage, oder besser noch in seine Nacktheit, und stellen wir uns die Szene vor: Er erwacht in einem unbekannten Land und erblickt vor sich eine Schar nackter, ballspielender Mädchen. Auch er selbst ist nackt, denn er hatte sich ja seiner Kleider entledigen müssen, um Leukotheas rettenden Schleier anlegen zu können. Und nun weiß er nicht, wie er sich verhalten soll. Weder will er weiter wie ein Voyeur in seinem Versteck hokken bleiben noch die unschuldigen Mädchen mit seinem nackten Körper zu Tode erschrecken. Was tut er also? Er reißt einen belaubten Zweig von einem Strauch, um das zu bedecken, was Homer poetisch «des Mannes Blöße» nennt, und verläßt die Deckung – wie ein Löwe, erzählt der Dichter, der unvermutet in eine Schafherde einbricht. Und während die Mägde vor Schreck die Beine in die Hand nehmen, rührt sich Nausikaa nicht von der Stelle und sieht den fremden Mann nur neugierig an. Nicht zufällig ist sie ja die

Tochter des Königs, und blaues Blut kann in manchen Situationen eine Selbstsicherheit verleihen, die andere Frauen vermissen lassen.

Es klingt zwar unglaublich, doch als ich das Gymnasium besuchte (ich spreche von den vierziger Jahren), war diese Szene in meiner *Odyssee* tatsächlich der Zensur zum Opfer gefallen. Von Vers 127 bis 138 standen zwölf Auslassungspünktchen. Ich erinnere mich auch noch, daß mir ein Klassenkamerad, ein gewisser Mautone, der schon mehrmals sitzengeblieben war, unter dem Mantel absoluter Verschwiegenheit das Geheimnis verriet, er habe in der *Odyssee* seines Vaters gelesen, daß der Held beim Anblick der nackten Mädchen masturbiert habe. Selbstverständlich glaubte ich ihm aufs Wort, unter anderem auch, weil ich in jenem Alter an nichts anderes dachte. Im folgenden nun die anstößigen Verse:

Also sprach er und kroch aus dem Dickicht, der edle Odysseus,
Brach mit der starken Faust sich aus dem dichten Gebüsche
Einen laubichten Zweig, des Mannes Blöße zu decken;
Ging dann einher, wie ein Leu des Gebirgs, voll Kühnheit und Stärke,
Welcher durch Regen und Sturm hinwandelt; die Augen im Haupte
Brennen ihm; furchtbar geht er zu Rindern oder zu Schafen
Oder zu flüchtigen Hirschen des Waldes; ihn spornet der Hunger
Selbst in verschlossene Höf', ein kleines Vieh zu erhaschen:

Also ging der Held, in den Kreis schönlockiger Jungfraun
Sich zu mischen, so nackend er war; ihn spornte die Not an.
Furchtbar erschien er den Mädchen, vom Schlamm des Meeres besudelt;
Hiehin und dorthin entflohn sie und bargen sich hinter die Hügel.
(*Odyssee*, VI, 127–138)

Im Gegensatz zu dem, was Mautone und auch ich Odysseus frecherweise unterstellten, beschreibt uns Homer den Helden als schüchternen Mann, der sich Nausikaa zu Füßen wirft und sie anfleht:

«O göttliche Erscheinung, hilf mir, seist du auch eine Göttin oder eine Sterbliche! Bist du eine der Göttinnen, welche den Himmel beherrschen, so mußt du Artemis sein, denn du gleichst ihr an Gestalt und an Schönheit. Bist du ein Mädchen, so können sich dein Vater und deine Mutter dreimal selig schätzen, und dreimal selig dein Bruder. Doch der Seligste wird sein, der dich dereinst als Braut heimführet. Niemals habe ich ein schöneres Geschöpf als dich gesehen. Obwohl ich schon vielen schönen Frauen gegenüberstand, so auch Helena, der Tochter des Zeus.»

Verständlicherweise fühlte sich Nausikaa, so wie jede andere Frau an ihrer Stelle auch, von diesen Worten geschmeichelt und hörte dem Fremden gerne noch ein wenig zu.

«Ich wurde hier an Land gespült, nachdem mein Floß in einem gewaltigen Sturm zerschmettert wurde. Denn Poseidon, der Beherrscher der Meere, zürnt mir», fuhr Odysseus fort.

«Das weinfarbene Meer* drohte mich zu verschlingen, doch mit letzter Kraft konnte ich mich an diese fremde Küste hier retten. Doch sag mir, wohin es mich verschlagen hat. Und wer bist du? Wie heißt deine Stadt? Kannst du mich dorthin führen und mir zuvor noch etwas geben, mit dem ich mich bedecken kann? Dafür mögen die Götter dir schenken, was immer du begehrest.»

Und Nausikaa antwortete:

«Fremder, deine Worte verraten, daß du weder töricht noch von niedrigem Stand bist. So will ich dir meinen Namen verraten und den meines Volkes. Du hattest großes Glück, gerade an unsern Strand gespült zu werden, denn dies ist das Land der Phäaken. Wir sind ein friedliebendes Volk, das mit Ruder und Segel vertrauter ist als mit Pfeil und Bogen. Ich heiße Nausikaa und bin die Tochter von König Alkinoos, der über dieses Land hier herrscht.»

Dann drehte sie sich um und rief in Richtung ihrer Mägde, die in einiger Entfernung stehengeblieben waren und unschlüssig ihre Herrin beobachteten:

«Kommt her! Warum flieht ihr? Wieso erschreckt ihr derart beim Anblick eines nackten Mannes? Wir Phäaken stehen doch unter dem Schutz der Götter, und kein Sterblicher, dem sein Leben lieb ist, würde es wagen, sich an uns zu vergreifen. Dieser Mann hier ist ein Schiffbrüchiger, der mit knapper Not einen Orkan überlebt hat. Kümmert euch um ihn: Geleitet ihn zum Fluß, damit er sich dort im Schutz vor den kühlen Winden wasche, und dann gebt ihm zu essen und trockene Kleidung.»

* Dieser Ausdruck «weinfarbenes Meer» (*οἴνοπι πόντῳ*) taucht recht häufig in Homers Epen auf. Offenbar bezieht er sich auf die dunkelviolette Farbe, die das Meer bei Sturm annimmt. Vgl. *Odyssee*, V, 133; V, 221; VII, 250; XII, 388 usw.

Verhalten kichernd und schamhaft den Blick auf jene bewußte Stelle des fremden Mannes meidend, kamen die Mädchen herbei und versorgten Odysseus mit einem Fläschchen Öl, einem Schlauch Wein, einem Korb mit Lebensmitteln, einem Gewand und einem Wollumhang.

«Habt Dank, ihr Jungfrauen, für eure Hilfe», sagte Odysseus, «doch nun entfernt euch ein wenig, daß ich mir selber das Salz von den Schultern spüle und meinen Körper mit Öl salbe, denn ich würde mich schämen, nackt vor euch schönlockigen Mädchen zu stehen.»

Dann stieg er in den Fluß, wusch sich ausgiebig und stillte danach Hunger und Durst. Als er satt war, rieb er sich mit Öl ein und legte die frischen Gewänder an. Damit noch nicht zufrieden, veränderte Athene die Gestalt ihres Schützlings noch ein wenig, ließ ihn größer und schöner werden, denn er sollte die Phäaken, wenn Nausikaa ihn in die Stadt bringen würde, ordentlich beeindrucken.

Doch bleiben wir zunächst noch ein wenig bei Nausikaa. Man mag vielleicht geneigt sein, sich das Mädchen als reine, unbedarfte Jungfrau vorzustellen. Doch weit gefehlt. Als sie nämlich den Helden nun in vollem Glanze erblickt, wohlgestaltet und majestätisch wie eine Statue, verliert sie vollkommen den Kopf.

«Kommt her, ihr weißarmigen Mädchen, und seht euch diesen Mann an», sprach sie zu ihren Mägden, «vorhin noch erbarmungswürdig und elend, gleicht er nun einem Gott. Ach wäre es mir doch vergönnt, solch einen Mann zum Bräutigam zu haben. Nie mehr würde ich mich von ihm trennen!»

Und nach diesem versteckten Heiratsantrag zeigt uns Homer, wie gefürchtet auch damals schon Klatsch und Tratsch waren.

«Laß uns nun in die Stadt fahren», sagte Nausikaa zu Odysseus. «Ich will dich zum Palast meines Vaters bringen, wo du die Edelsten der Phäaken kennenlernen wirst. Doch bitte ich dich, Fremder, halte dich nicht an meiner Seite, sondern folge mir zu Fuß in gebührendem Abstand zusammen mit meinen Mägden. Ich möchte nicht, daß die Leute denken: ‹Wer ist denn der schöne Mann da neben unserer Nausikaa? Ob er es war, der sich ihr zu nähern wagte, oder sie, die seine Bekanntschaft suchte?› Glaub mir, o Fremder, ich würde mich zu Tode schämen.»

Nach diesen Worten schwang sie die «glänzende Geißel», wie Homer schreibt, und trieb die Maultiere an. Doch nicht zu sehr, denn sie wollte Odysseus, der ihr zu Fuß mit den Mägden folgte, nicht aus den Augen verlieren.

SIEBTER GESANG

König Alkinoos' Palast

In Scheria trifft Odysseus die als junges Mädchen verkleidete Athene. Sie rät ihm, sich die Königin Arete gewogen zu machen. Alkinoos, der König der Phäaken, will Odysseus seine Tochter Nausikaa zur Frau geben und verspricht ihm dann ein Schiff, das ihn nach Ithaka bringen soll.

Im siebten Gesang geschieht nichts wirklich Aufregendes. Es ist eine Art Zwischengesang. Wir lernen einen weiteren König kennen, eine weitere Königin und einen weiteren Palast. Und wie üblich wohnen wir einem grandiosen Festmahl bei, bei dem sich alle bis zum Gehtnichtmehr mit Wein und erlesenen Speisen vollstopfen. Der Umstand, daß in fast allen Gesängen der *Odyssee* so ausgiebig getafelt wird, sollte uns nicht allzusehr verwundern. Anscheinend war die Nahrungsaufnahme zu jener Zeit besonders wichtig, und vielleicht fühlten sich Homers Zuhörer sogar beruhigter, wenn sie wußten, daß ihre Helden satt waren, fast so, als würden sich Odysseus und seine Kollegen an ihrer Stelle den Bauch vollschlagen. Doch der Reihe nach.

Um Nausikaa nicht zu kompromittieren, blieb Odysseus, als sie in die Stadt gelangten, hinter den anderen zurück – und verlief sich. Eine halbe Stunde irrte er durch die Straßen und Gassen, bis er sich schließlich dazu durchrang, eine Frau nach dem Weg zu fragen. Wer diese Frau war, können wir uns leicht vorstellen: Athene, diesmal in Gestalt eines jungen Mädchens mit dem klassischen Wasserkrug unter dem Arm.

«O edle Jungfrau», sprach Odysseus sie an, «könntest du mir vielleicht sagen, wie ich zum Schloß des göttlichen Alkinoos komme?»

Und sie antwortete mit sanfter Stimme:

«Ja sicher, o Fremder: Geh nur immer weiter geradeaus, so gelangst du zu einem prächtigen Palast. Dort lebt das phäakische Herrscherpaar und labt sich gerade bei einem großen Festmahl. Tritt unbesorgt ein. Man wird dich mit allen Ehren empfangen. Doch denke daran, in erster Linie der Königin zu huldigen. Nähere dich ihr mit großem Respekt und umfasse ihre Knie. Und dann erzähle ihr ohne Hast, was dein Begehr ist. Denn sie ist es, die im Land der Phäaken alle wichtigen Entscheidungen trifft. Alkinoos ist zwar der König, ordnet sich ihr aber in allem unter. Die Königin heißt Arete; sie ist von sanftem Wesen und legt großen Wert auf Harmonie. Wenn es dir gelingt, sie für dich einzunehmen, wird sie dir jeden Wunsch erfüllen. Du brauchst sie nur darum zu bitten. Das Volk verehrt sie wie eine Göttin.»

Nach diesen Worten umhüllte sie ihn mit einem magischen Nebel und führte ihn in den Palast, der sogar noch prachtvoller war als die Residenz von Menelaos in Sparta. Hier nun eine (unvollständige) Aufzählung der Dinge, die Odysseus besonders beeindruckten: Wände aus Bronze, goldene Türen mit silbernen Türpfosten, ebenfalls silberne Deckenbalken, bronzene Schwellen und Klinken aus massivem Gold. Die breite Tür, die in den Saal führte, wurde von zwei großen Hunden bewacht – der eine aus Silber, der andere aus Gold –, die Hephaistos persönlich für den König gefertigt hatte und die sogar bellen konnten, obwohl sie aus Metall waren. Die Sessel waren mit purpurfarbenen Stoffen bezogen, die mit Gold und Silber bestickt waren. Und als Beleuchtung standen neben jedem Sessel goldene Statuen von Jünglingen mit Fackeln in Händen. Man möge es mir nachsehen, daß ich hier ständig von Gold und Silber spreche, doch die Wiederholungen stammen nicht von mir, sondern von Homer.

Der magische Nebel um Odysseus' Gestalt hatte sich aufgelöst, und der Held stand nun in vollem Glanz vor dem verblüfften Königspaar.

«Wer ist dieser Mann?» fragten sie sich staunend. «Er gleicht einem Gott, könnte aber auch ein Dämon sein. Was will er bloß von uns?»

Athene, die im Hintergrund die Fäden zog, hatte natürlich genau gewußt, welche Aufmerksamkeit ihr so glänzend ausstaffierter Schützling beim phäakischen Herrscherpaar erregen würde. Bevor man ihm Fragen stellen konnte, warf Odysseus sich nun zu Füßen der Königin nieder und sprach:

«O edle Arete, Tochter des göttergleichen Rhexenor, und du, weiser und gerechter König, hört mich an: Ich bin ein Schiffbrüchiger, der sich mit knapper Not aus einem entsetzlichen Sturm retten konnte, und nur ein Wunsch beseelt mich: Ich möchte meine Heimat, mein geliebtes Ithaka, endlich wiedersehen. Ihr Phäaken seid auf der ganzen Welt als ein Volk von hervorragenden Seeleuten und Schiffsbauern bekannt. Und deshalb bitte ich euch, edle Herrscher, gebt mir ein Schiff und eine Mannschaft, damit ich möglichst bald meine Lieben in der Heimat umarmen kann, die ich schon seit viel zu vielen Jahren nicht mehr gesehen habe.»

Mit einem leichten Kopfnicken gab Arete ihrem Gatten zu verstehen, daß er antworten dürfe.

«O phäakische Fürsten», begann der König, sich an die

versammelten Gäste wendend, «ich denke, wir sollten unseren Gast zunächst zu Speis und Trank einladen. Danach, wenn er sich gestärkt hat und wir den Göttern die ihnen gebührenden Opfer dargebracht haben, können wir uns über das Schiff und eine Besatzung unterhalten.»

Doch Arete war aufgefallen, daß die Kleider, die der Fremde trug, ihrer Tochter Nausikaa gehörten. Und so konnte sie sich eine mißtrauische Frage nicht verkneifen.

«Beantworte mir eine Frage, o Fremder», sagte sie. «Du hast uns gerade erzählt, du habest dich mit letzter Kraft aus der Gewalt des Meeres retten können. Doch siehst du nicht im geringsten wie ein Schiffbrüchiger aus. Wer schenkte dir die Gewänder, die dich kleiden?»

An dieser Stelle nutzt Homer die Gelegenheit, um noch einmal die vorangegangenen Ereignisse zusammenzufassen: Offenbar gab es auch damals schon das Problem der oft langatmigen Rückblenden, wie sie für Fortsetzungsromane und TV-Serien typisch sind. Aber wer wie die Königin erst beim siebten Gesang eingeschaltet hat, braucht eben eine Einführung in die Vorgeschichte.

«Es ist nicht leicht, o meine Königin», antwortete Odysseus, «dir alle Notlagen aufzuzählen, in die ich in den letzten Jahren geraten bin. Bis vor kurzem weilte ich noch auf der Insel Ogygia, wo mich eine schöngelockte Nymphe namens Kalypso gefangenhielt. Auch zu ihr gelangte ich, weil ein Gott, der mächtige Zeus, mein Schiff im Sturm zerschmettert hatte. Alle meine Männer ertranken, doch mich rettete eben jene Nymphe, nachdem ich neun Tage und neun Nächte an die Reste meines Schiffes geklammert auf dem Meer dahingetrieben war. Leider bezahlte ich diese Rettung jedoch mit einer siebenjährigen Gefangenschaft auf Kalypsos Insel. Im achten Jahr endlich mußte sie mich auf

Zeus' ausdrücklichen Befehl ziehen lassen. Aus Baumstämmen baute ich mir ein Floß, mit dem ich achtzehn Tage und achtzehn Nächte übers Meer fuhr, bis mich ein Sturm, noch gewaltiger als der vorherige, an die Gestade eures Landes warf. Dort fiel ich erschöpft in tiefen Schlaf, und als ich aufwachte, erblickte ich eine Schar junger Mädchen, die am Strand Ball spielten. Die Schönste und Klügste unter diesen aber war Nausikaa, eure Tochter. Sie gab mir zu essen und schenkte mir die Gewänder, die ich nun trage.»

«Warum hat sie dich nicht selbst zu unserem Palast begleitet?» wollte Alkinoos wissen.

«Das hätte sie schon getan. Doch ich war es, der dieses Angebot zurückwies, da ich fürchtete, du als ihr Vater könntest es ihr übelnehmen.»

«Das war sehr rücksichtsvoll von dir, Fremder, doch glaube mir, daß ich nicht so besitzergreifend bin, um auf einen bloßen Verdacht hin in Zorn zu geraten. Ganz im Gegenteil. Einem Mann wie dir würde ich gerne meine Tochter zur Frau geben. Du könntest bei uns Phäaken bleiben und alles von mir haben, was du dir nur wünschen kannst: ein Haus, Reichtümer ... Doch sollte dein Heimweh stärker sein als der Reiz einer neuen Liebe, so will ich dir ein Schiff und eine gute Mannschaft geben, die dich übers Meer begleiten wird, wo immer du auch hin willst. Dann würdest du die Schnelligkeit unserer Schiffe schätzen lernen und die Kraft unserer jungen Männer, die mit ihren Rudern das Meer aufwühlen.»

Es war spät geworden, und nachdem Odysseus nun einen weiteren Heiratsantrag verbucht hatte, ging er zu Bett.

ACHTER GESANG

Am Hof der Phäaken

König Alkinoos stellt Odysseus den phäakischen Fürsten vor. Der Held nimmt an Sportwettkämpfen teil und gewinnt im Diskuswurf. Schließlich treten zwei Gaukler und ein Dichter auf, den Odysseus bittet, die Geschichte vom trojanischen Pferd zu erzählen.

Odysseus zu Ehren berief Alkinoos eine große Versammlung bei den Schiffen ein. Sein Gast sollte sich, bevor er in seine Heimat zurückkehrte, mit eigenen Augen davon überzeugen, daß die Phäaken kein Volk waren, das nur ans Essen und Trinken dachte, sondern wie die anderen griechischen Völker den Tanz liebte, die Dichtkunst, Gesang und Sport. Kurzum, der König wollte dem Eindruck entgegenwirken, die Phaäken seien Wilde, nur weil sie am Rande der Welt lebten.

Wieder einmal war es Athene, die den Job des Promoters übernahm: Sie zog als Herold verkleidet durch die Straßen der Stadt und rief:

«Schnell, schnell, lauft zum Strand! Der göttliche Alkinoos hat eine Vollversammlung einberufen. Der Fremde, den das Meer an unsere Küste spülte, wird auch zugegen sein. Alle sagen, er sehe aus wie ein Gott.»

Und um die hochgeschraubten Erwartungen nicht zu enttäuschen, erlaubte sich die Göttin dann, ihren Schützling mit einem kleinen Eingriff noch ein wenig größer und jugendlicher zu gestalten. Ach, wie oft hätte ich mir gewünscht, auch jemanden wie Athene an meiner Seite zu haben, der mir in den entscheidenden Situationen meines Lebens unter die Arme gegriffen hätte. Zum Beispiel bei meinem Vorstellungsgespräch in der Chefetage bei IBM oder in der dritten Klasse auf dem Gymnasium, als ich einer Mitschülerin namens Giuliana, die mir vollkommen den Kopf verdreht hatte, meine Liebe gestand. Oder auch damals, als ich mit dem Manuskript meines ersten Buches *Also sprach Bellavista* beim Mondadori-Verlag anklopfte. Aber nein, ich konnte nur auf das zurückgreifen, was an Hilfsmitteln gerade in Mode war: eine gute Tönungscreme, um nicht allzu blaß zu wirken, und Schuhe mit höheren Absätzen, die mich ein wenig größer machten.

Auf dem schön geschliffenen Thron sitzend, ergriff Alkinoos das Wort.

«O phäakische Fürsten, all ihr Großen des Reiches, dieser Mann neben mir ist von sehr weit her zu uns gekommen, umherirrend und leidend, wie er selbst sagte. Ich muß gestehen, daß ich nicht weiß, wer er ist, doch in meinem Herzen vernehme ich eine Stimme, die mich drängt, ihm zu helfen. Er bittet uns um ein Schiff, um nach Hause zu seinem Weib und zu seinem Sohn zurückzukehren. Und ich denke, wir sollten seine Bitte erfüllen. Laßt uns also zweiundfünfzig der stärksten Jünglinge unseres Volkes auswählen, die ihn auf seiner langen Reise begleiten sollen. Doch in der Zwischenzeit, während das Schiff bewaffnet und die Mannschaft zusammengestellt wird, wollen wir wie jedes Jahr unsere Wettkämpfe austragen. Damit der Fremde seinen Landsleuten zu Hause berichten kann: ‹Ich habe die besten Ringkämpfer der Welt kennengelernt, die besten Boxer, Diskuswerfer, Läufer und Hochspringer. Es waren Phäaken.›»

Alkinoos' Vorschlag stieß auf einhellige Zustimmung. Die sportlichsten Jünglinge des Landes traten gegeneinander an, und dank Homers penibler Beschreibung ist uns sogar die Liste der Starter erhalten geblieben. Als da wären (in streng alphabetischer Reihenfolge): Akroneos, Amphialos, Anabesineos, Anchialos, Elatreus, Eretmeus, Euryalos, Halios, Klythoneos, Laodamas, Nauteus, Naubolides, Okyalos, Ponteus, Proreus, Prymneus, Thoon. Um der Chronistenpflicht nachzukommen, sei erwähnt, daß Klythoneos das Laufen gewann, Amphialos den Hochsprung und Elatreus das Diskuswerfen. Im Boxen und Ringen gingen Euryalos beziehungsweise Laodamas als Sieger hervor. Ersterer war der Schönste, aber auch der Ungehobeltste unter den Phäaken, letzterer eines der zahlreichen Kinder des Alkinoos.

Auch Odysseus wurde zur Teilnahme aufgefordert.

«O Fremder», sagte Laodamas zu ihm, «komm und versuche, deine Kräfte mit uns zu messen. Für einen wahren Mann gibt es keinen größeren Ruhm als jenen, den er mit eigenen Händen erringt.»

Doch der Held lehnte dankend ab.

«Ich muß dir gestehen, o Laodamas, daß ich im Moment für einen Wettkampf nicht in der richtigen Stimmung bin. Denn mein Herz und meine Gedanken sind ganz auf meine Heimat gerichtet.»

Leider wurde Odysseus' Zurückhaltung von den jungen Phäaken gründlich mißverstanden.

«Also, ehrlich gesagt», erwiderte der hochnäsige Euryalos mit einem spöttischen Lächeln, «glaube ich, daß du dich nur drücken willst. Wahrscheinlich kennst du dich im Handel besser aus als im Ringkampf. Ja, wenn ich dich so ansehe, scheinst du mir ein Mann zu sein, der sich auf dem

Schiff mehr um die Auflistung der Waren kümmert als um das Steuer. Und auch deine Sprache verrät, daß du alles andere als ein Athlet bist.»

Aus Euryalos' Worten können wir ersehen, in welchem Ansehen Kaufleute im alten Griechenland standen. Arbeiten, Schwitzen, Kaufen und Verkaufen galten geradezu als anstößig, besonders verglichen mit dem Sport oder dem Kriegshandwerk.

Die Beleidigung jedenfalls saß. Sowohl des Tons, unterstrichen von dem überheblichen Lächeln, als auch des Inhalts wegen, und so sah sich der Held genötigt, mit den passenden Worten zu antworten.

«O Jüngling», erwiderte er, «was du gerade gesagt hast, war reichlich anmaßend. Es sind ja doch die Götter, die uns Sterblichen unsere besonderen Fähigkeiten verleihen. Manchen schenken sie Kraft, anderen Schönheit und wieder anderen Klugheit. Bei dir zum Beispiel, werter Euryalos, waren sie hinsichtlich Schönheit und Kraft recht großzügig, was die Klugheit angeht, jedoch bedeutend weniger, weswegen ich leider feststellen muß, daß du ein Hohlkopf bist. Ich bin keineswegs unerfahren im Wettkampf, ganz im Gegenteil. In meiner Heimat Ithaka zählte ich in meiner Jugend zu den Besten. Und deine Herausforderung nehme ich hiermit an.»

Mit diesen Worten schnappte er sich einen Diskus, den größten, den er entdecken konnte, drehte sich dreimal um die eigene Achse (wobei ihm auch diesmal wieder Athene half) und schleuderte die Scheibe ein gutes Stück weiter als alle Wettkämpfer vor ihm. Ein verblüfftes «Oh!» erhob sich aus der Menge.

«Und wer sich nun mit mir im Ringen, Boxen oder Bogenschießen messen will», wandte sich Odysseus wieder an die Menge, «der möge vortreten. Im Laufen würde ich wegen meines Alters wahrscheinlich den kürzeren ziehen, aber nicht im Bogenschießen, einer Disziplin, in der ich, wie ich glaube, immer noch der Stärkste unter allen Sterblichen bin. Allein Philoktetes gelang es einmal, mich zu schlagen.»

Euryalos hätte gerne etwas erwidert, doch Alkinoos, darauf bedacht, die Wogen zu glätten, schaltete sich ein, indem er, an Odysseus gewandt, sagte:

«O mein göttlicher Gast, hoffentlich bekommst du keinen falschen Eindruck von uns, auch wenn sich einer aus unserer Mitte im jugendlichen Übermut zu überheblichen Bemerkungen dir gegenüber hinreißen ließ. Denn wisse: Wir lieben zwar alle den sportlichen Wettkampf, aber nicht so sehr, daß wir deswegen ein gutes Mahl, die Dichtkunst oder den Gesang vernachlässigen würden. Und ebenso lieben wir den Tanz, warme Bäder und die Liebe.» Dann, an einen Herold gewandt: «Lauf und bringe Demodokos' Harfe herbei, damit der Sänger unserem Gast beweise, wie hoch wir Phäaken die Sangeskunst schätzen. Bei Demodokos waren die Musen gleichzeitig geizig und großzügig: Mit einer Hand nahmen sie ihm das Augenlicht, mit der anderen schenkten sie ihm eine wundervolle Stimme.»

Der blinde Sänger griff zu seiner Harfe und begann, Anekdoten aus der Götterwelt vorzutragen, das heißt, er sang von der heißen Affäre zwischen Ares und Aphrodite und den darauf folgenden Racheakten des eifersüchtigen Gatten Hephaistos. Um diese Mythen richtig zu verstehen, muß man wissen, daß Hephaistos furchtbar häßlich war, Aphrodite sehr schön und Ares sehr böse. Die klassische Konstellation also: Er, sie und der verfluchte Dritte.

Eine Folge aus dieser Serie kam beim Publikum besonders gut an, und zwar die von dem unsichtbaren Netz:

Eines Tages beobachtete die Sonne die Ehebrecher zusammen auf einer Wiese und hatte nichts Besseres zu tun, als dem armen Hephaistos, in der Rolle des *Er*, haarklein zu berichten, wie die Dinge lagen. Der Gott der Handwerker dachte einen Moment lang nach und konstruierte dann ein Metallnetz, fein wie Spinnweben, das er unter der Decke des ehelichen Schlafgemachs aufhängte, und zwar so, daß es auf die Ehebrecher niederfallen mußte, sobald sich das Bett darunter bewegte. Dann verkündete er seiner Gattin, daß er dringend noch mal zur Arbeit müsse, genauer auf die Insel Lemnos, wo er sich im Innern eines Vulkans seine Werkstatt eingerichtet hatte. Überflüssig zu erwähnen, daß *sie*, sobald Hephaistos das Haus verlassen hatte, sogleich den *verfluchten Dritten* rufen ließ und somit *ihm* die Möglichkeit gab, sie in flagranti zu erwischen.

Bis hierher kann sich Hephaistos noch unser aller Sympathie sicher sein. Doch nun, und da beginnen wir uns zu distanzieren, will er die Ehebrecher noch ein wenig demütigen und ruft zu diesem Zweck alle Götter des Olymps herbei (die Göttinnen wurden ausgeschlossen, weil man ihnen den Anblick von Ares' Blöße nicht zumuten wollte), damit sie sich mit eigenen Augen von der Schamlosigkeit der Tat überzeugten. Nun verhielt es sich aber so, daß sich erstens das nackte Pärchen keineswegs schämte und zweitens die versammelten Götter, als sie Ares mit der wunderschönen, entblößten Liebesgöttin neben sich im Bett erblickten, einen gewissen Neid auf den Kollegen nicht verbergen konnten.

«O Hermes, sei ehrlich», wandte sich Apollon an den Götterboten, «wärest du nicht gern an Ares' Stelle, obwohl er gefangen ist?»

«Ach, ja!» seufzte der Bote. «Und wären auch die Bande

dreimal stärker und die Knoten dreimal fester und würden nicht nur die Götter, sondern auch alle Göttinnen mich tadelnd anschauen, so wäre ich doch der Glücklichste aller Unsterblichen!»

Dieses offene Bekenntnis sollte sich schon am nächsten Tag für den guten Hermes auszahlen, als die blondgelockte Aphrodite aus Dankbarkeit zu ihm ins Bett kroch und ein Kind mit ihm zeugte, halb Junge, halb Mädchen, das seinen Eltern zu Ehren Hermaphroditos genannt wurde.

Rauschender Beifall belohnte den Sänger für seinen Vortrag. Aber die Vorstellung war noch nicht zu Ende: Zwei junge Burschen betraten die Bühne, Halios und Laodamas, die für ihre akrobatischen Tanzkünste berühmt waren. Sie jonglierten mit purpurfarbenen Bällen, die sie hoch in die Luft warfen und erst kurz bevor sie den Boden berührten wieder auffingen, und führten dabei noch komplizierte Tanzschritte und waghalsige Turnübungen vor. Danach ging es ans Verteilen der Geschenke, darunter ein kostbares Schwert aus Bronze mit einem Heft aus Silber und einer Scheide aus Elfenbein, das Euryalos unbedingt Odysseus schenken wollte, wahrscheinlich, um seine respektlosen Worte von zuvor vergessen zu lassen.

«Auf daß du nie bereuen mögest, mir dieses Schwert geschenkt zu haben», meinte der Held, als er ihm aus ehrlichem Herzen dankte.

Dann folgte das übliche große Gelage, zu dessen Ende Odysseus den Sänger Demodokos an einem Tisch entdeckte und sich zu ihm gesellte.

«O Demodokos», sprach Odysseus ihn an, «wie sehr beneide ich dich doch um dein großes Wissen über die Taten der Götter und Helden. Wenn man dir so zuhört, könnte man glauben, du hättest das alles mit eigenen Augen gesehen. Und darum bitte ich dich, erzähle mir doch vom trojanischen Pferd, jenem Geschenk also, das Epeios mit Hilfe von Athene baute, und erkläre mir, wie es den Achäern gelang, die Stadt des Priamos zu erobern.»

Der Sänger mochte sich der freundlichen Bitte nicht verschließen und berichtete, wie die Griechen ihre Zelte verbrannten und so den Anschein erweckten, sie würden die trojanische Ebene verlassen. Dann beschrieb er mit größter Genauigkeit das hölzerne Pferd, wie es gebaut wurde, wie es aussah und wie viele Krieger es aufnehmen konnte. Alle Helden zählte er auf, die sich in seinem Bauch versteckt hielten, und berichtete, wie die Trojaner verwundert das prächtige Geschenk bestaunten, das die Griechen am Strand zurückgelassen hatten. Einige von ihnen fürchteten die Griechen sogar als Schenkende* und wollten das Pferd mit Lanzen durchbohren oder von einem Fels ins Meer stürzen, andere hingegen es in Ehren halten und als Mahnmal an den soeben beendeten Krieg in der Stadt aufstellen. Dann erzählte er, wie die griechischen Helden nachts dem Pferd entstiegen und die Stadt Troja plünderten und niederbrannten. Als er davon sang, wie Menelaos und Odysseus ins Haus des Deïphobos eindrangen und Priamos' Sohn die Gattin, die schöne Helena also, entrissen, füllten sich die Augen des Gastes mit Tränen. Niemand bemerkte es, bis auf König Alkinoos.

«Genug», sagte der großherzige Mann, «genug dieser Ge-

* *Timeo Danaos et dona ferentes* («man fürchtet die Danaer, auch wenn sie schenken») lautet der berühmte Satz, den der Troer Laokoon gebrüllt haben soll (vorausgesetzt, daß er Latein sprach), als er sich auf das hölzerne Pferd stürzte, um es zu zerstören. Daraufhin entstiegen dem Meer zwei Seeungeheuer, die ihn und seine zwei kleinen Söhne vor den Augen der Troer zermalmten.

schichten, die die Seele betrüben. Der gute Demodokos lasse nun seine Harfe schweigen. Und du, o Fremder, verrate uns endlich deinen Namen. Wer bist du? Aus welchem Land kommst du? In welche Länder trieb dich deine lange Irrfahrt? Wie hießen die Menschen, die du dort trafest? Und wie waren sie? Gastfreundlich oder feindlich gesinnt? Gerecht oder ungerecht? Großzügig oder geizig? Verehrten sie die Götter? Aber vor allem – warum weinst du, wenn du von den Heldentaten der Achäer vor Troja erzählen hörst?»

Und so beginnt, mit dem folgenden Gesang, eine neue Art von *Odyssee*. Es ist nun der Held selbst, der uns von seinen Erlebnissen berichtet. Wir hören von seinen Begegnungen mit dem Kyklopen Polyphemos und der Zauberin Kirke, seinem Abstieg in den Hades, seinem Abenteuer mit den Sirenen und der Durchfahrt zwischen den Meerungeheuern Skylla und Charybdis. Gute Reise!

Polyphemos

Nach einem seltsamen Abenteuer im Land der Lotophagen gelangen Odysseus und seine Gefährten ins Reich der Kyklopen, wo Polyphemos sie gefangennimmt, um einen nach dem anderen zu verspeisen. Schließlich gelingt es Odysseus, den Giganten betrunken zu machen und ihm mit einem Pfahl das einzige Auge auf der Stirn auszustechen.

O göttlicher Alkinoos, und ihr, edle Phäaken, wie schön ist es doch, vor einer überreich mit bestem Fleisch und süßem Wein gedeckten Tafel zusammenzusitzen und einem Erzähler zu lauschen. So höret auch ihr nun mir zu: Ich bin Odysseus, der Sohn des Laërtes, und meine Heimat ist Ithaka, eine rauhe, zerklüftete Insel, die mir dennoch lieb und teuer ist. Man kennt mich als den Listenreichsten unter allen Sterblichen, die je auf dieser Erde ihr Brot verzehrt haben. Zehn lange Jahre kämpfte ich vor Troja in den Reihen der Achäer mit den bronzenen Rüstungen. Schließlich war der Sieg unser, doch er brachte uns kein Glück, denn die Götter zürnten und straften uns, als wir in die Heimat zurückzukehren versuchten. Zunächst trieben uns die Winde nach Ismaros, zum Land der Kikoner. Dort zerstörte ich die Stadt, tötete fast alle Männer und raubte die schönsten Frauen.»

So beginnt Odysseus' lange Erzählung vor den phäakischen Fürsten, und schon mit den ersten Sätzen wird überdeutlich, welche Moral in jener Epoche herrschte. Im Grunde gab es nur zwei Möglichkeiten, sich in einem fremden Land vorzustellen: entweder mit friedensstiftenden Gastgeschenken, einem freundlichen Lächeln und unterwürfigen Verbeugungen oder aber Tod und Zerstörung bringend, mit der Waffe in der Hand. Alles hing vom Kräfteverhältnis ab zwischen den «Besuchern», die übers Meer kamen, und den Einheimischen, die sich vom Land aus verteidigen mußten. Die Faustregel lautete: «Zeige dich stark bei den Schwachen und freundlich bei den Starken.»

Doch lauschen wir nun weiter Odysseus:

«Nur einen einzigen verschonte ich: Es war Maro, ein Priester Apollons, und er dankte es mir mit sieben Talenten Gold, einem silbernen Mischkrug und zwölf Amphoren süßen, reinen Rotweins. Die Kriegsbeute teilten wir gerecht unter allen auf, die an der Plünderung teilgenommen hatten, wobei wir einiges, jedoch nicht zuviel, für die Männer, die auf den Schiffen geblieben waren, übrigließen. Keiner sollte das Land ohne seinen gerechten Anteil verlassen. Dann sprach ich zu meinen Gefährten: ‹Und nun, Männer, laßt uns in See stechen und das Weite suchen.› Doch die Unbesonnenen, schon berauscht vom Weine und von der Freude über die große Beute, wollten noch ausharren und weiterzechen. So kam es, daß weitere Kikoner aus dem Hinterland eintrafen, die tapferer und stärker und zahlenmäßig weit überlegen waren. Einer kämpfte gegen zehn, und so mußten wir fliehen und uns unter großen Verlusten auf die Schiffe retten. Jedes Schiff hatte sechs Männer verloren, manche waren im Schlaf getötet worden, noch berauscht vom Weine, ohne die Möglichkeit, das Schwert zur Hand zu nehmen.»

Wie man sieht, zögert Odysseus keinen Augenblick zu gestehen, mit seinen Gefährten wehrlose Menschen niedergemetzelt und zahlreiche Frauen vergewaltigt zu haben, in jener Epoche eine übliche Vorgehensweise. Sein Ton ist distanziert: Weder will er seine Zuhörer rühren noch sich selbst zu Gefühlen hinreißen lassen, verhält sich vielmehr wie ein objektiver Berichterstatter seiner eigenen Erlebnisse. So gibt er die Zahl seiner toten Gefährten (zweiundsiebzig) mit der gleichen kühlen Sachlichkeit an, wie er Maros Geschenke aufzählt.

Was jedoch die Navigation betrifft, könnte die *Odyssee* auch sehr gut den Titel *Vom Winde verweht* tragen, da man vor dreitausend Jahren bei einer Schiffsreise zwar den genauen Abfahrtstag festlegen konnte, aber niemals den der Ankunft und genausowenig den Ort, wo man schließlich landen würde. Die Entscheidung darüber lag bei den Winden und Unwettern, letztendlich also bei Zeus und Poseidon. Die Ruder, mit denen die Schiffe ausgestattet waren, wurden bei einer Flaute eingesetzt, sonst segelte man am Wind, vorausgesetzt der kam nicht direkt von vorn. Für den richtigen Kurs mußte sich Odysseus von Troja aus in südwestliche Richtung halten, an Thrakien zur Steuerbord- und an den Inseln Lemnos und Skyros zur Backbordseite vorbeisegeln, dann die Meerenge zwischen der Kykladeninsel Andros und dem Südzipfel von Euböa passieren und schließlich das Kap Maleia, die Südspitze des Peloponnes, umrunden.

«Kaum waren wir auf dem offenen Meer», fuhr Odysseus fort, «schleuderte Zeus, der Wolkenversammler, den Nordwind gegen uns. Ein gewaltiger Sturm erhob sich, der die Segel zerriß, so daß wir gezwungen waren, sie einzuholen.

In Todesangst erreichten wir schließlich rudernd das nahe Ufer. Dort warteten wir zwei lange Tage, bis der Sturm sich gelegt hatte. Als sich aber am dritten Tag die schöngelockte Aurora erhob, stachen wir wieder in See, ließen uns glücklich vom Wind treiben und hätten sicher auch Ithaka erreicht, wären wir nicht am Kap Maleia erneut in einen noch mächtigeren Sturm geraten. Neun Tage und neun Nächte schleuderten uns die Winde in den weinfarbenen Wogen hin und her, bis wir am zehnten Tage schließlich zu den Lotophagen gelangten. Ich schickte drei Männer los, zwei Matrosen und einen Herold, um zu erkunden, auf welche Art Sterbliche wir treffen würden, ob sie gastfreundlich seien oder feindlich gesinnt, ob friedliebend oder grausam. Lange warteten wir, doch die drei Männer kamen nicht zurück. Als sich der Abend neigte, machten wir uns auf, sie zu suchen, und fanden sie auf einer Wiese sitzend. Ich sprach sie an, doch sie lachten und scherzten nur und dachten gar nicht daran, auf meine Fragen zu antworten: Sie hatten ihr Gedächtnis verloren. Sie wußten weder, warum sie nicht zu den Schiffen zurückgekehrt waren, noch erkannten sie uns überhaupt. Da schrie ich sie an und fand schließlich heraus, daß sie süße Blumen von der Wiese, Lotos genannt, gegessen und daraufhin uns und ihre Heimat vergessen hatten. So war ich gezwungen, ihnen Hände und Füße zusammenzubinden und sie, obwohl sie schrien und sich sträubten, mit Gewalt zum Schiff zu bringen und unter Deck einzusperren. Dann legten wir eilig ab, denn ich fürchtete, daß auch wir anderen von diesen Blumen essen und unser Vaterland, unsere Ehefrauen und Kinder vergessen könnten.»

Diese Geschichte mit den Lotosblumen läßt eine Reihe von Fragen offen. Zunächst einmal: Wo lag überhaupt die Heimat der Lotophagen? Manche vermuten in Ägypten, andere (unter ihnen Herodot) in Libyen, wieder andere in Portugal. Zumindest diese letzte Hypothese können wir, wenn wir ein wenig nachrechnen, rasch ausschließen. Wenn man davon ausgeht, daß ein Schiff in jener Zeit nicht schneller als acht Knoten war, also höchstens zweihundertfünfzig Kilometer am Tag zurücklegte, konnte es in neun Tagen und neun Nächten, ohne den Kurs zu ändern, nicht viel mehr als zweitausend Kilometer schaffen, was nicht ausgereicht hätte, um das Mittelmeer zu verlassen.

Und dann: Was zum Teufel war eigentlich dieses mysteriöse Lotosgewächs? Manche denken dabei an Opium, andere an Kokain, wieder andere an Haschisch oder auch an eine süßlich schmeckende Frucht, die sogenannte Brustbeere. Ich hingegen vertrete die Theorie, daß wir mit den Lotophagen ganz einfach ins Reich der Phantasie eintreten. Um jeden Preis ihr Land lokalisieren zu wollen, wäre so, als wolle man unbedingt herausbekommen, in welchem Wald Schneewittchen und die sieben Zwerge lebten.

«Erschöpft von der langen Reise», fuhr Odysseus fort, «gelangten wir ins Land der Kyklopen, zu jenen Giganten ohne Gesetz oder Moral, die kein Land bestellen, weil sie auf die Gunst der Götter vertrauen. Und tatsächlich lassen diese in jenem merkwürdigen Land alles von selbst aus dem Boden schießen, und man sieht auch weit und breit keine Bauern säen oder pflügen. Die Kyklopen kennen keine Ratsversammlungen und hausen voneinander getrennt in Höhlen, die in felsige Hügel geschlagen sind. So vegetieren sie dahin wie Tiere, und wenn sie doch eine Familie gründen, sind sie Herren über Leben und Tod ihrer Frauen und Kinder.»

Diese Beschreibung vermittelt ein Bild vollkommener Barbarei. Hätte Odysseus von Löwen gesprochen, würde er sich wahrscheinlich nicht anders ausgedrückt haben.

Der Held hatte aus den vorausgegangenen schlechten Erfahrungen gelernt und legte nicht mit allen Schiffen vor der fremden Küste an. Statt dessen ging er mit seiner Flotte bei einer kleinen, nahe gelegenen Insel, die von wilden Ziegen bewohnt war, vor Anker.

«Nicht zu nah und nicht zu weit entfernt», erklärte er seinen Zuhörern, «so daß man rudernd den Hin- und Rückweg schaffen konnte.»

Natürlich wollte Odysseus diese Ungeheuer, von denen er schon hatte erzählen hören, unbedingt kennenlernen, und setzte deshalb nun mit einem einzigen Schiff über. Neugier war eben eine der hervorstechendsten Charaktereigenschaften unseres Helden, der immer alles ganz genau wissen wollte. Dieser Drang, etwas zu entdecken und zu erforschen, ist ja eine sehr wertvolle Gabe. Von Kolumbus bis zu der großen Naturwissenschaftlerin Marie Curie hat es immer wieder Menschen gegeben, die viel gewagt und häufig auch ihr Leben aufs Spiel gesetzt haben, um ihre persönliche Neugier zu befriedigen, womit sie schließlich auch die Menschheit ein großes Stück voranbrachten. Leider ist es andererseits jedoch auch nicht zu bestreiten, daß übermäßige Neugier leicht in ernsthafte Schwierigkeiten führt – wie wir auch hier gleich feststellen können.

«‹Wartet hier auf mich›, sagte ich zu meinen Gefährten. ‹Ich werde mich aufmachen, um zu erkunden, was das für Menschen sind, die jenes Land bewohnen, ob sie die Götter ehren und ihnen das Gastrecht heilig ist oder ob sie Wilde sind, die keine Regeln und Gesetze kennen.› Und als ich am gegenüberliegenden Ufer ankam, entdeckte ich eine große Höhle, die ganz von Lorbeerbüschen umrankt war und in deren Innern man Ställe für Vieh erkennen konnte. So trat ich ein. Bei mir hatte ich zwölf Matrosen, meine besten Männer, sowie den Schlauch mit Rotwein, den mir Maro geschenkt hatte. Diesen wollte ich, falls nötig, dem Bewohner der Höhle als Gastgeschenk überreichen. Überall in der Höhle standen Körbe mit Käselaiben und Krüge mit frischer Milch. ‹Laß uns den Käse mitnehmen und das Weite suchen›, schlugen meine Gefährten vor, und ich war schlecht beraten, ihrem Vorschlag nicht zuzustimmen. Kurz darauf betrat das Ungeheuer, ein Riese von unbeschreiblicher Größe, die Höhle, warf lärmend einige Reisigbündel zu Boden und trieb seine Herde von Schafen, Ziegen und Lämmern hinein. Schließlich hob er mit beiden Händen einen Felsblock auf, der so schwer war, daß ihn zweiundzwanzig Ochsengespanne nicht hätten von der Stelle bewegen können, und wuchtete ihn vor den Höhlenausgang, so daß keines seiner Tiere, nicht einmal das kleinste Lamm, hätte entschlüpfen können.»

Homer erzählt uns nicht, wie groß Polyphemos denn nun tatsächlich war, aber da er mit einem Felsblock herumhantierte, den vierundvierzig Ochsen nicht hätten fortziehen können, muß er wohl mindestens zehn Meter gemessen haben. Polyphemos ist überzeugter Single in einer losen Horde von Untieren, kennt keine moralischen Werte, keine Gefühle, keine Gnade. Und zu tun bekommt er es mit einem Mann, der all das verkörpert, was einen wahren Mann ausmacht: Odysseus ist mutig, intelligent und in keiner Situation um einen rettenden Einfall verlegen. Es zeichnet sich die klassische Auseinandersetzung ab zwischen David und Goliath, zwischen Geist und roher Gewalt.

Zunächst tut Polyphemos so, als habe er die Eindringlinge gar nicht bemerkt. Schweigend melkt er all seine Muttertiere, dreht sich dann plötzlich um und fragt in barschem Ton:

«Wer seid ihr?»

«Wir sind Achäer auf der Heimkehr von Troja», antwortet Odysseus, «doch gewaltige Stürme haben uns auf diese Insel verschlagen, und so liegen wir, o Göttlicher, im Staub vor dir, damit du uns das heilige Gastrecht gewährest. Du weißt sicher, daß Zeus, der alle Gäste schützt, jeden bestraft, der dieses Recht verletzt.»

Odysseus' Warnung rang Polyphemos nur ein müdes Lächeln ab. Um Zeus scherte er sich absolut nicht, was übrigens auch Euripides in seiner Tragödie *Der Kyklop* bestätigt. Hier sinngemäß die Worte, die der Dichter Polyphemos in den Mund legt:

> POLYPHEMOS: Du gutes Menschlein, für den Weisen ist nicht Zeus, sondern der Reichtum Gott. Alles andere ist nur dummes Geschwätz. Vor Zeus' Blitzen zittre ich nicht. Soll er es doch donnern lassen, ich verziehe mich in meine Höhle, verschlinge ein ganzes Kalb und lege mich sorglos zum Schlafen nieder. Manchmal donnere ich auch selbst mit meinem Hinterteil, und das viel lauter noch, als Zeus es je vermöchte. Doch nun beantworte mir eine Frage: Wo liegt dein Schiff vor Anker?

Das wollte Odysseus lieber nicht verraten und erzählte ihm statt dessen, daß sie sich schwimmend an Land gerettet hätten, weil Poseidon ihr Schiff zerschmettert habe. Der Kyklop aber zuckte nur mit den Achseln und schritt dann unverzüglich zur Tat. Wie eine Raubkatze stürzte er sich mit einem mächtigen Satz auf Odysseus und dessen Männer, packte zwei von ihnen an den Beinen und schlug sie mit den Köpfen gegen die Höhlenwand, daß das Hirn auslief.

«Oh, welch ein grausiger Anblick!» rief Odysseus aus, um die phäakischen Fürsten noch mehr zu beeindrucken. «Und nachdem er sie totgeschlagen hatte, fraß er sie einfach auf, neugierig, wie nur ein wildes Tier fressen kann, indem er alles in sein riesiges Maul hineinstopfte, Eingeweide, Fleisch, Knochen und Mark, und das ganze mit Litern von Milch hinunterspülte. Wir anderen schrien, reckten die Arme zum Himmel und flehten Zeus und die anderen Götter um Rettung an. Das Ungeheuer war aber nun gesättigt, legte sich bei seiner Herde zum Schlafen nieder und schnarchte bald. Ich überlegte, ob ich dem Ungeheuer mein scharfes Schwert ins Herz stoßen sollte, ließ aber davon ab, weil wir mit all unseren Kräften nicht in der Lage gewesen wären, den Felsblock vor dem Höhleneingang fortzuwälzen. Als sich am anderen Morgen die rosenfingrige Aurora am Himmel zeigte, packte das Ungeheuer erneut zwei Gefährten und verschlang sie und trieb dann seine Herde vor sich her zum Höhlenausgang, wo es den Felsblock mit einer Leichtigkeit anhob, als handle es sich um ein Stück Pergament.»

Odysseus wollte sich verständlicherweise nicht mit dem Gedanken abfinden, als nächste Abendmahlzeit des Kyklopen zu enden, und so heckte er einen Plan aus, um sich und die übriggebliebenen Gefährten zu retten. Er nahm den

Stamm eines Olivenbaums, den er in der Höhle gefunden hatte, spitzte ihn an einer Seite an, härtete die Spitze im Feuer und versteckte den Pflock dann im Misthaufen. Als der Kyklop sich am Abend mit weiteren zwei Gefährten gesättigt hatte, bot Odysseus ihm in einer Efeuholzschüssel von Maros Rotwein an.

«Koste diesen Wein, o Kyklop. Den wollte ich dir eigentlich gestern schon als Gastgeschenk überreichen, aber dein brutales Vorgehen hinderte mich daran.»

Wortlos nahm Polyphemos das Gefäß entgegen und leerte es in einem Zug. Dann fuhr er sich mit der Zunge über die Lippen und lächelte sogar. Er war begeistert!

«Gib mir mehr davon, o Fremder», sagte er in einem fast freundlichen Ton, «ich werde mich auch erkenntlich zeigen und dir einen besonderen Dienst erweisen.»

Dreimal reichte ihm der Held eine volle Schüssel, und dreimal kippte das Ungeheuer den Rotwein in einem Zug hinunter. Schließlich, als er schon stockbesoffen war, fragte er Odysseus:

«Wie heißt du?»

«Ich heiße Niemand. Dies ist der Name, den mir meine Eltern gaben.»

«In Ordnung. Ich werde also Niemand als letzten verspeisen. Das ist der Dienst, den ich dir versprochen habe.»

«Vielen Dank, o Kyklop, aber eigentlich hatte ich mir doch etwas anderes erwartet. Einem anderen Mann als Speise zu dienen, scheint mir kein sehr gelungenes Geschenk zu sein.»

«Aber du wirst der letzte sein, den ich verzehre. Und gibt es ein schöneres Geschenk, als einen Tag länger als die anderen leben zu dürfen?» erwiderte Polyphemos und sank gleich darauf erschöpft zu Boden.

Homer zufolge gab der zwischen seinen Schafen schnarchende Kyklop ein schauderhaftes Bild ab:

> Sprach's und streckte sich hin, fiel rücklings, und lag mit gesenktem
> Feistem Nacken im Staub, und der allgewaltige Schlummer
> Überwältiget' ihn; dem Rachen entstürzten mit Weine
> Stücke von Menschenfleisch, die der schnarchende Trunkenbold ausbrach.
> (*Odyssee*, IX, 371–374)

Odysseus verlor keine Zeit: Er tauchte die Spitze des Pflocks noch einmal in die Glut, und als sie so richtig glühte, stieß er sie dem Kyklopen mit Hilfe der Gefährten in dessen einziges Auge.

«Von oben herab lehnte ich mich schwer auf den Pflock», erklärte der Held, «und drehte ihn, wie wenn man ein Bolzenloch ins Schiffsholz bohrt.»

Und an dieser Stelle taucht eine weitere Frage auf: Wie viele Augen hatte Polyphemos eigentlich? Wir alle gehen wie selbstverständlich von einem aus, dabei verliert Homer in der *Odyssee* an keiner Stelle ein Wort darüber. Aber ganz unlogisch ist die Schlußfolgerung natürlich nicht: Wenn der Kyklop dadurch erblindet, daß ihm ein Auge ausgestochen wird, wird er auch nur eins gehabt haben. Oder er müßte vorher schon halb blind gewesen sein. Man weiß auch nicht, ob dieses Auge tatsächlich in der Mitte der Stirn saß – auch davon schreibt Homer nichts –, obwohl es aus Gründen der Symmetrie natürlich naheliegt.

«Der Gigant stieß einen markerschütternden Schrei aus, der auf der ganzen Insel widerhallte. Panik ergriff uns, und wir versuchten, uns so gut es ging in der Höhle vor ihm zu verstecken. Er zog sich nun den Pfahl, der voller Blut war, aus dem Auge und begann, laut jammernd, die anderen Kyklopen zusammenzurufen. Bald schon kamen sie in großer Zahl herbei und fragten ihn: ‹Was ist los, Polyphemos? Wer will dir etwas tun? Ist da vielleicht jemand in deiner Höhle, der dich umbringen will?› Und Polyphemos antwortete: ‹Niemand! Niemand will mich umbringen!› ‹Und warum schreist du dann so? Wenn du so leidest, weil dir niemand etwas tun will, mußt du den Verstand verloren haben. Da können wir dir leider auch nicht helfen.›»

Doch damit waren für Odysseus und seine Gefährten noch längst nicht alle Probleme gelöst: Sie saßen ja immer noch in der Höhle fest. Polyphemos hatte nämlich, um seine Peiniger zu fassen zu kriegen, den Felsblock ein wenig zur Seite geschoben, so daß seine Tiere hindurchschlüpfen konnten, und saß nun am Ausgang und tastete alle Tiere nacheinander ab, ob jemand mit ihnen entwischen wollte. So erzählt es zumindest der Held.

«Darunter waren prachtvolle Widder, die hinaus auf die Weide ziehen sollten. Ich band mit Ruten jeweils drei von ihnen zusammen, und auf den in der Mitte band ich einen meiner Gefährten, so daß die anderen beiden Tiere ihn abschirmten. Als meine Männer auf diese Weise alle ins Freie gelangt waren, wählte ich mir einen Bock, der besonders groß war, und krallte mich unter seinem Bauch in der Wolle fest. Polyphemos betastete den Widder, erkannte ihn tastend als sein Leittier und sagte mit tränenerstickter Stimme: ‹O mein lieber Widder, gewöhnlich bist du jeden Morgen der erste, heute aber der letzte. Bedauerst du mich vielleicht in meinem Unglück? Ja, ein heimtückischer Feigling hat mich mit einem magischen Wein betrunken gemacht und dann geblendet!›»

Diese Worte revidieren ein wenig das Bild, das wir uns von Polyphemos gemacht haben. Wir waren zu hart mit ihm: Er ist kein gnadenloses Ungeheuer, er hat auch ein Herz und liebt seinen Widder, den er jeden Morgen streichelt, bevor er ihn auf die Weide läßt. Und in seiner Verzweiflung sucht er nun bei ihm jenen Trost, den ihm die anderen Kyklopen verwehrt haben. Denn im Grunde ist doch Polyphemos das eigentliche Opfer dieser Geschichte. Ja, sicher, er hatte die Angewohnheit, Menschenfleisch zu essen, aber warum sollte er deswegen ein schlechtes Gewissen haben? Verschwenden wir etwa, wenn wir ein Hühnchen verzehren, einen Gedanken an das arme Geschöpf? Oder fragen wir uns, was die Hühner wohl von uns halten mögen? Eben! Und so waren Odysseus und seine Gefährten in Polyphemos «Auge» auch nichts weiter als Hühnchen, oder besser eine Jagdbeute, die eben verspeist gehört. Schließlich hatte er, der Kyklop, ganz friedlich in seiner Höhle vor sich hin gelebt, als plötzlich diese Eindringlinge in seinem Heim auftauchten, ihn betrunken machten und ihm zu guter Letzt mit einem glühenden Pfahl im einzigen Auge herumbohrten. Wer hätte sich das schon gefallen lassen?

Doch Odysseus hörte es nicht gern, von einem Wilden wie Polyphemos Feigling genannt zu werden. Und als er auf seinem Schiff in Sicherheit war, antwortete er ihm rufend:

«Es war kein Feigling, o Kyklop, dessen Männer du verschlangest. Der Feigling bist du, ein Feigling, der die Gesetze der Gastfreundschaft mißachtet. Und dafür hat Zeus dich nun bestraft!»

Polyphemos nahm sich die Belehrung jedoch nicht zu Herzen. Im Gegenteil! Anstatt zu erröten, brach er den Gipfel eines Berges ab und schleuderte ihn ins Meer, in der vergeblichen Hoffnung, das Schiff des verhaßten Niemand zu treffen. Er verfehlte ihn nur knapp: Der Felsblock schlug ein paar Meter hinter dem Schiff ein, und die Flutwelle trieb Odysseus fast wieder ans Ufer zurück. Der Held befahl seinen Männern, sich tüchtig in die Riemen zu legen, um einem drohenden Felsenhagel zu entkommen, und ließ dann, als sie in sicherer Entfernung waren, wieder sein Siegesgeschrei ertönen.

«O Kyklop, sollte man dich fragen, welcher Sterbliche dich geblendet hat, so antworte: Es war der Sohn des Laërtes, Odysseus, der Städteverwüster!»

Diese Szene wird auch sehr anschaulich von Ovid in seinen *Metamorphosen* (XIV, 180ff.) beschrieben. Es ist einer von Odysseus' Gefährten, Achaemenides, der erzählt:

> «Das Rufen des Odysseus wäre uns beinahe zum Verhängnis geworden. Ich habe es gesehen, wie der Kyklop einen gewaltigen Felsblock vom Berg riß und mitten in die Wogen schleuderte, und einen Moment fürchtete ich, die Flutwelle könnte das Schiff versenken. Dann sah ich, wie der Gigant seufzend um den ganzen Ätna umherwandelt, sich mit der Hand durch die Wälder vorantastet, wie er, da ihm ein Auge fehlt, gegen Felsen rennt und die blutbeschmierten Arme zum Meer ausstreckt und das Archivervolk verflucht.»

Die Zauberin Kirke

Odysseus erhält vom Gott Äolos einen mit Winden gefüllten Zauberschlauch. Seine Seeleute, die darin einen Schatz vermuten, öffnen ihn und entfachen heftige Stürme. Dann gelangt der Held ins Land der Lästrygoner, einem Volk von Kannibalen, die Odysseus' elf Schiffe zerstören. Schließlich trifft er auf die Zauberin Kirke, die seine Männer in Schweine verwandelt.

Wir nahmen Kurs nach Norden und erreichten Äolia», erzählt Odysseus seinen phäakischen Zuhörern weiter, «die Insel des König Äolos, des Herrn über die Winde und Freundes der unsterblichen Götter. Tatsächlich schien uns Äolia weniger eine Insel als ein Schiff zu sein, denn die Wellen treiben das Eiland unablässig hin und her. Der König hat zwölf Kinder, sechs Söhne und sechs Töchter, und um die Erbfolge zu vereinfachen, hat er jeden Sohn mit einer Schwester verheiratet, so daß sie nun alle zusammen in größter Harmonie in einem Palast zusammenleben. Mich selbst nahm Äolos sehr herzlich auf, bewirtete mich sechs Monate lang und machte mir schließlich zum Abschied ein Geschenk, das mir eine sichere Fahrt gewährleisten sollte. Es war ein lederner Schlauch, der alle Winde enthielt, die mir auf See hätten gefährlich werden können. Zur Sicherheit verschloß er den Behälter mit einer silbernen Kette, so daß nicht der kleinste Hauch entweichen konnte. Nur Zephyros, der Westwind, befand sich nicht in dem Schlauch und blies uns mit einer sanften Brise der Heimat zu.»

Kurzum, es hätte jetzt alles gut werden können. Doch wieder einmal ist es die Neugierde – der Hauptgrund für alle Mißgeschicke, die Odysseus widerfahren –, die dem Irrfahrer einen Strich durch die Rechnung macht. Diesmal quält sie nicht ihn selbst, sondern seine Männer, und geweckt wird sie durch eben jenen geheimnisvollen Schlauch von König Äolos.

«Warum ist das Ding wohl so schwer?» fragten sich die Seeleute. «Ich wette, der steckt voller Goldmünzen», meinte einer. «Seltsam, daß Odysseus den Schatz nicht mit uns teilen will. Schließlich haben wir stets an seiner Seite gekämpft und alle Abenteuer auf See mit ihm bestanden!»

Nun weiß man ja, wie solche Dinge sich entwickeln. Ein achtlos hingeworfener Satz, und schon zieht die Vermutung Kreise. Und so kam es, daß einige Seeleute die Silberkette durchsägten und den Schlauch öffneten, während Odysseus schlief. Ein schwerer Fehler! Die gewaltigsten Stürme schossen heraus und wühlten das Meer auf. Das Schiff wurde hoch in die Luft geschleudert, als wäre es aus Stroh, und dann Meile um Meile in den haushohen Wellen zurückgetrieben. Odysseus war natürlich aus dem Schlaf hochgefahren und hatte versucht, das Steuer zu übernehmen, doch da war es schon zu spät: Unerbittlich trieb der Sturm sie zurück an die Gestade der Insel Äolia. Und so blieb ihm nichts anderes übrig, als König Äolos erneut um Hilfe zu bitten.

«Wieso bist du zurückgekehrt?» fragte dieser den Helden.

«Vergib mir, o Göttlicher», antwortete Odysseus, indem er Äolos' Knie umklammerte, «meine Männer haben mich verraten und während ich schlief den Schlauch geöffnet, den du uns schenktest.»

«Und jetzt soll ich dir wieder helfen? Ich denke überhaupt nicht daran! Offensichtlich hast du die Götter gegen dich, und ich kann niemandem helfen, den die Götter hassen. Geh mir aus den Augen, du Schande aller Sterblichen, bevor ich dich mit eigenen Händen bestrafe!»

Nachdem sie sich also die Gunst von Äolos verscherzt hatten, stachen die Männer aus Ithaka, verzagt wie nie zuvor, erneut mit ihren Schiffen in See und konnten jetzt nur noch, wenn schon nicht auf die Gnade, vielleicht auf die Zerstreutheit der Götter hoffen.

Die nächste Etappe führt sie nun zu den Lästrygonern. Von weitem wirkte das Land wie eine Art Paradies auf Erden, mit einer Küste, die geradezu zum Anlegen einlud. Der Hafen von Telepylos war nämlich zu allen Seiten so perfekt gegen die Winde geschützt, daß sich auch bei heftigstem Sturm das Wasser im Hafenbecken noch nicht einmal kräuselte. So brauchten die Lästrygoner auch keine Anker, weil es ausreichte, die Schiffe an irgendeinem Vorsprung zu vertäuen. Zum eigentlichen Hafen gelangte man durch eine Art Fjord, der von hohen, steilen Klippen umschlossen war. Trotz dieser günstigen Umstände zog es Odysseus im Gegensatz zu seinen Gefährten vor, mit seinem Schiff auf dem offenen Meer zu warten, während alle anderen in die Bucht einliefen. Zunächst schickte Odysseus einen Spähtrupp los, bestehend aus einem Herold und zwei Matrosen.

Die drei Männer gingen an Land und trafen auf ein hübsches Mädchen, das aus einer Quelle Wasser schöpfte. Es handelte sich um die Tochter von König Antiphates. Die Männer fragten sie nach dem Weg zum Palast, und sie half ihnen freundlich und hilfsbereit weiter. Im Palast angekommen, wurden sie von der Königin empfangen, einem Fettkloß von zweihundert Kilo Lebendgewicht, die sogleich wie ein aufgeregtes Huhn zu lärmen begann und damit ihren Gatten Antiphates und den ganzen königlichen Hof alarmierte. Der König hielt sich nicht mit langen Fragen auf: Er packte einen der drei Kundschafter und begann ihn zu verspeisen, roh, Bissen für Bissen, mit allen Kleidern, ganz ähnlich wie Polyphemos einige Tage zuvor vorgegangen war. Von panischem Schrecken erfaßt, suchten der Herold und der andere Matrose ihr Heil in der Flucht und schafften es auch irgendwie, die Schiffe zu erreichen. Doch das Bild, das sich ihnen hier bot, war noch grauenvoller als alles, was sie bisher erlebt hatten. Die Lästrygoner hatten die steilen Klippen erklommen und warfen von dort Felsbrocken auf die Schiffe, die bald alle im Steinhagel versanken. Dann kletterten sie herunter, machten sich über die Mannschaften her und verschlangen die Männer ohne Eile. Das einzige Schiff, das schließlich den Kannibalen entkommen konnte, war das von Odysseus.

Die dritte Etappe des zehnten Gesangs ist die Insel Ääa, die von der berühmten Zauberin Kirke bewohnt wird. Diese, so beschreibt sie Odysseus, «hatte wunderschöne Lokken und sprach mit menschlicher Stimme». Sie war eine Schwester des perversen Aietes und somit auch Tochter des Sonnengottes, der alle Sterblichen beschien.

Nach den vielen schlechten Erfahrungen wollte der Held diesmal nicht sein Leben aufs Spiel setzen, und ebensowenig das seiner verbliebenen Männer. Er gedachte, sich nur mit Wasser und Vorräten zu versorgen und dann schleunigst die Reise fortzusetzen. Doch schließlich gewann wieder einmal seine Neugier die Oberhand.

«Nach den vielen Stürmen haben wir jede Orientierung verloren», meinte er niedergeschlagen zu einem seiner Matrosen. «Wir wissen noch nicht einmal, ob wir uns in östliche oder westliche Richtung halten müssen. Ich werde mich ein wenig auf der Insel umsehen, vielleicht kann uns jemand weiterhelfen.»

Dann kletterte er auf einen Hügel und erblickte von dort oben mitten im Wald ein schönes, gepflegtes Haus. Es war von Blumenbeeten umgeben und wirkte aus der Ferne wie der friedlichste Ort des gesamten Universums. Dennoch blieb Odysseus mißtrauisch und verzichtete darauf, das Anwesen sogleich in Augenschein zu nehmen, unter anderem auch, weil ihm ein prachtvoller Hirsch über den Weg lief, dessen Fleisch es ihm erlaubte, weitere drei Tage zu warten. Schließlich teilte er seine Männer in zwei Gruppen auf, von denen er eine selbst befehligte und die andere dem Kommando von Eurylochos, seinem treuesten Offizier, unterstellte. Dann legte er zwei Zeichen in einen Helm und ließ das Los entscheiden, welche der beiden Gruppen das Haus inspizieren sollte. Eurylochos gewann und machte sich auf den Weg. Im folgenden nun, aus dem Munde von Odysseus, was dieser auf seinem Streifzug erlebte:

«Um das Haus herum tummelten sich Wölfe und Löwen, die ganz zahm schienen und so aussahen, als seien sie zur Zierde dort hingestellt worden. Von innen hörte Eurylochos eine Frauenstimme, die eine wunderschöne Melodie sang. ‹Dies ist die Stimme einer Göttin›, riefen die Matrosen aus, klopften an die Tür und begehrten, eingelassen zu werden. Die Zauberin, denn um eine solche handelte es sich, die an einem Webstuhl saß und an einem magischen Tuch webte, ließ sich nicht lange bitten und forderte meine Männer auf, es sich bei ihr gemütlich zu machen. Allein Eurylochos blieb mißtrauisch und zog es vor, im Vorgarten zu warten. Kirke ließ die Männer auf goldenen Sesseln Platz nehmen und ihnen von ihren reizenden Mägden ein Getränk aus Rotwein, Honig und Malz servieren, das mit einem Zaubermittel vermischt war. Als Kirke feststellte, daß ihre Gäste benommen waren, berührte sie sie mit einem Stab an der Schulter und verwandelte sie so in Schweine, die sie sogleich in ihren Schweinestall trieb, streute dann Eicheln auf den mit Mist bedeckten Boden und ließ sie dort, sich zu wälzen. Die Unglücklichen dachten zwar noch wie Menschen, besaßen aber sonst alle Eigenschaften von Schweinen, einschließlich des Grunzens.»

Nachdem Eurylochos eine gute halbe Stunde vor dem Haus gewartet hatte, wurde ihm klar, daß etwas passiert war, und so lief er los, um Odysseus zu benachrichtigen. Er war dermaßen aufgeregt, daß er fast keinen Ton herausbrachte, und nur mit Mühe gelang es dem Helden, ihn zum Reden zu bringen:

«Wir gelangten in den Wald, wie du es uns aufgetragen hattest», stotterte Eurylochos, «und hörten bald, daß aus dem schön gemauerten Haus eine liebliche Frauenstimme drang. Meine Gefährten ließen sich betören und riefen nach ihr, und die Frau kam heraus und lud uns alle ein. Sie hatte zwei Türen geöffnet, aus denen ein solch helles Licht drang, daß ich wie geblendet war und unmöglich einen Blick ins Innere des Hauses werfen konnte. Und es war eben dieses Licht, das mich mißtrauisch machte. Während die Gefährten frohgemut eintraten, wartete ich draußen, und wie befürchtet, kamen sie nicht mehr heraus.»

Odysseus verlor keine Zeit: Er band sich sein Schwert um und stürmte los, wild entschlossen, seine Männer aus den Händen der mysteriösen Frau zu befreien.

Doch Eurylochos lief ihm nach und hielt ihn am Arm zurück: «Geht nicht, o Göttlicher. Wir müssen fliehen, vielleicht haben wir noch Zeit, unserem Schicksal zu entgehen!»

Doch so leicht ließ sich Odysseus nicht aufhalten. Er riß sich los und marschierte auf Kirkes Haus zu, und das war gut so, denn auf dem Weg erwartete ihn eine wichtige Begegnung. Und zwar mit Hermes, dem Boten mit dem goldenen Wanderstab. In der Gestalt eines Jünglings stand der Gott plötzlich vor ihm.

«Wohin des Wegs, Sohn des Laërtes, so allein in diesen fremden, bergigen Gefilden? Solltest du zur heimtückischen Kirke unterwegs sein, kommst du etwas zu spät. Sie hat deine Gefährten bereits in Schweine verwandelt und hält die Grunzenden in ihren Schweineställen. Falls du sie aber zu befreien gedenkst, so wisse, daß du ohne meine Hilfe kein Glück damit haben wirst. Nimm also diese Kräuter und iß sie mit Stumpf und Stiel, sie brechen die Macht von Kirkes Zauberstab. Und wenn die Zauberin dich damit berührt, so ziehe dein Schwert und mache Anstalten, sie zu durchbohren. Sie wird sich dann zu deinen Füßen niederwerfen und dich mit sanfter Stimme dazu einladen, sie zu lieben. Laß dich ruhig darauf ein, wenn dir danach ist, aber fordere sie zuvor auf, bei allen Göttern des Olymp zu schwören, daß sie dir, wenn du nackt neben ihr liegst, nicht die Manneskraft nehmen wird.»

Und genau so kam es dann auch. Nachdem Odysseus die Kräuter gegessen hatte, rief er mit lauter Stimme nach Kirke, die Zauberin öffnete die Tür zu ihrem blendenden Haus, und der Held trat ein. Das weitere Drehbuch kennen wir schon: die goldenen Sessel, der Spezialcocktail und die Berührung mit dem Zauberstab zwecks anschließender Verwandlung. Doch es funktionierte nicht. Was Kirke, die natürlich merkte, daß sie es mit einem gegen ihre Zauberkräfte gefeiten Wesen zu tun hatte, etwas aus der Fassung brachte.

«Wer bist du, o Fremder», fragte sie erschrocken, «und welchem Geschlecht entstammst du? Noch niemals hat jemand meinem Trank auch nur einen Augenblick widerstehen können.»

Und als der Held zur Antwort nur sein Schwert zückte, warf sie sich zu seinen Füßen nieder und begann zu flehen:

«O Herr, ich bitte dich, steck das Schwert zurück in die Scheide. Dein Mut ist bewundernswert, und dein gutgebauter männlicher Körper zieht mich wie magisch an. Ich kann es kaum erwarten, in deinen starken Armen zu liegen. Komm mit auf mein Zimmer, du göttlicher Held. Laß uns keine Zeit verlieren: Lieben wir uns! Und du wirst sehen, daß die Liebe das Mißtrauen zwischen uns vertreiben wird.»

Doch Odysseus antwortete mit Eiseskälte:

«O du tückische Zauberin, wie kannst du glauben, ich würde dein Lager teilen, solange meine Gefährten noch in deinem Schweinestall eingesperrt sind? Und auch wenn – bevor ich mich darauf einlasse, müßtest du mir bei allen Göttern schwören, daß du die Gelegenheit nicht nutzen würdest, um mir die Männlichkeit zu nehmen.»

So duellierten sie sich noch eine Weile, er mit dem Schwert bewaffnet und sie mit bezirzenden Blicken, bis sie schließlich einen Kompromiß fanden, der beide zufriedenstellte. Vier Mägde kümmerten sich um die Körperpflege des Helden: Die erste wusch ihn mit kaltem Wasser, die zweite mit warmem, die dritte massierte ihn mit duftendem Öl, und die vierte legte die Gewänder zurecht, die der Held vor und nach dem Liebesspiel tragen sollte. Und zwar eine Tunika aus weißer Seide und einen silberbestickten Umhang.

Wir reiben uns verwundert die Augen. Was ist aus dem abgeklärten Odysseus geworden? Warum will er ausgerechnet mit dieser Zauberin ins Bett gehen? Und was ist mit

Penelope? Hat er sie etwa ganz vergessen? Wir wissen es nicht. Zu Odysseus' Verteidigung können wir nur annehmen, daß Kirke wirklich eine verdammt schöne Frau gewesen sein muß. Sonst wäre der Held ihren Verführungskünsten trotz aller Gefahr sicher nicht erlegen. Die Ausrede aber, daß er nur mit ihr ins Bett gegangen sei, um seine Gefährten zu befreien, können wir ihm nicht so recht abnehmen. Wahrscheinlich hätte Kirke sie auch freigelassen, wenn der Held sie zurückgewiesen hätte. Die Befreiung der Gefährten ging dann aber tatsächlich ans Herz. Hören wir, wie Odysseus sie beschreibt:

> Wie wenn im Meierhofe die Kälber den Kühen der Herde,
> Welche satt von der Weide zum nächtlichen Stalle zurückgehn,
> Alle mit freudigen Sprüngen entgegeneilen; es halten
> Keine Gehege sie mehr, sie umhüpfen mit lautem Geblöke
> Ihre Mütter: so flogen die Freunde, sobald sie mich sahen,
> Alle weinend heran; und ihnen war also zu Mute,
> Als gelangten sie heim in Ithakas rauhe Gefilde
> Und in die Vaterstadt, wo jeder geboren und groß ward
>
> (*Odyssee*, X, 410 ff.)

Doch Odysseus brachte sie sogleich auf den Boden der Tatsachen zurück.

«Als erstes, o meine Gefährten, müssen wir unser Schiff in Sicherheit bringen und unsere Schätze gut in einer Höhle verstecken. Danach kehren wir in Kirkes Haus zurück, um mit Speis und Trank das Wiedersehen zu feiern.»

Natürlich waren alle einverstanden, bis auf Eurylochos, der vielleicht ein wenig prüde war und die Gelegenheit nutzte, um seinen Gefährten einen Vortrag zu halten.

«Was habt ihr vor, ihr Törichten?» rief er mit kreischender Stimme. «Ihr müßt doch wissen, daß Kirke euch jederzeit noch einmal in Schweine verwandeln kann? Jedenfalls wird sie euch nicht mehr fortlassen. Hört nicht auf Odysseus! Den hat die Zauberin um den Verstand gebracht. Und es wäre ja nicht das erste Mal, daß andere für seine Verrücktheit mit dem Leben bezahlen müssen.»

Nun ja, so ganz unrecht hatte Eurylochos da wohl nicht. Immerhin sollte aus dem kurzen, einmaligen Abenteuer schließlich eine Orgie ohne Ende werden. Auf der Insel Ääa verbrachten Odysseus und seine Männer nämlich den stattlichen Zeitraum von einem ganzen Jahr – vor einer mit Wein und erlesenen Speisen gedeckten Tafel und in Gesellschaft der schönen Mägde. Einer der Seeleute verlor dabei sogar sein Leben, als er von der Terrasse zum Erdgeschoß hinunter wollte: Betrunken wie er war, verwechselte er dabei die Treppe mit dem Fenster und stürzte in die Tiefe. Er hieß Elpenor und war der Jüngste der Gruppe.

Eurylochos' Vorhaltungen konnten Odysseus natürlich nicht gefallen. Das war ein Akt offener Meuterei, den er einfach nicht hinnehmen durfte. Der Kapitän ist nun mal der Kapitän und kann unmöglich vor der versammelten Mannschaft kritisiert werden. Unser Held hatte schon das Schwert gezogen, um den Aufrührer einen Kopf kürzer zu machen, als die Gefährten sich dazwischenwarfen, um ihn von der unüberlegten Tat abzuhalten, auch wenn sie natürlich nichts dagegen hatten, den Rest ihres Lebens mit den Mägden der Zauberin zu verbringen.

«Was hältst du davon, o Göttlicher», sagten sie zu Odysseus, «wenn wir Eurylochos einfach als Wache auf dem Schiff zurücklassen? Wir anderen kommen selbstverständlich gerne mit dir.»

Ein kurzer Einschub, um die Bedeutung dieser Episode zu klären: Daß Kirke die Männer in Schweine verwandelt und in Ställe gesperrt hatte, darf man nicht allzu wörtlich nehmen. Es heißt nichts anderes, als daß sie sich die Triebe der Seeleute zunutze gemacht und sie in die Gemächer der Mägde geschleust hatte. Wie viele Männer erleben da täglich ähnliche Situationen, wenn auch ohne Zauberinnen und Zauberstäbe? Mit anderen Worten: Kirkes Heim war mit größter Wahrscheinlichkeit ein Freudenhaus, und sie, die Zauberin, eine *maîtresse*. Verständlich ist wohl auch, daß Odysseus' Gefährten, als sie nach der langen Zeit auf hoher See an Land gingen, nur an «das Eine» dachten. Dafür verbannt sie Dante Alighieri allerdings in die Hölle und legt Odysseus die berühmten Worte in den Mund:

> «Bedenkt, wes hohen Samens Kind ihr seid
> Und nicht gemacht, um wie das Vieh zu leben!
> Erkenntnis suchet auf und Tüchtigkeit.»
>
> (Dante, *Die Göttliche Komödie*, XXV)

Wobei die Mahnung, nicht wie Vieh zu leben, als Aufforderung zu verstehen ist, mehr an die Ehefrauen und Kinder daheim zu denken als an außereheliche Abenteuer. Was die «Erkenntnis» angeht, werden Odysseus' Worte allerdings auf unfruchtbaren Boden gefallen sein. Welche Erkenntnisse hätte man von einem Haufen Analphabeten im zwölften Jahrhundert v. Chr. schon erwarten können?

Nach dem turbulenten Beginn erlebten Odysseus und Kirke nun eine glückliche Liebesbeziehung, ein Idyll, das so lange währte, bis die Zauberin es eines Tages für nötig befand, ihren Geliebten über sein weiteres bewegtes Schicksal aufzuklären.

«O Sohn des Laërtes», sagte sie zu ihm, «bevor du in deine Heimat zurückkehren kannst, wirst du eine weitere schwere Prüfung bestehen müssen, die dir mehr abverlangen wird als alle bisherigen. Du mußt in die finstere Behausung von Hades und Persephone, den Göttern der Unterwelt, hinabsteigen und dort die Seele des blinden thebanischen Sehers Teiresias befragen, des einzigen Sterblichen, dem es gestattet ist, sich seine Weisheit auch nach seinem Tode zu bewahren.»

Von dieser Ankündigung war Odysseus natürlich alles andere als begeistert.

«Wie soll ich denn da hinkommen, meine angebetete Kirke?» fragte er mutlos. «Soviel ich weiß, war es noch niemals einem Sterblichen vergönnt, lebend das Totenreich zu besuchen.»

«Mach dir keine Sorgen», antwortete die Zauberin. «Kümmer dich um Schiff und Segel, den Kurs wird Boreas, der Nordwind, bestimmen. Und wenn du dann einen großen Strand mit Tausenden von Pappeln und Weiden erblickst, weißt du, daß du am Ziel bist: Das sind die Haine der Persephone. Lege dort an und gehe zu Fuß weiter. Du wirst an den Acheron und den Pyriphlegethon gelangen, und dann, gleich darauf, an den Kokytos, einen Arm der stygischen Wasser. Dort, wo diese Flüsse zusammenströmen, findest du einen Fels. Hebe zu seinen Füßen eine Grube aus, eine Elle lang und breit, und gieße um sie herum Trankopfer für alle Toten aus, gemischt aus Milch und Honig, aus Wein,

Quellwasser und weißem Mehl. Opfere dann der Reihe nach vor der Grube einen schwarzen Hammel sowie einen Widder und ein Schaf von gleicher Farbe. Nun werden dir die Seelen der Verstorbenen zu Hunderten entgegentreten. Ziehe dein Schwert und hindere sie daran, dem Opferblut zu nahe zu kommen, zumindest so lange, bis du auch den weisen Teiresias erblickst.»

«Und was soll ich den Seher fragen?»

«Frage ihn, wie du in die Heimat gelangst, wie lange die Fahrt dauern wird und welche Gefahren auf dem fischreichen Meer auf dich lauern.»

ELFTER GESANG

Im Hades

Odysseus gelangt ins Totenreich und trifft dort die Seele seiner Mutter Antikleia, von deren Tod er nichts wußte. Er befragt den Seher Teiresias nach seinem weiteren Schicksal und unterhält sich mit den Seelen einiger toter Kampfgefährten, darunter Elpenor, Agamemnon, Achill und Aias, die ihm alle ihr Leid klagen.

Im NLB-Verzeichnis der Hölle (**N**och **L**ebende **B**esucher) sind nur wenige Namen eingetragen. Aus dem Gedächtnis erinnere ich mich an Theseus, Peirithoos, Orpheus, Herakles, Odysseus, Äneas und Dante Alighieri. Abgesehen von den letzten beiden, die nur an die Veröffentlichung eines Bestsellers dachten, hatten sie dort alle wichtige Angelegenheiten zu regeln.

Peirithoos zum Beispiel wagte in Begleitung seines Freundes Theseus die Reise, um sich Persephone zurückzuholen, das junge Ding, das ihm vollkommen den Kopf verdreht hatte. Und in der Hölle angekommen, besaß er doch die Frechheit, dem Ehemann der Gesuchten, also Hades, dem Herrscher über das Schattenreich, ohne Umschweife seine Absichten mitzuteilen. Dieser nahm es jedoch gelassen auf und meinte nur: «Nehmt schon mal Platz, ich gehe sie holen.» Mit diesen Worten bot er ihnen zwei Steinsessel an, die sich, kaum daß die jungen Männer es sich darauf bequem gemacht hatten, sogleich in Fleisch verwandelten und mit den Körpern der beiden verwuchsen. Vier lange Jahre mußten es Theseus und Peirithoos auf ihren Sitzgelegenheiten aushalten, bis endlich Herakles bei ihnen auftauchte und sie mit dem Schwert von den Fleischsesseln losschnitt. Dabei ließ es sich aber bedauerlicherweise nicht vermeiden, daß sie etwas von ihren Hinterteilen einbüßten.

Ein anderer, den die Liebe in die Unterwelt trieb, war Orpheus. Als seine Frau Eurydike an einem Schlangenbiß starb, folgte er ihr, auf seine Künste als Liedermacher vertrauend, ins Totenreich und bat dort singend Hades und Persephone um Eurydikes Rückgabe. Das Herrscherpaar war so angetan von seiner Musik, daß es sich sogleich einverstanden erklärte, unter der Voraussetzung jedoch, daß Orpheus sich auf dem Rückweg nicht zu Eurydike umdrehen dürfe. Und das war nicht einfach, denn Eurydike, oder besser ein Dämon mit ihrer Stimme, brachte Orpheus immer wieder in Versuchung. «Warum siehst du mich nicht an, Liebster?» sagte sie zu ihm. «Gefalle ich dir etwa nicht mehr? Gib mir doch einen Kuß. Nur einen einzigen. Ich will deine Lippen spüren.» Doch er ahnte den Betrug und blieb standhaft, bis er schließlich schon das Sonnenlicht auf seinem Gesicht spürte. Doch als er sich jetzt zu ihr umdrehte, wurde er gewahr, daß sie noch mit einem Bein in Hades' Reich stand, woraufhin er sie erneut verlor. Diesmal für immer.

Für Herakles hingegen stellte der Abstieg in die Unterwelt die zwölfte Arbeit dar. Er sollte den dreiköpfigen Höllenhund Zerberus fangen und in Ketten seinem Auftraggeber Eurystheus bringen. Warum der Held eigentlich diese zwölf Arbeiten zu erledigen hatte, ist nicht so recht klar. Manche behaupten, er habe dadurch Unsterblichkeit erlangen wollen. Andere wollen wissen, er sei in Eurystheus verliebt gewesen. Geheimnisse der Mythologie! Wer sich genauer informieren möchte, der ziehe die *Griechische Mythologie* von Robert von Ranke-Graves zu Rate.

Doch kehren wir nun zu Odysseus und seinem eigenen Abstieg in die Unterwelt zurück. Zweck der Reise: Teiresias treffen und sich die Zukunft vorhersagen lassen.

Der elfte Gesang beginnt mit der Beschreibung des Ortes, wo die Unterwelt liegen soll. Wenn man Homers Verse liest, fühlt man sich nach England oder in ein baltisches Land versetzt. Denn dem Dichter zufolge liegt diese Gegend …

> … beständig in Nacht und Nebel; und niemals
> Schauet strahlend auf sie der Gott der leuchtenden Sonne,
> Weder wenn er die Bahn des sternichten Himmels hinansteigt,
> Noch wenn er wieder hinab vom Himmel zur Erde sich wendet:
> Sondern schreckliche Nacht umhüllt die elenden Menschen.
>
> (*Odyssee*, XI, 15–19)

Auf Kirkes Rat hin hatte Odysseus einige Opfertiere mitgeführt. Alles weitere nun wieder aus dem Mund des Helden:

«Wir erreichten das Land, von dem Kirke uns erzählt hatte. Hier grub ich ein Erdloch von einer Elle Länge und Breite und goß um es herum ein Trankopfer aus, Milch, vermischt mit Honig, süßem Wein und weißem Mehl. Währenddessen brachten Eurylochos und Perimedes die Opfertiere. Wie befohlen, schlachtete ich zunächst den schwarzen Hammel, dann den schwarzen Widder und als letztes das schwarze Schaf. Schließlich schwor ich den Seelen der Verstorbenen, ihnen, wenn ich heil nach Ithaka zurückkehren sollte, eine Kuh, die noch nicht gekalbt hatte, als Dankopfer darzubringen. Von dem Blute angelockt, strömten Scharen toter Seelen aus allen Richtungen herbei: Ich erblickte Männer, Frauen, Kinder, junge Mädchen, Verstümmelte, die sich auf Brettern mit Rollen fortbewegten, Alte, die viel Leid erfahren hatten, Blinde mit Stöcken und im Kampf gefallene Krieger, denen noch die Pfeile zwischen den Rippen steckten. Alle weinten, und Schreie zerrissen die Luft. Während ich auf Teiresias wartete, mußte ich dreimal das Schwert ziehen, um die nach dem Blut dürstenden Seelen davon abzuhalten, sich in die Grube zu stürzen.»

Die erste Seele, die sich zu erkennen gab, war Elpenor, der junge Seemann, der in Kirkes Palast aus dem Fenster gestürzt war.

«O mein unglücklicher Gefährte», rief Odysseus aus, «wie hast du es geschafft, so hurtig in dieses Reich voller Schmerz und Trauer zu gelangen? Du warst schneller zu Fuß als ich mit meinem Schiff.»

«O Sohn des Laërtes», antwortete Elpenor, «ich stürzte in die Tiefe, und schon im gleichen Augenblick erreichte meine Seele diese Welt, wo jede Hoffnung vergeblich ist. Es war der Wein, der mir zum Verhängnis wurde. Doch mehr noch als der Tod schmerzt mich der Gedanke, nicht begraben worden zu sein. Und da du, wie ich hörte, noch einmal nach Ääa zurücksegeln willst, bitte ich dich, o Göttlicher, inständig, meinen Leichnam mit allen Ehren zu bestatten. Errichte einen Erdhügel direkt am Ufer des schäumenden Meeres, verbrenne meinen Leichnam dort und pflanze darauf ein Ruder, eben jenes, das ich stets glücklich durchs Wasser zog.»

Odysseus hatte kaum Zeit, dem Gefährten alles zu versprechen, da erschien ihm die Seele seiner Mutter Antikleia. Sie, die er noch lebend in Ithaka wähnte, hier unter den Toten zu sehen, erschütterte ihn zutiefst.

«O Mutter!» rief er schluchzend.

«O mein Sohn», stimmte Antikleia ein, «wie ist es dir gelungen, als Lebender zu den Nebeln der Unterwelt zu gelangen? Und sag mir: Bist du nach Ithaka zurückgekehrt? Hast du dein Haus wiedergesehen? Und wie geht es Penelope, deiner Frau?»

«O Mutter, mein Herz ist so schwer, da ich dich hier unter den weinenden Seelen erblicken muß. Nein, noch gelang es mir nicht, nach meinem geliebten Ithaka heimzukehren. Seit jenem Tag, als ich Agamemnon in den Krieg folgte, irre ich nun schon viele, viele Jahre umher. Doch sag mir: Wie kam es, daß Thanatos dich hinwegtrug? Geschah es nach einer langen Krankheit oder war dir ein plötzliches Ende vergönnt? Und was ist mit Penelope? Blieb sie mir treu, oder nahm sie schon einen anderen Achäer zum Mann?»

Doch da konnte Antikleia ihn sogleich beruhigen:

«Mit bewundernswerter Geduld wartet Penelope auf deine Heimkehr, und mit ebensolcher Weisheit verwaltet Telemachos deine Güter. Dein Vater Laërtes hat sich aufs Land zurückgezogen und nächtigt wie ein armer Mann mit den Sklaven auf dem Fußboden vor dem Feuer. Mich hingegen riß weder eine lange Krankheit aus dem Leben noch traf mich unversehens ein sanfter Pfeil der Bogenschützin Artemis, sondern es war das vergebliche Verlangen nach dir, mein Sohn, an dem ich zugrunde ging.»

Da wurde Odysseus das Herz noch schwerer, und er wollte seine Mutter an sich drücken. Doch es gelang ihm nicht. Dreimal versuchte er sie zu umarmen, und dreimal umschlang er die Luft.

«O Mutter, warum fliehst du vor mir? Wollen wir uns nicht umarmen und unseren Schmerz durch Tränen erleichtern?»

«O mein lieber Sohn, das ist unmöglich. Wir sind nicht aus Fleisch und Blut wie ihr Lebenden, sondern aus Rauch und Träumen.»

Nun traf auch der Thebaner Teiresias ein, der einen goldenen Stab in der Hand trug.

«O Sohn des Laërtes», rief der Seher aus, als er Odysseus erkannte*, «wieso hast du bloß das Licht der Sonne hinter dir gelassen und dich zu diesem an Trauer und Stöhnen reichen Ort begeben?»

«Ich bin gekommen, um mit dir zu reden, o weiser Teiresias», klärte Odysseus ihn auf. «Ich möchte von dir wissen, welche Hindernisse meiner Heimkehr entgegenstehen, und was ich tun muß, um mir die Götter gewogen zu machen.»

Der Seher schien die Frage jedoch gar nicht gehört zu haben: Er hatte die mit Blut gefüllte Grube entdeckt und konnte den Blick nicht davon abwenden. Ganz nahe trat er an Odysseus heran, aber nicht, um ihn besser sehen zu können, sondern um näher an die Grube zu gelangen.

«Ich flehe dich an, o Göttlicher», bat er, «laß mich von diesem Blute trinken.»

Odysseus trat einen Schritt zurück, Teiresias stürzte sich in die Grube und begann, begierig zu trinken. Als er dann seinen Durst gestillt hatte, beantwortete er bereitwillig alle Fragen, die der Held ihm stellte.

* Wie bekannt, war Teiresias blind. Wenn Homer nun davon spricht, daß er Odysseus «erkannte», heißt das wohl, daß er in der Unterwelt sein Augenlicht wiedererlangt hatte.

«Wenn ich in dein Herz schaue, o Sohn des Laërtes, sehe ich, daß du dir nichts mehr wünschst als eine glückliche Heimkehr. Leider kann ich dir keine großen Hoffnungen machen. Wie du weißt, ist dir ein mächtiger Gott feindlich gesinnt, und deshalb wirst du auf deiner Reise noch viele Gefahren bestehen müssen. Dennoch könntest du eines Tages, wenn auch nach zahlreichen Entbehrungen, deine Heimat wiedersehen, vorausgesetzt jedoch, daß du dir keine weiteren Fehler erlaubst. Du wirst zu einer Insel gelangen, Thrinakia genannt, auf der viele Kühe und Schafe weiden. Verschone sie, denn sie gehören der Sonne. Tötest du sie, wird noch viel mehr Leid über dich kommen, bevor du deine treue Gattin und deinen lieben Sohn umarmen kannst. Zu Hause in Ithaka wirst du dann in deinem Palast eine Schar anmaßender Männer vorfinden, die deine Habe verprassen und deine Gattin bedrängen. Du wirst sie für ihr Tun schrecklich bestrafen, dann aber bald schon wieder zu einer erneuten Reise aufbrechen. Auf dieser Reise wirst du auf ein Volk stoßen, das weder das Meer kennt noch mit Salz gewürzte Speisen, auch keine rotgeschnäbelten Schiffe und keine geglätteten Ruder.»

Odysseus war mittlerweile noch von vielen anderen nach Blut dürstenden Seelen umringt, so daß sich der Held gezwungen sah, erneut das Schwert zu ziehen, damit sie sich nicht allesamt in die Grube stürzten.

Unter denen, die am ungeduldigsten nach vorne drängten, erblickte Odysseus auch Tyro, die schöne Tochter des ruhmreichen Salmoneus. Von ihr erzählte man sich, daß sie sich eines Tages in den Fluß Enipeus verliebt habe. Dieser habe ihre Liebe jedoch nicht erwidert, und so sei sie den lieben langen Tag weinend an seinem Ufer auf und ab spaziert, was der alte Lüstling Poseidon schließlich hemmungslos ausnutzte. Er nahm Enipeus' Gestalt an und verführte sie gleich neben dem Fluß, den sie so liebte. So wurden die Zwillinge Pelias und Neleus gezeugt, die noch in Windeln von ihrer Mutter Tyro auf dem Gipfel eines Berges ausgesetzt wurden, schließlich aber, wie so oft in der Mythologie, von einem vorüberkommenden Schäfer gerettet werden konnten.

Dann kam auch Antiope, die Tochter von Asopos. Um Odysseus dazu zu bringen, sie in die Grube zu lassen, erzählte sie ihm stolz, sogar einmal in Zeus' Armen gelegen zu haben. Ein Umstand, der den Helden aber nicht im mindesten beeindrucken konnte, weil der Göttervater schließlich mit jeder ins Bett ging, oder fast jeder, egal, ob Göttin, Nymphe oder Sterbliche, wobei er zuweilen auch vor schmutzigen Tricks nicht zurückschreckte. So hatte er sich zum Beispiel, um eine Nymphe zu begatten, die von ihrem Vater in eine bronzene Zelle eingesperrt worden war, einmal in Goldregen verwandelt und war auf diese Weise durch Ritzen im Dach zu ihr gelangt. Wie um zu sagen, daß in der Liebe oft genug Gold beziehungsweise Geld Unmögliches möglich macht.

Dann erblickte Odysseus die arme Iokaste, die auch etwas zu vergessen hatte. Sie hatte nämlich, ohne es zu wissen, mit ihrem eigenen Sohn Ödipus das Lager geteilt, nachdem dieser ihren Gatten, also seinen eigenen Vater, getötet hatte. Als die Unglückliche dann erfuhr, wem sie sich hingegeben hatte, nahm sie, anstatt sich mit dem Ödipuskomplex auseinanderzusetzen, lieber einen Strick und erhängte sich an einem Balken ihres Hauses.

Schließlich tauchten auch noch die Seelen von Chloris und Leda auf sowie von Iphimedeia, Phädra, Prokris, Ariadne, Mära, Klymene und Eriphyle (die ihren Gatten für eine

Handvoll Goldmünzen verraten hatte). Jede von ihnen hätte eine gesonderte Abhandlung verdient, doch wollen wir versuchen, uns nicht im Irrgarten der klassischen Mythologie zu verlieren und lieber Odysseus im Auge behalten.

Der erste von Odysseus' Kampfgefährten, der ein «Lebenszeichen» von sich gab, war Agamemnon. Er heulte wie ein kleines Kind, was unserem Helden sehr zu Herzen ging, denn schließlich hatte er den Oberbefehlshaber des griechischen Heeres zuletzt als strahlenden Sieger nach der Einnahme Trojas gesehen. Was war nur aus ihm geworden? Was hatte er wohl, abgesehen von seinem Tod, so Schlimmes erlebt? Agamemnon selbst erzählt es uns:

«Nicht Poseidon verschuldete mein Unglück, indem er mich mit meinem Schiff auf den Grund des Meeres gezogen hätte, und ebensowenig feindliche Stämme oder ein Krieger in einem offenen Kampf, sondern das Schändlichste aller Weiber, meine eigene Frau, Klytämnestra. Mit Hilfe ihres finsteren Buhlen erstach mich die Heimtückische, gerade als ich beim Festmahl den Kelch an die Lippen setzte. Und mit mir starben all meine treuen Gefährten, abgeschlachtet wie Schweine für ein Hochzeitsmahl. Sogar du, o Odysseus, der du so viele Männer auf dem Schlachtfeld sterben sahst, hättest beim Anblick des grausamen Gemetzels geweint. Denn die Mörder kannten keine Gnade: Nicht einmal die Augen schlossen sie mir, während meine Seele in die Abgründe des Hades hinabfuhr. Doch das, was mir geschehen ist, soll auch dir eine Lehre sein: Vertraue niemals einer Frau! Kein Geschlecht auf der Welt kann erbarmungsloser sein!»

Doch in diesem Punkt war Odysseus nicht ganz einverstanden.

«Um ehrlich zu sein, o göttlicher Agamemnon, glaube

ich nicht, daß du all dein Unglück auf die Frauen schieben kannst, sondern Zeus verfolgte dich, da du dem verfluchten Geschlecht des Atreus entstammst. Natürlich hat Helena viel Leid über dich und alle Achäer gebracht, und Klytämnestra wird ihr in nichts nachgestanden haben, doch …»

«Da irrst du gewaltig, mein lieber Freund», fiel ihm Agamemnon ins Wort. «Die Frauen sind unser Unglück!»

«Wie überall gibt es auch hier gute und schlechte …», versuchte Odysseus einzuwenden, doch Agamemnon fuhr ungerührt in seinem Plädoyer fort:

«Nein und nochmals nein! Die Weiber sind alle gleich. Natürlich denkst du jetzt an deine liebe Penelope, doch ich warne dich: Vertraue ihr nicht. Laß sie stets über deine Pläne im unklaren. Hebe sie nicht in den Himmel, auch wenn alle dir sagen, wie treu sie dir war. Wie glücklich war ich doch an jenem Tag, als ich nach langer Fahrt meine Heimat erreichte, wie freute ich mich, all meine Lieben wiederzusehen. Doch meine heimtückische Gattin ließ mir noch nicht einmal Zeit, meinen einzigen Sohn in die Arme zu nehmen. Deshalb rate ich dir, o Sohn des Laërtes, und vergiß es nicht: Wenn du Ithaka erreichst, so gehe unbemerkt an Land und verkleide dich so, daß dich niemand erkennt. Prüfe dann, wie deine Gattin sich verhält, was sie vorhat, mit welchen Menschen sie sich umgibt. Und erst wenn du dir ganz sicher bist, lüfte dein Geheimnis. Aber laß dich nicht von ihr überrumpeln: Je zärtlicher sie sich gibt, um so mehr mußt du ihr mißtrauen.»

Während sich Agamemnons Schatten langsam auflöste, traten die Seelen von Achill, Patroklos und Antilochos vor. Als erster sprach Achill Odysseus an, und wie alle anderen vor ihm fragte er ihn sogleich, was zum Teufel er in der Unterwelt zu suchen habe.

«O göttlicher Sohn des Laërtes, erfindungsreicher Odysseus, wieso wagtest du es, in den Hades hinabzusteigen, wo allein die Seelen der Verstorbenen hausen?»

Übliche Frage, übliche Antwort:

«O Achill, Sohn des Peleus, du Stärkster unter den Sterblichen, ich kam her, um mich von Teiresias bezüglich meiner Heimkehr beraten zu lassen. Und was gibt's bei dir Neues? Ich könnte mir vorstellen, daß du hier im Hades, ähnlich wie im Leben, sehr mächtig bist und von den Toten am höchsten verehrt wirst.»

«Ach, hör mir mit den Toten auf, o teurer Odysseus. Lieber würde ich dem niedrigsten Manne auf Erden als Sklave dienen, als hier über die Schatten der Verblichenen zu herrschen. Doch sag mir: Hast du etwas von meinem Vater, dem edlen Peleus, gehört? Verehren ihn die Myrmidonen noch, oder verachten sie ihn mittlerweile, weil ihm wegen seines hohen Alters schon Arme und Beine zittern?»

«Von Peleus weiß ich leider gar nichts, o Göttlicher. Doch von Neoptolemos kann ich dir berichten, daß er sich durch Mut und Kühnheit auszeichnete und so als dein würdiger Sohn erwies. Wenn wir uns vor Troja zum Ratschluß versammelten, ergriff immer er als erster das Wort, und soviel ich weiß, hat er mit seinen Überlegungen immer recht behalten. Auch in der Schlacht war er allen ein Vorbild, und an Schönheit übertraf ihn allein der herrliche Memnon. Im Innern des von Epeios gebauten hölzernen Pferdes beeindruckte er durch seine Geduld und Unerschrockenheit. Vielen von uns zitterten an jenem Tage die Glieder, doch in seinen Augen erblickte ich nicht die Spur von Furcht. Du kannst wirklich stolz auf ihn sein.»

Glücklich über Odysseus Worte, entfernte sich Achill.

Erst jetzt fiel dem Helden eine Seele auf, die sich abseits von den anderen hielt, so als würde sie Odysseus meiden: Es war die von Aias dem Telamonier, der immer noch wegen der leidigen Geschichte mit Achills Waffen beleidigt war.

Was war damals geschehen? Nun, als Achill von Paris getötet wurde, sollten seine Waffen, die ihm seine Mutter Thetis geschenkt hatte, an den wertvollsten Krieger des achäischen Heeres übergehen. Also entweder an Aias den Telamonier oder an Odysseus. Daß Aias nun der Stärkere der beiden war, konnte niemand in Zweifel ziehen: Schließlich war er ein zwei Meter langer Riese, und das in einem Heer, in dem schon Männer von einem Meter sechzig als groß galten. Da der Heerführer Agamemnon aber nicht alleine die Verantwortung für die Entscheidung tragen wollte, wurde eine Jury gebildet, die sich der Sache annahm, und schließlich sogar der Feind um seine Meinung gebeten. Ergebnis: Sowohl die Achäer als auch die Troer stimmten in dem Urteil überein, daß Odysseus wohl nicht der stärkste, aber der wertvollste, weil gefährlichste Krieger sei. Woraufhin der arme Aias vollkommen den Verstand verlor. Er metzelte eine Herde von Schafen nieder, die er in Verblendung für Agamemnon, Menelaos, Diomedes und Odysseus hielt, und setzte danach seinem Leben ein Ende, indem er sich in sein eigenes Schwert stürzte.

Odysseus versuchte nun mit der eingeschnappten Seele zu sprechen, bat ihn, endlich die Sache mit den Waffen zu vergessen, und gab, wie üblich, die Schuld an der ganzen Geschichte den Göttern, insbesondere Zeus, der die Achäer haßte. Doch Aias ließ nicht mit sich reden und verflüchtigte sich sogleich, als Odysseus ihm zu nahe kam. Unterdessen hatten sich um Odysseus herum noch zahlreiche weitere Seelen versammelt, unter anderem Minos, Orion, Tityos, Tantalos, Sisyphos, Herakles, Theseus und Peirithoos. Odysseus hatte aber das Gedränge satt und verzog sich lieber.

ZWÖLFTER GESANG

Die Sirenen

Odysseus erfüllt Elpenors Wunsch und bestattet ihn feierlich. Kurz darauf erwarten ihn zwei schier übermenschliche Prüfungen: Er muß den Lockungen der Sirenen widerstehen und sich der Seeungeheuer Skylla und Charybdis erwehren.

Nachdem sie den Hades verlassen hatten, dachte Odysseus sogleich an das Elpenor gegebene Versprechen, dessen Leichnam feierlich am Meeresufer zu bestatten. Dazu mußte er allerdings zu Kirke zurückkehren und ihren Verführungskünsten widerstehen. Doch man kann den Ithakern bescheinigen, daß sie sich, wieder auf Kirkes Insel eingetroffen, wie wahre Gentlemen benahmen. Und das, ohne sich allzusehr Gewalt antun zu müssen. Offenbar hatten sie ihre Lektion gelernt und absolut keine Lust dazu, möglicherweise noch einmal im Schweinestall zu landen. Aber eigentlich war ihre Sorge unberechtigt: Kirke empfing sie sehr herzlich und gastfreundlich – wie alte Freunde eben.

«Als sie von unserer Ankunft erfahren hatte», erzählte Odysseus, «kam sie uns in Begleitung all ihrer Mägde am Strand entgegen. Sowohl sie als auch die Mädchen hatten kostbare durchsichtige Gewänder angelegt, doch hatten wir keinen Blick dafür, weil wir ganz auf unser Vorhaben konzentriert waren. Wir verbrannten den Leichnam des jungen Elpenor mit dessen Waffen und bestatteten ihn mit höchsten Ehren. Und wie versprochen pflanzten wir zum Schluß auf seinen Grabhügel sein geliebtes Ruder auf. Als ich ihm den letzten Gruß erbot, weinten alle Männer und sogar die Mägde.»

Der zwölfte Gesang beginnt also mit einer Beerdigung – und geht mit einem Festmahl weiter. Kirke hatte nämlich *σῖτον κρέα πολλὰ κὰι αἴθοπα οἶ νον ἐρυθρόν*, also Brot, jede Menge Fleisch und roten Schaumwein, zum Strand mitgebracht. Und daß die Männer nach dem Abstecher in die Unterwelt, wo kein Wesen ans Essen denkt, einen gehörigen Appetit verspürten, ist leicht nachvollziehbar. Nach dem Mahl nahm Kirke Odysseus zur Seite, um ihn vor den Gefahren zu warnen, die bald auf ihn lauern würden. Die Zauberin hatte Odysseus mittlerweile richtig in ihr Herz geschlossen, so wie die meisten Frauen übrigens, die das Glück (oder Pech) hatten, ihn kennenzulernen.

«O mein kühner Odysseus», flüsterte sie ihm ins Ohr, «ich werde dir sagen, welchen Kurs du einschlagen mußt, und einige praktische Hinweise geben, damit du nicht noch mehr erleiden mußt als das, was die Götter ohnehin für dich vorgesehen haben. Zunächst wirst du zu einer Insel gelangen, auf der wunderschöne Frauen wohnen, Sirenen genannt. Wisse, daß noch kein Mann, der ihrem Gesang lauschte, jemals seine Heimat wiedersah. Mit süßen Klängen locken die tückischen Jungfrauen alle Seeleute heran und lassen sie dann an den Dutzenden und Aberdutzenden scharfer, kaum erkennbarer Klippen vor ihrer Insel zerschellen. Um die lüsternen Blicke der Männer auf sich zu ziehen, liegen sie nackt, wie Zeus sie schuf, in ihrer ganzen Schönheit auf einer Blumenwiese. Willst du ihrem Zauber entgehen, mußt du die Ohren deiner Ruderer mit weichem Wachs verstopfen und so dafür sorgen, daß keiner den süßen Gesang der Sirenen hören kann. Du hingegen darfst, wenn du es unbedingt willst, ihren sanften Stimmen lauschen. Du mußt dich dazu jedoch zuvor von deinen Männern an den Mast deines Schiffes binden lassen und ihnen befehlen, dich keinesfalls, sosehr du sie auch anflehen solltest, davon loszumachen. Vielleicht kannst du die Gefahr besser einschätzen, wenn du weißt, daß auf den herrlichen Blumenwiesen der Sirenen unzählige Gebeine toter Seeleute in der Sonne bleichen.»

Odysseus merkte sich gut, was Kirke ihm riet, und nahm sich fest vor, den Gesang der verführerischen jungen Damen in vollen Zügen zu genießen. Wie oft schon hatte er die Seeleute in den verschiedensten Häfen von ihnen sprechen hören und war immer wieder aufs neue von den Geschichten fasziniert gewesen. Und jetzt hatte er die einmalige Gelegenheit, die Sirenen kennenzulernen, ohne ein allzu großes Risiko eingehen zu müssen.

«Gleich darauf», fuhr die Zauberin fort, «erwartet dich eine weitere Prüfung, die dir noch mehr abverlangen wird. Plötzlich und unerwartet werden Dutzende irrender Klippen vor dir auftauchen, an denen sich mit Höllengetöse die Wogen brechen. Versuche, so rasch wie möglich an ihnen vorbeizukommen. Doch wisse, daß zuweilen nicht einmal die Zugvögel einen Durchschlupf finden. Und nur einem einzigen Schiff, der Argo, gelang es, die Klippen heil hinter sich zu lassen, aber auch nur dank der Hilfe Heras, die ihren geliebten Jason beschützte.»

«Auch ich habe eine Schutzgöttin», warf Odysseus ein, doch Kirke zog es vor, die Existenz einer Konkurrentin zu ignorieren, und fuhr mit der Aufzählung kommender Gefahren fort.

«Hast du die Klippen umschifft, mußt du noch zwischen zwei gefährlichen Felsen hindurchsegeln. Der erste reicht hinauf bis zum Sternenhimmel und ist zu jeder Jahreszeit von einer dunklen Wolke umhüllt. In seinem Innern aber wohnt in einer finsteren, rauchigen Höhle ein schreckliches Ungeheuer, Skylla genannt. Ihre Stimme ist hell und nicht lauter als das Bellen eines neugeborenen Hundes, doch laß dich nicht täuschen: Skylla hat zwölf Klauen, sechs Schwänze und sechs Mäuler mit je drei Zahnreihen. Ihr ganzer Leib ist aber nie zu sehen; sie reckt nur den Kopf aus ihrer Höhle und wartet geduldig, bis ein Schiff vorüberkommt. Dann schießen ihre sechs unermeßlich langen Hälse vor, schnappen sich den erstbesten Seemann und ziehen ihn in das finstere Loch, wo ihn das Ungeheuer dann in aller Ruhe verspeist.»

«Kann ich mich denn zumindest mit meinen Waffen gegen sie verteidigen?» fragte Odysseus.

«Es wäre dein sicherer Tod, würdest du auch nur einen Gedanken daran verschwenden. Skylla ist ein unsterbliches Ungeheuer, und die einzige, die ihr etwas anhaben könnte, wäre ihre Mutter Krataiis. Doch das würde sie nie tun: Wie alle Mütter der Welt ist sie froh, wenn sich ihr Kind richtig ernährt.»

«Dann versuche ich eben, mich von ihr fernzuhalten.»

«Ja, aber nicht zu weit. Denn der Fels auf der gegenüberliegenden Seite ist, wenn überhaupt möglich, noch gefährlicher. Er wirkt harmlos, weil er viel niedriger ist und ein riesiger Feigenbaum darauf wächst. Doch wohnt dort ein anderes Ungeheuer, Charybdis genannt, das dreimal täglich das Meerwasser aufsaugt und dann mit gewaltigem Getöse wieder ausspuckt. Wehe dem, der an ihr vorüberfährt, wenn sie gerade das Wasser verschlingt oder von sich gibt. Nicht einmal Poseidon würde es gelingen, sich zu retten!»

Odysseus hatte genug gehört und hätte sich jetzt gerne

zu seinen Gefährten, die am Strand lagerten, gesellt, doch Kirke hielt ihn zurück: Die lange Aufzählung haarsträubender Situationen war noch nicht zu Ende.

«Bist du Skylla und Charybdis entkommen, lauert eine weitere Gefahr auf dich: eine wunderschöne Insel namens Thrinakia, reich an saftigen Wiesen und blühenden Hügeln. Doch laß dich von der Schönheit der Landschaft besser nicht verzaubern. Es könnte gefährlich werden.»

«Was für ein Ungeheuer wartet denn da auf mich?» fragte Odysseus, der sich mittlerweile damit abgefunden hatte, in nächster Zeit einen ständigen Kampf gegen die verschiedensten Widrigkeiten führen zu müssen.

«Kein Ungeheuer, o Sohn des Laërtes, sondern sieben Schaf- und sieben Rinderherden, mit je fünfzig prachtvollen Tieren, sowie zwei Nymphen, Lampetia und Phaëthusa, die abwechselnd Tag und Nacht die Herden bewachen.»

«Und worin besteht da die Gefahr?»

«In dem Umstand, daß die Herden Hyperion, dem Sonnengott, gehören, der sie bis zum Wahnsinn liebt», fuhr die Zauberin fort. «Wer auch immer nur ein einziges Tier schlachtet, unterschreibt damit sein Todesurteil. Um jeder Gefahr aus dem Weg zu gehen, rate ich dir, Thrinakia gar nicht erst anzulaufen.»

Als Odysseus sich wieder zu seinen Männern gesellt hatte, verlor er kein Wort über das, was er soeben von Kirke gehört hatte. Er befürchtete, daß ihm seine Gefährten die Gefolgschaft verweigern würden, um auf der Insel zu bleiben, wenn sie von den bevorstehenden Gefahren erfuhren. So nach dem Motto: Lieber ständig ein Schwein unter Kirkes Mägden als ein kurzes Mittagessen für die Haie.

Am nächsten Morgen erleichterte eine sanfte Brise den endgültigen Aufbruch. Sie wehte aus der richtigen Richtung und blähte die weißen Segel gerade genug, daß das Schiff Fahrt bekam. Kirke, die Zauberin mit den schönen Locken und der menschlichen Stimme, stand lange am Strand und winkte ihren Freunden nach. Doch die günstige Wetterlage auf See änderte sich rasch. Als sie in die Nähe der Sireneninsel kamen, zwang eine plötzliche Flaute die Besatzung, zu den Rudern zu greifen. Odysseus nutzte die Gelegenheit zu einer kurzen Ansprache an seine Matrosen.

«Liebe Freunde», sagte er, «in Kürze werden wir eine Schar wunderschöner Mädchen zu Gesicht bekommen, die nackt auf einer Blumenwiese liegen. Sie werden uns auffordern, uns zu ihnen zu legen, doch dürfen wir sie noch nicht einmal anschauen, geschweige denn ihnen zuhören: Ihr Gesang, so süß er auch klingen mag, führt ins Verderben! Nur ich allein darf ihre Stimmen hören. Deshalb werde ich eure Ohren mit Wachs verschließen, und ihr müßt mich an den Mast binden und dann rudern, rudern, rudern, ohne den Blick zu den Mädchen zu heben. Und egal, was geschieht, ihr dürft mich keinesfalls losbinden, bis die Insel am Horizont verschwunden ist. Je verzweifelter ich versuchen werde, mich von den Fesseln zu befreien, desto fester müßt ihr die Knoten anziehen.»

Dann nahm er eine dicke Scheibe Bienenwachs, zerbrach sie in kleine Stücke, formte diese mit den Händen, bis sie schön weich waren, und verstopfte damit die Ohren seiner Gefährten. Danach ließ er sich mit Händen und Füßen an den Hauptmast fesseln.

Odysseus wurde schon erwartet. Sobald die Sirenen sicher waren, daß das Schiff in Hörweite war, versuchten sie alles, besonders die Schönsten unter ihnen, also Parthenope, Aglaope, Ligeia und Leukosia, um Odysseus dazu zu bewegen, an Land zu gehen.

«Komm zu uns, Odysseus, du ruhmreicher Sohn des Laërtes und Stolz der Achäer. Lege an und lausche unseren lieblichen Gesängen. Viel zu lange schon haben wir sehnsüchtig auf dein Kommen gewartet. Denn wisse, eine jede von uns verzehrt sich danach, dich an den Busen zu drükken, deinen Mund zu küssen und deine herrliche Männlichkeit zu liebkosen. Für uns warst du stets der Größte unter allen Helden. Du bist der einzige, der nicht nur stark ist, sondern auch klug und listig. Ach, wie schön wäre es, dich endlich bei uns zu haben! Wir wissen alles von dir. Wir wissen, wie tapfer du vor den Toren Trojas kämpftest und wieviel Unheil du schon bei der Heimkehr erleiden mußtest. Für all das würden wir dich gerne entschädigen. Also zögere nicht länger: Komm zu uns und stille unser unaussprechliches Begehren.»

Nun versetzen wir uns einmal in Odysseus' Lage und stellen uns vor, Claudia Schiffer, Naomi Campbell, Cindy Crawford und Sharon Stone, alle vier splitternackt, fordern uns auf, mit ihnen ins Bett zu gehen. Wie würden wir reagieren? Der ärmste Odysseus jedenfalls versuchte alles, um freizukommen. Wohlwissend, daß ihn seine Gefährten nicht hören konnten, bemühte er sich, sie mit Blicken und Gesten auf sich aufmerksam zu machen, verzog das Gesicht zu einer Leidensmiene, verdrehte die Augen oder ließ den Kopf hängen, um sie glauben zu machen, daß er tot oder zumindest ohnmächtig sei. Doch es war nichts zu machen. Nur einmal erhoben sich Eurylochos und Perimedes von der Ruderbank – allerdings nur, um die Knoten noch fester anzuziehen. Alle anderen hatten die Köpfe tief über die Ruder gebeugt und dachten nur daran, das Schiff so rasch wie möglich von dieser verfluchten Insel wegzubringen.

Manche behaupten, die Sirenen hätten aus Enttäuschung über die Zurückweisung durch Odysseus kollektiv Selbstmord begangen. Doch handelt es sich dabei wohl um Gerüchte, die eingefleischte Frauenhasser aufgebracht haben.

Wo nun die Insel der Sirenen lag, ist immer ein Geheimnis geblieben. Kein Inselchen und kein Fels im Mittelmeer, die nicht versucht hätten, sich das Etikett «Sireneninsel» anzuheften: in erster Linie natürlich Capri, die «Insel der Liebe», dann die Hauptinsel der Inselgruppe Li Galli im Golf von Salerno, Procida im Golf von Neapel und die liparische Insel Panarea, ebenso Mallorca oder die Isola delle Femmine vor Palermo und sogar Sjernaroy, ein Inselchen vor der norwegischen Küste. In Wahrheit aber sind die Sirenen überall. Das Problem besteht nur darin, nicht zu glauben, was sie einem erzählen.

Homer widmet den Sirenen in seiner *Odyssee* eigentlich nur wenige Verse, und doch ist ihr Bild in der Literaturgeschichte allgegenwärtig. Manche beschreiben sie als eine Art Meerjungfrauen, halb Fisch und halb Frau, andere als Vögel mit weiblichen Brüsten und Frauengesichtern, wieder andere als junge Mädchen, die sich nackt auf irgendwelchen Klippen herumräkeln. Nur die entblößten Brüste und ihr lieblicher Gesang sind unveränderter Bestandteil all dieser Vorstellungen, wohinter der Gedanke stecken mag, daß Singen verführerischer ist als Reden. Mich selbst erinnern die Sirenen immer an ein altes neapolitanisches Volkslied von Salvatore Di Giacomo. Es heißt, wie könnte es anders sein, *A Sirena* und handelt von einem alten Fischer, dem man geraten hat, sich von der Insel Procida fernzuhalten. Es ist ein Lied, das meine Mutter häufig sang.

Si passe scanzate, ca c'e pericolo:
ce sta na' femmena che 'nganna l'uommene
s' 'e chiamma e all'ultemo e fa murì.

Bleib weg, bleib weg, dort lauert Gefahr:
Dort ist eine Frau, die die Männer betört.
Ruft sie herbei und tötet sie.

Der alte Fischer aber unterschätzt die Gefahr. Er glaubt, gegen jede Versuchung gefeit zu sein, weil er nur einmal in seinem Leben wegen einer Frau den Kopf verloren hat. Aber das ist schon viele, viele Jahre her, und damals war er noch sehr jung und hatte keine Ahnung von Frauen. Doch dann muß der Ärmste entdecken, daß die Sirene von Procida eben jene Frau ist, in die er in seiner Jugend so verliebt war. Er schafft es gerade noch, «du bist so tückisch und so schön» zu sagen, da versinkt er schon mit seinem Boot in den Wellen. Moral: Gehst du zur Sirene, vergiß nicht, dich anbinden zu lassen.

Nach den Sirenen bekommt es Odysseus nun mit Skylla und Charybdis zu tun. Doch lassen wir ihn wieder selbst zu Wort kommen:

«Zunächst erblickten wir dichten Rauch, der aus Skyllas Höhle drang, und gleich darauf eine Flutwelle, die Charybdis ausspie. Einigen meiner Männer glitten vor Schreck die Ruder aus der Hand. So lief ich zwischen den Reihen auf und ab, um die Verzagtesten aufzurichten: ‹O Gefährten zahlreicher Abenteuer›, rief ich, ‹taucht die Ruder ins Wasser des tiefen Meeres und rudert so kräftig ihr könnt, ohne nachzulassen, egal, was geschehen mag. Und du, kühner Steuermann, umschließe fest mit deinen starken Händen das Steuer. Und mühe dich, die scharfen Klippen und tiefen Strudel zu meiden.› Natürlich erzählte ich ihm nichts von Skylla und ihren langen, gefährlichen Hälsen, sonst hätte er sicher sein Steuer verlassen und sich unter Deck verkrochen. So kämpften wir uns durch die Meerenge und weinten und schrien dabei wie kleine Kinder. Auf der einen Seite Charybdis, die mit dumpfem Getöse ungeheure Mengen von Salzwasser schluckte, auf der anderen Skylla, die höhnisch grinsend ihre Köpfe mit den scharfen Zähnen aus der rauchigen Höhle vorreckte. So war ich gezwungen, von zwei Übeln das kleinere zu wählen. Und das war Skylla. Lieber ein paar Männer verlieren, so dachte ich, als mit dem ganzen Schiff in Charybdis' Rachen zu verschwinden. Und tatsächlich geschah es, daß Skylla, als wir ihrem Fels zu nahe kamen, ihre gefräßigen Mäuler über das Deck unseres Schiffes wandern ließ und sich sechs Ruderer schnappte … leider unsere besten.»

Auch bei diesem Abenteuer läßt sich Odysseus wieder ganz von seiner kalten Ratio leiten. Da er wußte, wie gefräßig Skylla war, hätte er auch ein paar seiner Matrosen, vielleicht jene, die ihm am nächsten standen, unter Deck in Sicherheit bringen können. Doch sein Hauptziel bestand darin, das Schiff zu retten, und dazu war es nötig, daß alle Männer an den Rudern saßen, vor allem die stärksten, die er damit praktisch opferte.

«Ich sah, wie die sechs Gefährten im Schlund des Ungeheuers verschwanden, zuerst die Beine, dann der Rumpf und zuletzt der Kopf. Und während Skylla sie langsam und genüßlich verspeiste, streckten sie mir noch die Arme entgegen und riefen lange meinen Namen.

Nachdem wir die Meerenge hinter uns gelassen hatten, kam bald die herrliche Insel Thrinakia in Sicht. Wir waren noch weit von ihren blühenden Ufern entfernt, da hörten wir schon das Muhen der prächtigen Kühe des Sonnengottes. Ich erinnerte mich an Kirkes Worte und sprach zu meiner Besatzung: ‹Liebe Freunde, hört mir jetzt genau zu. Sowohl Kirke als auch Teiresias haben mich davor gewarnt, auf dieser Insel an Land zu gehen. Ein schreckliches Verhängnis könnte uns ereilen, wenn wir auch nur den Fuß darauf setzen. Deshalb sollten wir weiterrudern, so als gäbe es die Insel gar nicht, und darauf bedacht sein, unser Schiff so schnell und so weit wie möglich von diesen heimtückischen Gestaden wegzuziehen.›»

Odysseus' Vorschlag stieß jedoch auf wenig Gegenliebe. Seine Männer waren mit ihren Kräften am Ende und sehnten sich nach Ruhe und Erholung. Außerdem war die Landschaft so malerisch schön, daß Teiresias' und Kirkes Weissagungen wenig glaubhaft schienen.

«O grausamer, nimmermüder Odysseus», protestierte Eurylochos, «anscheinend hat deine Mutter Antikleia ein Kind aus Eisen und nicht aus Fleisch und Blut geboren. Siehst du denn nicht, daß deine Männer am Ende sind, ausgezehrt von Kälte, Anstrengung und Müdigkeit? Warum willst du sie nicht an Land gehen lassen, damit sie sich wenigstens eine Nacht ausruhen und eine warme Mahlzeit zubereiten können? Ich flehe dich an, hab ein Herz mit ihnen.»

Alle klatschten, und Odysseus sah sich gezwungen, klein beizugeben. Dennoch kam er nicht umhin, sie noch einmal zu warnen.

«Gut, die Rast sei euch vergönnt, aber schwört mir zuvor einen heiligen Eid, daß ihr die Kühe und Schafe, die auf der

Insel weiden, niemals, unter keinen Umständen, anrühren werdet: Sie gehören dem Sonnengott und sind ihm heilig. Schreckliches Verderben wäre uns gewiß, würden wir auch nur einem Tier ein Leid antun. Außerdem haben wir genug zu essen; die Vorräte, die uns Kirke mitgab, sind noch lange nicht aufgebraucht.»

Soweit die warnenden Worte. Doch wieder einmal folgten ihnen keine Taten. Allerdings war dabei weniger Dummheit oder böse Absicht als vielmehr Pech im Spiel. Ein furchtbares Unwetter ging über der Insel nieder, und ein starker Südwind wehte dreißig Tage unaufhörlich, so daß die Ithaker unmöglich ihre Fahrt fortsetzen konnten. Zunächst gaben sich die Ärmsten alle Mühe, um die heiligen Tiere nicht anrühren zu müssen: Sie verzehrten Kirkes Vorräte und versuchten, sich dann mit dem einen oder anderen Fischlein, das sie fangen konnten, sowie Früchten und Beeren, die sie auf langen Streifzügen über die Insel suchten, zu sättigen. Doch der Hunger wurde immer schlimmer. Nachdem sie lange gefastet hatten, blieb ihnen schließlich keine andere Wahl mehr: Entweder schlachteten sie ein paar Kühe, oder sie würden Hungers sterben. Die Männer warteten also, bis Odysseus schlief, und machten sich dann über die fetten Tiere her.

Als der Held aufwachte und sah, was geschehen war, kannte sein Zorn keine Grenzen mehr. Doch wieder war es Eurylochos, der ihm in die Parade fuhr und vor versammelter Mannschaft folgenden Vortrag hielt:

«O göttlicher Sohn des Laërtes, offensichtlich haben die Götter unseren Tod beschlossen. Doch zu verhungern ist das schlimmste Ende, das man sich vorstellen kann. Tut mir leid für den Sonnengott, aber wir hatten nun mal keine andere Wahl. Dafür werden wir ihm aber, sollten wir doch noch in die Heimat zurückkehren, auf Ithaka einen prachtvollen Tempel errichten, um ihm auf diese Weise dafür zu danken, daß er uns mit seinen Kühen das Leben rettete. Sollte es uns jedoch bestimmt sein, im tiefen Meer zu ertrinken, dann sage ich dir nur eins: Ich will lieber mit vollem Bauch auf See sterben, als hier auf dieser verlassenen Insel elendig verhungern.»

Der Sonnengott zeigte für diese Argumente allerdings wenig Verständnis. Seine liebsten Kühe, um die ihn stets alle beneidet hatten, waren zu Schlachtvieh erniedrigt worden. Kaum hatte er von dem Sakrileg erfahren, sauste er schon auf den Gipfel des Olymp, um sich beim Göttervater zu beschweren.

«O göttlicher Zeus, ich bitte dich, bestrafe die Gefährten des Odysseus. Sie haben meine Kühe getötet, an deren Anblick ich mich jeden Tag, wenn ich über den Himmel fuhr, erfreute. Sollten diese Sterblichen nicht mit der nötigen Härte bestraft werden, sehe ich mich gezwungen, mich in den Hades zurückzuziehen und in Zukunft nur noch für die Seelen der Verstorbenen zu scheinen.»

«O Sonne, ich flehe dich an, tu das nicht», antwortete Zeus von Panik ergriffen angesichts der Vorstellung, in Zukunft im Finstern leben zu müssen. «Scheine weiter auf die unsterblichen Götter und die Menschen, die deinen Glanz verdient haben. Was hingegen die Gefährten des Odysseus betrifft, so versichere ich dir, daß ich selbst sie mit meinen Blitzen bestrafen werde, auf daß sie alle im weinfarbenen Meer ertrinken.»

Und so geschah es. Als Odysseus' Schiff weit genug draußen auf offener See war, ließ Zeus ein gewaltiges Unwetter mit Blitz und Donner niedergehen. Im Sturm, der erbarmungslos über das Deck fegte, knickte der Hauptmast ein, krachte auf den Steuermann herunter und tötete ihn auf der Stelle, ohne daß ihm noch Zeit für einen letzten Schrei geblieben wäre. Und gleich darauf ließ Zeus zwei Blitze folgen, die das ganze Schiff zertrümmerten, so daß es bald schon für immer in den nach Schwefel riechenden Gewässern versank. Innerhalb weniger Minuten ertranken alle Männer, bis auf Odysseus, der eine Planke zu fassen kriegte und sich daran festklammerte.

«Neun Tage und neun Nächte trieb ich im Meer. Am zehnten Tag aber gelangte ich in die Nähe der Insel Ogygia, wo die schöngelockte Nymphe Kalypso lebt. Sie zog mich aus dem Wasser, nahm mich bei sich auf und versorgte mich, bis ich wieder bei Kräften war. Doch dann wollte sie mich nicht mehr fortlassen, so daß ich die Rettung schließlich mit sieben langen Jahren Gefangenschaft bezahlte.»

So endete Odysseus' lange Erzählung. Alkinoos und die phäakischen Fürsten bedankten sich der Reihe nach bei ihm, manche applaudierten auch und machten sich gleich darauf ans Werk, um ein Schiff und eine Mannschaft für seine heißersehnte Rückkehr in die Heimat bereitzustellen.

DREIZEHNTER GESANG

Die Rückkehr nach Ithaka

Die Phäaken bringen Odysseus nach Ithaka, wo sie ihn schlafend allein am Strand zurücklassen. Als der Held erwacht, erkennt er seine Insel nicht wieder. Schließlich verwandelt ihn Athene in einen alten Bettler, damit ihn selbst auch niemand erkennt.

Eines ist sicher: Die Phäaken waren ein Volk, das sich so leicht von niemandem an Gastfreundschaft übertreffen ließ. Nicht nur hatte König Alkinoos unserem Helden ein Schiff und eine Mannschaft zur Verfügung gestellt, sondern auch persönlich zahlreiche bronzene Gefäße mit allen möglichen Geschenken unter den Ruderbänken verstaut. Genügend Vorräte für eine lange Reise zusammenzustellen, war in jener Epoche gar keine so einfache Angelegenheit: Alle Nahrungsmittel, die Wasser enthielten, also Fleisch, Fisch, Gemüse oder Obst, waren ungeeignet. Statt dessen gab es getrocknete Bohnen, Weizen, Linsen und dünne Brote aus Malzmehl (*μᾶζα*), die eigens zu diesem Zweck gebacken wurden.

Selbstverständlich hatte vor der Abfahrt noch das übliche Festbankett mit viel Fleisch und jeder Menge Wein stattgefunden, nachdem man Zeus zuvor einige Ochsen geopfert hatte, damit der Wolkenversammler zumindest für die nächsten Tage Ruhe gab. Der einzige, der an dem Bankett keinen rechten Spaß hatte, war ausgerechnet Odysseus. Sein Wunsch, endlich heimzukehren, war so stark, daß ihn schon eine Verzögerung von einem halben Tag nervös machte.

«O mächtiger Alkinoos», rief er aus, als ihm klarwurde, daß sich das Gelage noch eine Zeitlang hinziehen würde, «o Großherzigster aller Mächtigen, laß mich nun ziehen, damit ich bald die Insel, wo ich geboren wurde, wiedersehen kann. Alle Vorbereitungen für die Reise sind getroffen: Es bleibt nichts weiter zu tun, als in See zu stechen und auf das Wohlwollen der Götter zu hoffen. Möge Zeus dir ein langes, glückliches Leben schenken, und ebenso allen Männern deines Volkes, ihren Frauen und Kindern. Ich selbst wäre ja schon zufrieden, meine Lieben gesund und wohlbehalten zu Hause anzutreffen, meine Gattin Penelope, meinen Vater Laërtes und meinen Sohn Telemachos, den ich verlassen mußte, als er noch in Windeln lag.»

Wer Odysseus besser kannte, wußte, daß er sich damit keineswegs zufriedengeben würde. Als erstes würde er sich an allen rächen, die auf irgendeine Weise seine Abwesenheit für ihre Zwecke ausgenutzt hatten, und dann auch diejenigen beseitigen, die ihm in Zukunft gefährlich werden könnten. Doch egal, wie aufrichtig seine Worte waren: Die Phäaken freuten sich über den Dank und die guten Wünsche, besonders Alkinoos, der sich die Gelegenheit nicht entgehen ließ, den x-ten Toast auszubringen.

«O Pontonoos», befahl der König einem jungen Herold, der hinter ihm stand, «mische Wasser mit Wein und fülle all unsern Gästen die Becher. Doch besonders Odysseus soll trinken, daß sein Körper gestärkt und sein Geist fröhlich sei, wenn er in See sticht.»

Der Herold gehorchte und füllte als erstem Odysseus den Becher, der seinerseits noch einen Toast auf Arete, Alkinoos' Gattin, ausbringen wollte.

«O meine Königin», sagte er, indem er den Becher hob, «ich wünsche dir und deinen Kindern ein glückliches Leben, das durch keine Sorgen getrübt sein möge, bis zu dem Tag, da Thanatos dich sanft an den Haaren packen und in den Hades tragen wird, ein Schicksal, dem kein Sterblicher entkommen kann.»

An den Tod zu erinnern, um den Wert des Lebens hervorzuheben, war zu jener Zeit gang und gäbe. Ganz anders als heute, da man den Tod tabuisiert, vielleicht auch, weil man unbewußt hofft, daß uns die Wissenschaft eines schönen Tages unsterblich machen kann.

Während Alkinoos, Nausikaa und all die anderen winkend am Ufer standen, machten die Männer die Leinen los, zogen den Stein, der als Anker diente, an Bord und ruderten tief nach vorn gebeugt das Schiff mit aller Kraft aus der Reede hinaus. Auf offener See nahm sie ein starker Wind in Empfang, und der Bug des Schiffes bäumte sich in den Wellen auf, wie ein Wagen, der sich ruckartig in Bewegung setzt, weil die Pferde mit der Peitsche angetrieben werden. Odysseus hätte gerne noch ein wenig auf der Brücke verweilt, vor allem, um sich innerlich von diesem Land zu verabschieden, in dem man ihn so herzlich aufgenommen hatte, doch überkam ihn eine solche Müdigkeit, daß er sich unter Deck zurückziehen mußte. Fast zwei Tage schlief er nun durch, und zwar so tief und fest, daß er es noch nicht einmal merkte, als sie in Ithaka ankamen. So verpaßte er den so lange herbeigesehnten Moment der Rückkehr ins Vaterland. Um ihn nicht aufzuwecken, setzten die phäakischen Seeleute ihn sanft am Strand ab und verschwanden, ohne Lärm zu machen. Sie legten ihn in den Schatten eines prächtigen, feinblättrigen Olivenbaums und verteilten um ihn herum all die kostbaren Geschenke, die König Alkinoos ihm mitgegeben hatte.

Währenddessen kochte Poseidon, der dies alles beobachtet hatte, vor Wut:

«Dieser Schurke, dieser hinterlistige Schuft von Odysseus hat meinen geliebten Sohn Polyphemos betrunken gemacht und geblendet. Und was machen die Phäaken, mein auserwähltes Volk? Überschlagen sich förmlich dabei, ihm zu helfen, in die Heimat zurückzufinden!»

Die Beleidigung wog schwer und mußte so rasch als möglich gesühnt werden. Als erstes wandte sich Poseidon an seinen Bruder Zeus.

«O Vater der Götter», seufzte er unter Tränen, «wer wird mir jetzt noch Respekt entgegenbringen? Vor allen unsterblichen Göttern hatte ich verkündet, ich würde Odysseus mehr hassen als sonst irgend etwas auf der Welt und würde ihn niemals in sein Vaterland zurückkehren lassen. Und was passiert? Da liegt er nun friedlich schlafend am Strand seiner heimischen Insel Ithaka. Und das ist noch nicht alles. Meine undankbaren Nachkommen, die Phäaken, haben wunderschöne Vasen voller kostbarer Dinge aus Gold und Bronze neben ihm niedergelegt, ein größerer Schatz, als ihn der Sohn des Laërtes aus dem zerstörten Troja nach Hause gebracht hätte, wenn seine Schiffe nicht vor Ogygia im Sturm gesunken wären.»

Und der Göttervater antwortete ihm:

«Was redest du denn da, mein teurer Bruder? Kein Gott würde es je wagen, es dir gegenüber am nötigen Respekt fehlen zu lassen. Du bist und bleibst der Älteste von uns allen und hast jederzeit die Möglichkeit, dich an denen, die dich beleidigt haben, zu rächen. In diesem Fall an den

Phäaken, die so schamlos deinem Willen zuwiderhandelten.»

Das ließ sich Poseidon (wir kennen ihn ja mittlerweile) nicht zweimal sagen. Er schnappte sich das Schiff, das Odysseus nach Ithaka gebracht hatte, und verwandelte es in einen Fels, der auf der Stelle mit der gesamten Besatzung im Meer versank. Damit noch nicht zufrieden, entfesselte er ein Erdbeben in Scherias Hauptstadt, dem viele Phäaken zum Opfer fielen. Vergeblich beschlossen König Alkinoos und seine Fürsten, die sogleich zu einer Krisensitzung zusammengekommen waren, dem Meeresgott die prachtvollsten Stiere zu opfern, die sie auftreiben konnten. Poseidon war nicht zu besänftigen: In der Nacht verschob er ein Gebirge um ein paar Kilometer, ließ es auf die Hauptstadt niederkrachen und machte sie dem Erdboden gleich.

Doch kehren wir zu Odysseus zurück. Phorkys heißt eine kleine, sehr ruhige Bucht auf Ithaka. Zwei hohe Gebirgszüge schützen sie gegen fast alle Winde, sowohl den Scirocco aus dem Süden als auch den Tramontana aus dem Norden, so daß hier Boote normalerweise nicht groß verankert werden mußten. Aber ohnehin legten in der Bucht nur selten Schiffe an, und der Strand war fast immer menschenleer. Daher hätte Odysseus sicher noch ein paar Stunden weitergeschlafen, wenn ihn nicht die Donner in der Ferne, die auch Zeus gegen das Schiff der Phäaken jagte, aus dem Schlaf gerissen hätten. Der Held blickte sich um und – unglaublich, aber wahr – erkannte seine Heimat nicht mehr.

«O weh», begann er zu klagen, «wohin hat es mich denn nun wieder verschlagen? Was mag das für ein Land sein, und wer mag hier wohnen? Ach wäre ich doch auf Scheria geblieben, bei Nausikaa und den Phäaken, diesen guten, aufrechten Leuten!»

Auch wenn man bedenkt, daß mittlerweile zwanzig Jahre seit dem Aufbruch vergangen waren, bleibt es unverständlich, wieso Odysseus diesen Ort nicht wiedererkannte, der ihm so vertraut wie kein anderer auf der Welt hätte sein müssen. Aber offensichtlich hatte er in den zurückliegenden Jahren soviel Leid erfahren, daß er alles, was ihm widerfuhr, zunächst einmal unter negativen Vorzeichen sah. Das heißt, wenn er irgendwo an Land ging, erwartete er zumindest, gegen ein Ungeheuer kämpfen zu müssen, gegen einen Riesen oder ein Volk, das ihn zu verspeisen gedachte.

«Ich Ärmster», klagte er weiter, «welch traurigem Schicksal sehe ich entgegen? Und wo soll ich bloß all diese kostbaren Sachen sicher unterbringen?»

Dann bemerkte er jedoch, daß nicht weit entfernt eine Grotte lag, wie geschaffen, um dort Alkinoos' Geschenke zu lagern. Er war gerade dabei, nach und nach alle goldenen und bronzenen Gefäße in diese Höhle, die übrigens einer Schar von Nymphen, den Naiaden, geweiht war, zu schaffen, als ihm plötzlich Athene in Gestalt eines jungen Schäfers erschien. Odysseus nutzte sogleich die Gelegenheit, um sich ein wenig kundig zu machen.

«O Jüngling, da du der erste bist, den ich an diesem Gestade treffe, sag mir, in welchem Land ich mich befinde und welche Menschen es bewohnen.»

Ihm antwortete die Göttin mit den strahlenden Augen:

«Du scheinst in schlechter Verfassung zu sein, da du mir solch eine Frage stellst. Diese rauhe, steinige, für Pferde ungeeignete Insel, ist allen, die die Meere befahren, sehr wohl bekannt. Hier wachsen Weizen und Weinstöcke, denn immer tränken Regen und Tau das Erdreich. Und gerade du solltest die Insel eigentlich besser als jeder andere kennen. Denn du bist hier geboren. Es ist Ithaka.»

Bei dem Namen «Ithaka» zuckte Odysseus zusammen. Dennoch wollte er sich nicht zu erkennen geben. Dieser Jüngling schien ihn zwar zu kennen, doch er selbst konnte mit dem Gesicht nichts anfangen, und so hielt er es für ratsam, Vorsicht walten zu lassen und seine Gefühle zu verbergen.

«Von dieser Insel, Ithaka, habe ich öfter erzählen hören, als ich noch auf Kreta wohnte», log er schamlos. «Und eben von Kreta mußte ich fliehen, weil ich den Sohn von König Idomeneus tötete, der mich all meiner Besitztümer berauben wollte. Doch meine bronzene Lanze durchbohrte ihn. Dann fand ich Zuflucht unter phönizischen Seeleuten, die mich, während ich schlummerte, hier am Ufer dieses unbekannten Landes absetzten.»

Athene mußte lächeln. Sie hatte sich schon immer amüsiert, wenn Odysseus mit seinen Lügengeschichten begann, ein Laster, das der listige Sohn des Laërtes auch in schwierigen Situationen nicht ablegen konnte. Ganz im Gegenteil. Gerade wenn es schwierig wurde, nahm er es, teils aus Vorsicht, teils aus reiner Lust am Versteckspiel, mit der Wahrheit noch weniger genau. Da war er aber bei Athene an die Falsche geraten, und so schlüpfte sie rasch in ihre wahre Gestalt und zeigte sich ihm im vollen Glanz ihrer Göttlichkeit.

«O Odysseus, wie zäh hältst du doch an deinen Lastern fest», schalt sie ihn. «Wahrhaft vermessen wäre es, dich an Verschlagenheit übertreffen zu wollen. Sogar dem großen Hermes würde das schwerfallen. Doch jetzt genug mit den Ammenmärchen: So wie du unter den Menschen als der Klügste und Verständigste giltst, so werde ich als Weiseste unter den Göttern gepriesen. Denn wisse, ich bin die Zeus-Tochter Athene. Als du vor Troja kämpftest, stand ich dir bei und lenkte mehrmals Pfeile ab, die dich ins Herz zu treffen drohten. Und ich war es auch, die dafür sorgte, daß dich die Phäaken so freundlich aufnahmen. Doch nun merke dir gut, was ich dir sage: Enthülle niemandem, weder Mann noch Frau, deinen wahren Namen, es sei denn, ich würde dir dazu raten. Und sei dir bewußt, daß du noch viele Erniedrigungen wirst erfahren müssen, bevor du glücklich den Thron von Ithaka besteigen kannst.»

Verständlicherweise war Odysseus ziemlich aufgeregt, als er erfuhr, daß da eine leibhaftige Göttin vor ihm stand. Als er jedoch ein paarmal tief durchgeatmet hatte, gelang es ihm zu antworten:

«O Göttin mit den strahlenden Augen! Du machst es einem wirklich nicht einfach, dich immer zu erkennen. Zu zahlreich sind die Gestalten, in denen du dich zeigst. Allerdings war mir immer bewußt, daß du mir vor Troja im Kampf zur Seite standest. Nur als ich mich dann auf die Heimreise machte, habe ich leider von deiner schützenden Hand nicht mehr viel gespürt, so glaube ich zumindest, da ich seitdem keinen Frieden mehr fand, so viele waren der Schicksalsschläge, die mir widerfahren sind. Nun aber, o Göttliche, flehe ich dich an: Sag mir die Wahrheit! Ist dies hier wirklich mein geliebtes sonnenreiches Ithaka? Ich habe die Insel ganz anders in Erinnerung. Machst du mir etwas vor, vielleicht um mir, wenn auch nur vorübergehenden, Trost zu gewähren, oder willst du mich einfach nur zum Narren halten?»

Kurzum, Odysseus glaubte nicht, nach Ithaka heimgekehrt zu sein. Man weiß nicht genau, ob aus seinem angeborenen Mißtrauen heraus oder weil es ihm einfach Spaß machte, die frohe Kunde immer wieder zu hören. Sicher ist jedoch, daß er Athene mit Tränen in den Augen noch einmal danach fragte.

Und die Göttin bestätigte es ihm wieder und fuhr dann fort: «Du bist wirklich weise, o Sohn des Laërtes, jeder andere an deiner Stelle wäre schon längst in die Stadt geeilt, um allen seine Rückkehr zu verkünden. Du hingegen zogst es vor, zunächst einmal deine Schätze in der Höhle der Naiaden zu verstecken. Nun könnte ich mir vorstellen, daß du, bevor du dich auf den Weg in die Stadt machst, gerne wissen möchtest, ob dir deine Gattin treu blieb und auf welche deiner Untertanen du dich noch verlassen kannst. So wisse, daß ich eben deswegen hier bin, um dir zu sagen, was hier in den letzten Jahren geschehen ist. Solltest du jedoch noch immer bezweifeln, das dies hier das sonnenreiche Ithaka ist, so wisse, daß wir uns hier in der Bucht von Phorkys befinden und der Baum mit den feinen Blättern dort oben auf dem Hügel jener Ölbaum ist, auf den du als Kind so häufig klettertest. Und der Berg hinter uns dürfte dir auch bekannt sein: Es ist der waldreiche Neriton.»

Jetzt gab es für Odysseus keinen Zweifel mehr: Er kniete nieder und küßte die Erde, nach der er sich so lange gesehnt hatte. Die Göttin ließ jedoch nicht zu, daß er von Gefühlen übermannt wurde.

«Denken wir jetzt lieber an jene, die dich deiner Güter und Rechte berauben wollen. Denn du mußt wissen, daß eine Schar dreister junger Männer seit drei Jahren in deinem Palast haust, deine Gattin belästigt und Ränkepläne gegen deinen Sohn Telemachos schmiedet. Diese Freier sind leider sehr zahlreich, und daher wäre es nicht ratsam, sich auf einen offenen Kampf mit ihnen allen einzulassen.»

«Und meine Gemahlin?» fragte Odysseus bebend. «O Göttin, verheimliche mir nichts, so bitter die Wahrheit auch sein mag.»

«Die Freier überhäufen sie mit Geschenken, damit sie einen aus ihrer Mitte erwähle und zum neuen König mache. Doch sie, die Treue, wies alle zurück, oder, um genauer zu sein, hielt alle hin. Sie sagte ihnen, daß sie sich erst entscheiden würde, wenn sie das Leichentuch für ihren Schwiegervater Laërtes fertig gewebt habe. An dieser wunderschönen Arbeit sitzt sie nun schon seit drei Jahren, denn des Nachts löst sie die Fäden auf, die sie am Tage gewebt hat.»

Natürlich war Odysseus erleichtert, als er dies vernahm. Penelopes List war schlau eingefädelt, auch wenn sie damit nicht bis in alle Ewigkeit durchkommen würde. Aber nun war er ja da, um ihr aus der Patsche zu helfen. Dennoch wäre es tatsächlich nicht ratsam gewesen, sogleich mit der Tür ins Haus zu fallen, auch wenn er eine solche Wut im Bauch hatte, daß er am liebsten alle Freier auf einen Streich fertiggemacht hätte.

«Und wären es dreihundert Mann, ich würde gegen sie kämpfen, o Göttliche, wenn ich dich an meiner Seite wüßte und wenn es unumgänglich wäre. Doch denke ich, daß es klüger wäre, einen Plan zu schmieden, der mir zu einem sicheren Sieg verhilft.»

«Wohl wahr, o mein Odysseus», stimmte die blauäugige Göttin zu, die die Intelligenz unter allen Talenten der Sterblichen am meisten schätzte. «Wisse, daß ich dich keinen Moment aus den Augen lassen und dir den richtigen Zeitpunkt zum Handeln mitteilen werde. An jenem Tag wird das Blut der Freier den weiten Boden des Palastes besudeln. Aber zunächst muß ich dir eine andere Gestalt geben. Ich werde deine Haut mit Falten überziehen, so daß du einem runzligen Achtzigjährigen gleichst, dein blondes Haar ergrauen lassen und dir ein schmutziges Lumpengewand anlegen, das alle, die in deine Nähe kommen, abstoßen wird. Schließlich will ich noch deine wunderschönen Augen verschleiern, damit dich weder deine treue Gemahlin noch dein lieber Sohn erkennen können. Zunächst mußt du dich jedoch mit Eumäos, dem Schweinehirten, in Verbindung setzen. Ihm kannst du vertrauen. Er war dir immer treu. Dennoch sollst du dich auch ihm gegenüber nicht zu erkennen geben. Du findest ihn an der Quelle Arethusa nahe des Korax-Felsens. Ich selbst werde mich währenddessen nach Sparta begeben, um deinen Sohn zurückzuholen, der seit einiger Zeit die Welt bereist, um nach dir zu forschen.»

«Konntest du selbst ihm nicht sagen, daß und wann ich zurückkehre? Wolltest du vielleicht, daß auch er, so wie sein Vater, jahrelang auf den Meeren umherirrt?»

«Wenn ich ihn ermunterte, Nestor und Menelaos aufzusuchen, dann nur, damit er sich bei diesen großen Herrschern Ruhm erwerbe. Zur Zeit befindet er sich im prächtigen Palast des Atreus-Sohnes. Leider warten die Freier schon auf seine Rückkehr, um ihn in eine tödliche Falle zu locken. Doch vertraue mir. Ich werde niemals zulassen, daß ihr schändliches Vorhaben von Erfolg gekrönt wird.»

Nach diesen Worten berührte sie den Helden mit ihrem Zauberstaub, und auf der Stelle überzog sich Odysseus' Körper mit Runzeln und Falten. Seine Augen wurden matt, und auch seine Kleider veränderten sich wie durch Zauberhand: Die Göttin kleidete ihn von Kopf bis Fuß mit ärmlichen Lumpen und warf ihm dann das zerlöcherte, ausgefranste Fell einer alten Hirschkuh über. Zuletzt gab sie ihm noch einen Hirtenstab und einen zerschlissenen Beutel in die Hand. Kurzum: Odysseus bot einen widerlichen Anblick.

VIERZEHNTER GESANG

Hunde und Schweine

Als Bettler verkleidet besucht Odysseus den Schweinehirten Eumäos, dem er seine wahre Identität verheimlicht und statt dessen allerlei Geschichten erzählt, die teils frei erfunden sind, sich teils aber auch an seine wahren Abenteuer anlehnen.

Wie Athene ihm geraten hatte, schlug Odysseus einen Pfad durch den Wald ein und gelangte zu Eumäos, dem Schweinehirten, der mit nachdenklicher, trauriger Miene vor einem Schweinegehege saß.

In Wahrheit war Eumäos alles andere als ein kleiner Schweinehirt. Seine Schweinezucht war nämlich ein für jene Zeit professionell geführter Großbetrieb. Er versorgte die stattliche Zahl von fast tausend Tieren (sechshundert Säue und dreihundertsechzig Eber), die auf zwölf Ställe, ein jeder so groß wie ein Hangar, verteilt waren. Zu seiner Belegschaft gehörten vier Helfer und vier scharfe Wachhunde, und es waren eben letztere, die Odysseus einen recht unsanften Empfang bereiteten. Zu seinem Glück erschien Eumäos gerade noch rechtzeitig, um ihn vor den Bestien zu retten.

«O Alter», sagte er zu Odysseus, «um ein Haar hätten dich meine Hunde zerfleischt. Und das hätte mir gerade noch gefehlt; meine Schuldgefühle sind schon groß genug! Die Götter verdammten mich dazu, jeden Morgen das fetteste meiner Schweine einem Haufen Männer bringen zu lassen, die ich gar nicht kenne, während vielleicht zur gleichen Zeit mein göttlicher Herr den größten Hunger leidet. Doch nun folge mir, Greis, in meine Hütte. Ich will dir etwas zu essen geben. Und dann erzähle mir, wenn du dazu in der Lage bist, wer du bist, welchem Geschlecht du entstammst und was du erleiden mußtest, daß du dermaßen heruntergekommen bist.»

Natürlich freute sich Odysseus über den freundlichen Empfang, und das sagte er Eumäos auch ganz offen:

«O mein edler Freund, obwohl du mich nicht kennst, nimmst du mich wie einen Bruder in deiner Hütte auf. Mögen Zeus und die unsterblichen Götter dir alles gewähren, was du dir wünschst.»

«So verlangen es die Gesetze der Gastfreundschaft», antwortete Eumäos, «und ich hätte ihnen auch gehorcht, wenn du noch schlimmer aussehen würdest. Denn auch Fremde und Bettler sind Kinder der Götter. Außerdem bin auch ich ein Diener, und wie alle Diener zittere ich bei dem Gedanken, eines Tages einem allzu jungen Herrn dienen zu müssen. Denn oft sind es gerade die jungen, die keinen Respekt vor der Not anderer haben. Leider triffst du uns hier auf Ithaka gerade in einer schwierigen Situation an. Der Thron ist verwaist, denn unser König ist von einem Kriegszug nicht mehr heimgekehrt, und niemand weiß, was mit ihm geschehen ist. Anscheinend stellen sich die Götter seiner Rückkehr entgegen. Wäre er nicht fortgezogen, würde ich heute sicher ein schöneres Haus bewohnen und hätte ein Stück Land, um darauf Weizen zu säen, und ein liebes Weib, mit dem ich jede Nacht das Lager teilen könnte. Kurzum, mir ginge es besser, und dir gegenüber, o Fremder, könnte ich mich jetzt noch großzügiger zeigen.»

Dann verließ Eumäos die Hütte und tauchte kurz darauf mit zwei Ferkeln auf. Er schlachtete sie mit dem Messer und zerlegte sie in kleine Stücke, die er auf Spieße steckte und auf die Glut legte. Als sie gar waren, reichte er Odysseus das noch dampfende Fleisch.

«Iß dich satt, o Fremder, und ziere dich nicht», sagte er lächelnd. «Denk daran, daß diese Freier seit drei Jahren skrupellos die Güter meines Herrn durchbringen. Unersättlicher noch als Piraten sind sie, denn diese besteigen wenigstens ihre Schiffe, wenn sie fette Beute gemacht haben, und segeln dorthin zurück, wo sie herkamen. Die Freier kennen hingegen kein Maß: Jeden Tag und jede Nacht, die Zeus werden läßt, verschlingen sie Unmengen an Speisen, leeren ganze Fässer voll Wein und steigen den schönsten und jüngsten Mägden nach.»

Als Odysseus dies vernahm, drängte es ihn wieder, sich augenblicklich zum Palast aufzumachen, um dort tüchtig aufzuräumen. Doch Odysseus wäre nicht Odysseus, hätte er seinem ersten Impuls nachgegeben. So atmete er tief durch und aß dann, als wenn nichts vorgefallen wäre, schweigend weiter, obwohl er im stillen natürlich die schrecklichsten Rachepläne schmiedete. Dann begann er, Eumäos weitere Details aus der Nase zu ziehen, wobei er vorgab, von der ganzen Geschichte noch nie etwas gehört zu haben.

«Erzähl mir mehr von deinem Herrn, braver Mann», forderte er Eumäos auf. «Gehörte er vielleicht zu jenen Achäern, die einst auszogen, um die Ehre von Menelaos zu verteidigen? Wie heißt er? Wessen Sohn ist er? Vielleicht habe ich ihn ja auf meiner langen Irrfahrt auf den Meeren irgendwo getroffen.»

Und der Schweinehirte antwortete:

«Es wäre sinnlos, Alter, würde ich dir seinen Namen sagen. Zu viele Vagabunden behaupteten schon, ihn in irgendeinem fremden Land getroffen oder sogar mit ihm gesprochen zu haben. Doch jedesmal stellte sich heraus, daß sie schamlos logen. Vielleicht, um seine Gemahlin zu trösten und als Dank mit Speisen oder Kleidern belohnt zu werden. Auch du würdest lügen, so wie alle anderen, vielleicht um einen Mantel oder eine bessere Tunika als die, die du jetzt trägst, zu erhalten. Ach, ich will vom Schicksal meines Herrn auch gar nichts mehr hören und seinen Namen nicht mehr aussprechen, und sei es nur, um nicht mehr als nötig zu leiden. Deshalb laß uns von etwas anderem sprechen.»

«Schade. Dabei glaube ich, daß du deinen Herrn schon sehr bald wiedersehen wirst. Und das sage ich nicht, um etwa dafür belohnt zu werden, sondern weil ich es im tiefsten Herzen spüre. Und sollte ich für das, was ich dir über ihn erzählen kann, eine Belohnung verdient haben, so gib sie mir erst, wenn du deinem Herrn von Angesicht zu Angesicht gegenüberstehst.»

«Halt ein, Alter! Ich kann es nicht mehr hören. Zu schmerzlich ist der Gedanke an meinen Herrn. Denken wir lieber an seinen Sohn, den göttlichen Telemachos. Als er zur Welt kam, war ich überzeugt, daß ihm ein ruhiges, glückliches Leben beschieden sein werde. Und die Götter nährten ihn auch wie eine üppige Pflanze, doch nun sind die Freier dabei, ihn in einen mörderischen Hinterhalt zu locken, um mit ihm das ganze Geschlecht auszulöschen. Ach, wenn ich es mir recht überlege, will ich auch gar nicht über Telemachos sprechen: Möge Zeus ihm beistehen, ich weiß nicht, wie ich ihm helfen soll. Doch was ist mit dir? Erzähle mir nun, wer du bist. Wer war dein Vater? Woher kommst du und wie kamst du nach Ithaka? Doch sicher nicht zu Fuß.»

Odysseus zögerte zunächst. Dann begann er, langsam und mit leiser Stimme zu erzählen.

«Auch wenn ich ein Jahr bei dir bliebe, reichte die Zeit nicht, um dir von allem zu berichten, was mir die Götter an Qual und Schmerz zugedacht haben. Ich wurde auf Kreta als Sohn eines sehr reichen Mannes geboren. Meine Mutter war eine seiner zahlreichen Konkubinen. Als mein Vater starb, wurden seine Güter unter seinen unzähligen Kindern aufgeteilt, und weil ich der Jüngste war, blieb nicht viel für mich übrig. Ich erhielt nichts weiter als das kleine Haus, in dem ich wohnte. Den Rest beanspruchten meine habgierigen Geschwister für sich. Was blieb mir also anderes übrig, als auszuziehen und fern der Heimat mein Glück zu suchen? So begann ich, die Meere zu befahren. Lasse dich nicht von meinem schäbigen Äußeren täuschen, mein Freund. Mit zwanzig war ich ein starker, mutiger Mann, dem Ares und Athene die Kühnheit und das Herz eines echten Kriegers geschenkt hatten. Nie hielt ich mich zurück, wenn es galt, den Feind anzugreifen, war immer der erste, der aufs Schlachtfeld stürmte, und der letzte, der sich zurückzog. Dagegen liebte ich weder den Feldbau noch das Familienleben. Ich war eben ein Abenteurer, führte das Leben eines Piraten, eroberte viele Städte und machte reiche Beute. In kurzer Zeit war ich der Schrecken aller Länder im Umkreis. Wer weiß, wie große Reichtümer ich hätte anhäufen können, wäre ich nicht eines Tages gezwungen gewesen, nach Troja aufzubrechen, um die Ehre von Menelaos zu verteidigen. Das war mein Unglück! Nach neun Kriegsjahren traf mich auf der Heimfahrt ein Fluch des Göttervaters Zeus, der mich noch heute verfolgt. Stürme und Unwetter trieben mich schließlich an die ägyptische Küste, wo ich in der Mündung des großen Stromes an Land ging. Ich beschwor meine Männer, am Strand zu bleiben und das Schiff zu bewachen. Diese jedoch, von schändlichen Leidenschaften beherrscht, waren nicht zu halten: Sie zogen los, überfielen eine Stadt und vergewaltigten, töteten und raubten alles, was ihnen in die Hände fiel. Als wir am nächsten Morgen erwachten, sahen wir unser Schiff von Tausenden bewaffneter Männer umringt: Es waren die überfallenen Ägypter, die sich rächen wollten. Die Hälfte meiner Gefährten fiel, die andere Hälfte wurde gefangengenommen, um später auf dem Sklavenmarkt verkauft zu werden. Ich selbst warf mich zu Füßen ihres Königs nieder und umklammerte weinend dessen Knie. Dieser hatte Erbarmen mit mir und nahm mich mit in seinen Palast. Lange Zeit blieb ich in Ägypten, bis ich eines Tages einen Phönizier kennenlernte, der mich dazu überredete, mit ihm in ein fernes Land zu ziehen, wo ich nach seinen Worten unermeßliche Reichtümer erobern könne. Leider war dieser Phönizier ein hinterhältiger Schurke, der nur das Ziel verfolgte, mich als Sklave zu verkaufen. Aber ich hatte Glück. Das Schiff, auf dem man mich gefangenhielt, wurde von einem Blitz getroffen und zerschmettert. So gelang mir die Flucht. Neun Tage und neun Nächte trieb ich an ein Stück Holz geklammert in den tosenden Wogen, bis ich schließlich ans Ufer eines mir unbekannten Landes gespült wurde. Hier fand mich ein Jüngling von erlesener Schönheit: Es war der Sohn des thesprotischen Königs. Der Junge erbarmte sich meiner und brachte mich zum Palast seines Vaters, des ruhmreichen Pheidon. Und hier hörte ich zum erstenmal auch etwas von Odysseus' Schicksal.»

An diesem Punkt hielt der Held einen Moment inne, trank einen Schluck und beobachtete, wie Eumäos auf die Erwähnung des Namens reagierte. Dann fuhr er fort:

«Pheidon erzählte mir, daß er Odysseus schon lange Zeit in seinem Palast beherberge. Er zeigte mir auch einen Teil der Schätze, die dieser von Troja mitgebracht hatte, und sagte mir, daß der Sohn des Laërtes just an jenem Tag nach Dodona aufgebrochen sei. Er wolle das Orakel befragen, ob er sich auf Ithaka, wie es ihm gebühre, in königlichen Gewändern zeigen solle oder verkleidet im Gewand eines alten Bettlers. Ich hätte gerne auf seine Rückkehr gewartet, wenn einige Händler mir nicht angeboten hätten, mich in die Heimat zu begleiten. Doch auch diese entpuppten sich bald als Halunken. Sobald ich an Bord ihres Schiffes war, nahmen sie mir den Umhang und die kostbare Tunika, die Pheidon mir geschenkt hatte, und sperrten mich unter Deck ein, um mich im nächsten Hafen als Sklave zu verkaufen. Aber wieder kam ich ungeschoren davon: Als ich eines Morgens bei Sonnenaufgang die Umrisse einer Insel am Horizont erblickte, befreite ich mich von den Fesseln und sprang ins Wasser.»

Die beiden Protagonisten dieses Gesangs könnten unterschiedlicher nicht sein. Eumäos ist ein einfacher, gutherziger, ja etwas naiver Mann. Er stammte nicht aus Ithaka, sondern war als kleiner Junge von Sklavenhändlern an König Laërtes verkauft worden, hatte aber mit der Zeit das Wohlwollen aller gewonnen. Natürlich ist seine Welt recht beschränkt, eine Welt, in der sich alles um Hunde und Schweine dreht. Hin und wieder begibt er sich zum Palast, um den Freiern Nachschub an Schweinefleisch zu bringen oder Befehle der Königin entgegenzunehmen. Und er hängt so an seinem verschollenen Herrn, daß er fast eifersüchtig auf die Trauer ist, die Penelope um ihren Gatten empfindet.

Odysseus, das alte Schlitzohr, kennen wir ja bereits. Obwohl es ihn rührt, seinen treuen Diener wiederzusehen, widersteht er der Versuchung, ihn zu umarmen. Schließlich hat er ihn nur aufgesucht, um ihm Details über die Lage im Palast zu entlocken. Und zu diesem Zweck erzählt er Geschichten, in denen sich Wahrheit und Lüge vermengen. In seiner Erzählung werden aus den Phäaken die Thesproten, aus Alkinoos Pheidon, und die arme Nausikaa hat eine Geschlechtsumwandlung mitgemacht und ist zum Sohn des Königs Pheidon geworden. Geblieben sind hingegen die neun Tage und neun Nächte im tosenden Meer, festgeklammert an die Holzplanke, und die Raubzüge seiner Gefährten nach der Landung auf Sizilien. Man hat den Eindruck, als verspüre er einerseits das mehr als verständliche Bedürfnis, von seinen unglücklichen Abenteuern zu erzählen, könne andererseits aber der «odysseischen» (man verzeihe mir die Wortschöpfung) Versuchung nicht widerstehen, Lügenmärchen zu erfinden.

«O unglücklicher Fremder», sagte Eumäos voller Mitleid, «deine Geschichte geht wirklich zu Herzen. Dennoch kann ich nicht glauben, daß Odysseus noch leben und durch die Welt irren soll. Und ich frage mich, was du dir davon versprichst, mir solche Lügen aufzutischen? Du kannst mir nichts vormachen, dazu kenne ich meinen Herrn zu gut. Lebte er noch, hätte er die Freier, die sich in seinem Palast breitgemacht haben, längst verjagt. Nein, ich glaube eher, daß ihm die Götter feindlich gesinnt sind. Vielleicht, weil sie ihn um seine Klugheit beneiden. Und ich könnte mir vorstellen, daß sie ihn nur deshalb nicht vor Troja sterben ließen, damit ihm die Kampfgefährten keine würdige Grabstätte errichten konnten. Sicher zogen die Götter es vor, ihn bei Nacht und Nebel irgendwo in einem entlegenen Winkel des Universums einfach verschwinden zu lassen. Jedenfalls habe ich die Hoffnung, ihn jemals wiederzusehen, mittlerweile aufgegeben. Ich lebe hier oben in Frieden mit meinen Schweinen und gehe auch nur noch selten in die Stadt, um nicht Gefahr zu laufen, daß mir jemand von ihm erzählt. Seitdem mich damals ein Mann aus Ätolien furchtbar hinters Licht führte und mir weismachte, er habe Odysseus auf Kreta gesehen, will ich einfach nichts mehr davon hören. Dieser Mann erzählte mir nämlich, mein Herr würde im Sommer oder spätestens im Herbst heimkehren und unermeßliche Schätze mit sich führen, aber das sagte er nur, um sich eine warme Mahlzeit zu ergaunern. Dich habe ich wie einen Bruder in meinem Haus aufgenommen, jedoch nicht, um Neuigkeiten über meinen Herrn zu erfahren, sondern weil der große Zeus, der Beschützer der Gäste und Bettler, es so wollte.»

«Nun gut, anscheinend bist du fest entschlossen, mir nicht zu glauben», erwiderte Odysseus lächelnd. «Darum will ich dir eine Wette vorschlagen: Wenn dein Herr, wie ich es dir voraussage, tatsächlich heimkehrt, bekomme ich von dir ein Gewand aus reiner Seide und einen warmen Mantel für den nächsten Winter. Solltest du aber recht behalten und er sich auch nach einem Jahr noch nicht gemeldet haben, dann kannst du deinen Dienern befehlen, mich von der höchsten Klippe zu stoßen, als Mahnung für alle, die es mit der Wahrheit nicht so genau nehmen.»

Einige Stunden später, Odysseus hatte sich in der Zwischenzeit ein wenig ausgeruht, trafen Eumäos' Helfer ein, vier hübsche Jünglinge, die der Hirte von dem Geld erworben hatte, das er mit dem Schweinehandel verdiente.

«Nehmt das fetteste meiner Schweine», sagte der alte Schweinehüter zu ihnen, «und bratet es meinem Gast zu Ehren über dem Feuer. Es ist an der Zeit, daß auch wir die

Früchte unserer harten Arbeit genießen. Seit Jahren vergießen wir unseren Schweiß mit dem Borstenvieh und müssen dann ohnmächtig mit ansehen, wie die Tiere im Bauch von Leuten landen, die keinerlei Anrecht auf sie haben.»

Das ließen sich die Diener nicht zweimal sagen und organisierten sogleich ein kleines Fest. Das Schwein wurde in sieben Teile zerlegt, von denen einer Hermes zu Ehren verbrannt und die restlichen sechs auf den Tisch kommen sollten. Odysseus wurde das beste Stück, der Rücken, angeboten.

«Möge dir Zeus immer wohlgesonnen bleiben, Eumäos!» rief der Held aus, indem er den Becher hob. «Trotz meines ärmlichen Aussehens hast du mir das köstlichste Fleisch zugedacht.»

«Bedanke dich nicht bei mir, sondern bei den Göttern», erwiderte Eumäos. «Sie haben es so gewollt. So ist das Leben: Die Götter geben und die Götter nehmen, und stets entscheiden sie allein, wem sie geben und wem sie nehmen.»

Nach dieser theologischen Betrachtung verteilte Mesaulios, einer der Diener, Brot unter den Tischgenossen, und alle begannen zu essen. Während der Mahlzeit konnte es Odysseus nicht lassen, Eumäos Standhaftigkeit noch einmal auf die Probe zu stellen.

«Wenn du erlaubst, o Eumäos, so will ich dir eine Geschichte erzählen. Es ist der Wein, der mich redselig macht, jenes Getränk, das auch den besonnensten Mann singen und manches Mal sogar Torheiten sagen läßt.»

Die Diener bildeten sogleich einen Kreis um Odysseus und blickten ihn erwartungsvoll an.

«Eines Tages», begann der Held, «verfolgten wir vor Troja den Plan, eine Gruppe Troer in einen Hinterhalt zu locken. Zwei Männer hatten das Kommando: Odysseus und Menelaos. In der Nacht wurde es jedoch bald so schrecklich kalt, daß wir alle zu erfrieren drohten, besonders aber ich, der ich unvorsichtigerweise meinen Mantel bei den Schiffen vergessen hatte. So bat ich also Odysseus, mir einen Mantel von einem Fußsoldaten zu besorgen. Der Held zögerte zunächst und flüsterte mir dann nach einer Weile ins Ohr: ‹Keiner wird dazu bereit sein, wenn man ihn darum bittet. Wenn du einen Mantel haben willst, so mußt du sie statt dessen davon überzeugen, daß es ein Vorteil wäre, keinen zu haben.› Daraufhin befahl er einem seiner Soldaten, zu den Schiffen zu laufen, um Verstärkung zu holen, und sagte zu ihm: ‹Junge, lauf, so schnell du kannst, und wirf den Mantel ab, er würde dich beim Laufen behindern.›»

«Eine schöne Geschichte, Alter», meinte Eumäos, als Odysseus geendet hatte. «Und ich muß zugeben, daß sie zu meinem Herrn passen würde. Dennoch bleibe ich dabei: Was Odysseus angeht, glaube ich keinem mehr. Doch legen wir uns nun zum Schlafen nieder, du in der Hütte und ich im Warmen zwischen meinen Schweinen. Und morgen kannst du dann, wenn die Götter wollen, gehen, wohin dein Herz dich trägt.»

Diesen letzten Satz habe ich nicht etwa Susanna Tamaros Bestseller entnommen, sondern er taucht so fast wörtlich volle sechs Mal in der *Odyssee* auf. Denn wenn sich zwei Personen verabschieden, fällt häufig der Satz: «*πέμψει δ' ὅππη σε κραδίη θυμός τε κελεύει*», also «geh, wohin dein Herz dich trägt». Wer's nicht glaubt, muß selber nachschauen, so zum Beispiel in den Gesängen XIV, 517; XV, 339; XVI, 81 oder auch XXI, 198 und 342.

FÜNFZEHNTER GESANG

Telemachos Rückkehr

Athene warnt Telemachos vor einem möglichen Hinterhalt der Freier. Währenddessen teilt Odysseus Eumäos sein Vorhaben mit, im Königspalast zu betteln. Der Gesang endet mit der Ankunft des jungen Prinzen auf Ithaka.

Athene haben wir nun schon eine ganze Weile nicht mehr gesehen. Aber keine Angst: Sie ist unterwegs und kümmert sich um Telemachos, damit der junge Mann den Freiern nicht in die Falle geht. So treffen wir sie jetzt also in der Vorhalle von Menelaos' Palast, wo sie dem Jungen ein paar Tips gibt, wie er die Rückreise anzugehen hat. Homer erzählt uns diesmal nicht, in welcher Gestalt sie sich zeigt. In der eines Hirtenjungen aber sicher nicht, da sie hier ja die Rolle einer Beraterin einnimmt und sich in die Privatangelegenheiten des jungen Prinzen einmischt.

«Hör mir zu, o Telemachos», flüsterte sie ihm ins Ohr. «Die Niederträchtigsten unter den Freiern haben in der Nähe der felsigen Insel Same einen mörderischen Hinterhalt für dich vorbereitet. Sie wollen dein Schiff versenken und dich mit ihm. Und deshalb rate ich dir: Mache einen weiten Bogen um diese Insel, und wenn du Ithaka erreicht hast, so laß dich in der Bucht von Phorkys an Land setzen, dort, wo der Schweinehirt Eumäos wohnt. Dein Schiff aber soll, um die Freier zu täuschen, die Fahrt bis zum Hafen fortsetzen.»

Odysseus' Sohn hörte Athene aufmerksam und wohl

auch ein wenig erschrocken zu. Neben ihm saß Peisistratos. Er hatte den Kopf auf Telemachos Schulter gelegt und schlief tief und fest. Es war Athene gewesen, die ihn in Schlaf versetzt hatte, damit er nichts von dem Gespräch mitbekam.

«Es wäre unvernünftig von dir», fuhr die Göttin der Vernunft fort, «freiwillig auf deine Güter zu verzichten. Aber du mußt jetzt kämpfen. Das Volk von Ithaka hat sich mittlerweile mit Odysseus' Verschwinden abgefunden. Und dein Großvater Ikarios und deine Onkel reden deiner Mutter Penelope jeden Tag zu, Eurymachos, den mächtigsten der Freier, der deine Mutter mehr als jeder andere mit Geschenken überhäuft, zum Gatten zu nehmen. Nun weißt du ja, wie die Frauen sind: Manchmal reicht ein kleiner zusätzlicher Edelstein, daß sie den toten Gemahl und die Kinder aus erster Ehe plötzlich vergessen. Und währenddessen verprassen die anderen Freier immer noch hemmungslos deine Güter. Bitte daher den ruhmreichen Menelaos, dich so schnell wie möglich aufbrechen zu lassen.»

Telemachos erbleichte: Eurymachos war ein arroganter Widerling, der ihn immer wie einen kleinen Rotzjungen behandelt hatte. Diesen Manne zum Stiefvater zu bekommen, wäre wirklich ein herber Schlag gewesen. Er hätte sich gern noch ein wenig mit der Göttin unterhalten, um sich zu seinem weiteren Vorgehen beraten zu lassen, doch die Zeus-Tochter war plötzlich verschwunden. Und so blieb ihm nichts weiter übrig, als endlich zu handeln.

«Wach auf, o Peisistratos, die Ereignisse überstürzen sich. Spann die Pferde mit den starken Hufen vor den Wagen, und laß uns so schnell wie der Wind zu den Schiffen brausen!»

Peisistratos schreckte hoch und rieb sich verwundert die Augen.

«O mein Freund, wie stellst du dir das vor? Sollen wir die Pferde etwa in der finsteren Nacht antreiben? Bald jedoch wird der Morgen grauen, und dann können wir im Galopp zum Meer jagen. Doch sollten wir uns zuvor noch von Menelaos verabschieden. Ich bin sicher, daß er unseren Wagen bis oben hin mit Geschenken füllen wird.»

Und in der Tat, kaum war die Rosenfingrige hinter den Bergen Spartas erwacht, da tauchte auch schon Menelaos in der Vorhalle auf, blendend gelaunt, denn er kam gerade aus dem Bett der wunderschönen Helena und war noch erfüllt von ihren Küssen und Liebkosungen.

Telemachos lief ihm entgegen.

«O Führer der Völker, göttlicher Menelaos», flehte er ihn an, indem er seine Knie umfaßte, «laß mich nun von dir in mein Vaterland aufbrechen und bitte die Götter für mich, daß ich meine Mutter noch rechtzeitig vor den Klauen der Freier retten kann.»

«Wenn dies dein Wunsch ist, o Telemachos, werde ich dich natürlich nicht aufhalten», antwortete Atreus' Sohn. «Doch hoffentlich gereicht dir dein Eifer nicht zum Nachteil. Es irrt, wer zu lange zögert, doch es irrt auch jener, der sich von Leidenschaft getrieben blind ins Wagnis stürzt. Wie stets kommt es auf das rechte Maß an. Warte daher, bis ich dir den Wagen mit Geschenken gefüllt habe. Und während sich meine Diener um die Reisevorbereitungen kümmern, sollen die Frauen dir noch ein Festmahl mit den herrlichsten Speisen, die Sparta zu bieten hat, bereiten. Es ist ein Zeichen von Respekt dem Gast gegenüber, ihn erst nach einer ausreichenden Stärkung weiterziehen zu lassen.»

Menelaos Worte machen einmal mehr deutlich, welche Bedeutung der Nahrungsaufnahme zu jener Zeit zukam.

Offensichtlich rechnete Homer damit, daß seine Zuhörer die Beschreibung eines guten Mittagessens mit der vollständigen Menüfolge und den dazu gereichten Weinen nicht nur erbaulich, sondern geradezu «nahrhaft» fanden. Jedenfalls ist ihm, wie wir jetzt schon häufig feststellen konnten, jede Gelegenheit recht, seine Helden zu einem Bankett oder zumindest einem schnellen Umtrunk zusammenkommen zu lassen. Und in dieser Hinsicht macht auch Menelaos keine Ausnahme.

Trotz der freundlichen Einladung drängte Odysseus' Sohn darauf, sofort aufzubrechen, und Menelaos versuchte, ihm entgegenzukommen.

«Dann reichen wir eben nur eine kleine Zwischenmahlzeit. Und danach kannst du gleich den Wagen besteigen, der dich zur Küste bringen wird, wo dein Schiff vor Anker liegt.»

Sogar Helena, die schönste der Schönen, kam herunter, um bei den Reisevorbereitungen mitzuhelfen. Ihr folgte in geringem Abstand ein junger Mann, groß und breit wie ein Kleiderschrank und mit dem Körperbau eines Ringkämpfers. Es handelte sich um Megapenthes, einen Sohn von Menelaos, den dieser mit einer farbigen Sklavin gezeugt hatte und der etwa im gleichen Alter wie Telemachos war.

Als sie zu Tisch saßen, griff der Hausherr zu einem kunstvoll geschmiedeten goldenen Kelch mit zwei Henkeln und überreichte ihn dem Sohn von Odysseus. Megapenthes und Helena wollten da nicht zurückstehen und schenkten dem jungen Prinzen einen silbernen Pokal beziehungsweise ein reich verziertes Gewand, das Menelaos' Gattin selbst gewebt hatte.

Alles war zum Aufbruch bereit, als plötzlich ein Adler

mit einer aufgeregt schnatternden Gans in den Krallen dicht über ihren Köpfen hinwegflog. Anscheinend hatte er das Tier gerade in einem benachbarten Gehöft gerissen, denn ein paar Bauern liefen schreiend hinter ihm her.

«O göttlicher Menelaos», sagte Peisistratos zum König, «was hat das zu bedeuten? Ob die Götter uns ein Zeichen geben wollen?»

«Ich denke schon», schaltete sich Helena ein, «und die Botschaft scheint mir leicht zu verstehen. Gleich dem Adler, der aus dem Gebirge herniederfliegt, um eine Gans zu schlagen, wird Odysseus auf Ithaka niedergehen und sich an jenen rächen, die schon so lange seine Ehre mit Füßen treten. Wer weiß, vielleicht ist er in diesem Moment schon in seiner Heimat.»

Telemachos konnte nicht anders, als ihr sogleich für diese hoffnungsvolle Deutung zu danken.

«O meine Königin», rief er aus, «möge Zeus, der Wolkenversammler, dies doch wahr werden lassen. Und sollte deine Weissagung auch nur zu einem ganz geringen Teil zutreffen, so werde ich dich doch bis in alle Ewigkeit wie eine Göttin verehren!»

Telemachos hatte schon auf dem Wagen Platz genommen, als plötzlich ein Fremder auf ihn zutrat.

«O göttlicher Prinz», sagte er, «ich heiße Theoklymenos und komme aus Argos. Wie ich hörte, hast du vor, nach Ithaka zu reisen. Du würdest mir einen großen Dienst erweisen, wenn ich auf deinem Schiff mitfahren dürfte. Andernfalls erwartet mich der sichere Tod. Ich habe nämlich in meinem Heimatdorf ungewollt einen Mann getötet, und nun verfolgen mich dessen Freunde über Land und Meer, um fürchterliche Rache an mir zu nehmen.»

«Ich werde dich nicht zurückweisen», antwortete Telemachos, «steig nur auf. Und wenn es stimmt, daß du unschuldig bist, werden wir dir helfen, soweit es in unserer Macht steht.»

Odysseus hatten wir in Eumäos Hütte zurückgelassen. Auch dort hatte ein Festmahl stattgefunden, wenn auch natürlich von sehr viel bescheidenerem Ausmaß als das bei Menelaos.

«Höre, o Eumäos», sagte Odysseus zu dem Hirten, «morgen im ersten Licht des Tages werde ich mich nach der Stadt Ithaka aufmachen, um dort zu betteln. Es ist nicht recht, daß ich noch länger von deinen Vorräten zehre. Du könntest mir aber einen Mann mitgeben, der mich bis zum Stadtrand begleitet. Danach finde ich mich alleine zurecht. Ich möchte in den Palast des Königs, um zu sehen, ob die prassenden Freier ein Almosen für mich übrig haben. Vielleicht eine Kelle Wasser oder ein Stück Brot. Sie haben ja wahrlich genug zu essen und sollten nicht bei einem armen Bettler knausern. Ich würde auch für sie arbeiten, wenn sie das wollen. Man sieht es mir zwar nicht an, aber ich bin stark und jeder Anstrengung gewachsen. Ich könnte ihnen Holz hacken und neben den Kaminen aufstapeln oder das Ochsenfleisch zerteilen oder den Wein aus den Fässern abfüllen, kurzum, all das, was Diener gewöhnlich erledigen.»

Doch Eumäos sah Odysseus' Arbeitseifer überhaupt nicht gern.

«Hast du den Verstand verloren?» fuhr er ihn zornig an. «Willst auch du ein Speichellecker der Freier werden? Und außerdem würden sie dich ohnehin nicht nehmen. Sie umgeben sich nur mit Dienern, die ihnen ähnlich sind. Das heißt, sie müssen jung und schön sein, kostbare Gewänder tragen und ihr langes Haar im Nacken zu einem Knoten zusammenbinden. Und das ist noch nicht alles: Gut genährt müssen sie auch sein, während du doch ein Bild des Jammers abgibst. Glaub mir, Alter, sie würden dich verjagen, noch bevor du einen Fuß in den Palast setzen kannst. Warum bleibst du nicht einfach bei mir? Und wenn Odysseus' Sohn von seiner Reise heimkehrt, wird er selbst dir ein neues Gewand und einen warmen Mantel für den Winter schenken.»

«Mögen die Götter dich beschützen, o Eumäos. Vielleicht hast du recht, vielleicht ist es besser zu warten, bis der junge Prinz wieder da ist. Doch da wir nun schon über Telemachos sprechen, erzähl mir doch ein wenig mehr über ihn und seine Familie. Was machen seine Großeltern zum Beispiel? Leben sie noch, oder fuhren sie schon in Hades' Reich hinab?»

«Sein Großvater Laërtes weilt noch unter den Lebenden, fleht jedoch täglich zu dem erhabenen Zeus, daß er seinem Leben ein Ende bereite. Er weint um seinen vermißten Sohn, weint um seine treue Gattin, die der Schmerz ins Grab brachte, als Odysseus nicht mehr heimkehrte.»

Unser Held zeigte keine Gemütsbewegung, als Eumäos den Tod seiner Mutter erwähnte, was daran liegen mochte, daß er sie schon als tote Seele in der Unterwelt getroffen hatte. Eumäos hingegen stiegen bei der Erinnerung an die arme Antikleia die Tränen in die Augen.

«Die große Königin war wie eine Mutter für mich», schluchzte er. «Sie war es, die mich aufzog, als Laërtes mich gekauft hatte. Und glaube mir, ihr Tod geht mir näher, als es der meiner leiblichen Mutter tun könnte.»

«Ich verstehe deinen Schmerz, o Unglücklicher», versuchte Odysseus ihn zu trösten. «Erzähle mir mehr von euch beiden. Du warst also noch ein Kind, als sie dich in Ithaka aufnahmen?»

Eumäos schloß die Augen, um sich ganz den Erinnerungen hinzugeben, schwieg einige Sekunden und hob dann an:

«Hier auf Ithaka sind die Nächte lang, und so habe ich Zeit, dir von meinem Leben zu erzählen. Und auch ihr, Freunde, lauscht mir aufmerksam, während ihr eßt und trinkt. Zuweilen kann auch der Schmerz, wenn viel Zeit vergangen ist, eine Quelle der Freude sein.»

Die Männer rückten enger zusammen und blickten Eumäos erwartungsvoll an.

«Nördlich von Ortygia liegt eine Insel namens Syria, nicht groß, aber sehr fruchtbar und reich an Weiden, Weinbergen und Feldern. Dort lebt ein glückliches Volk, denn auf Syria leidet niemand Hunger, und niemand stirbt an einer Krankheit. Wer sein Leben gelebt hat, wird von Artemis' und Apollons Pfeilen getroffen und fährt sanft und schmerzlos ins Totenreich hinab. Mein Vater Ktesios war ein König von Syria, und so hätte auch ich als reicher, mächtiger Mann leben können, wären nicht eines schlimmen Tages phönizische Kaufleute bei uns aufgetaucht. Einer von ihnen erblickte meine Amme draußen bei den Waschtrögen und fragte sie, wer sie sei. Sie antwortete, sie sei eine Sklavin, die der König gekauft habe, als sie sechs Jahre alt war. Der gerissene Kaufmann versprach ihr daraufhin, sie in ihr Vaterland zurückzubringen, jedoch nur gegen ausreichende Bezahlung. Und was tat das tückische Weib? Sie wählte mich, den Königssohn Eumäos, zum Preis für ihre Heimreise und brachte mich schon am nächsten Tag unter einem Vorwand aus dem Palast zum Schiff der phönizischen Händler. Sechs Tage und sechs Nächte segelten wir mit günstigen Winden übers Meer, bis am siebten Tag Artemis mit einem Pfeil die heimtückische Sklavin bestrafte und ins Meer stürzen ließ. Kurz darauf erreichten wir Ithaka, die sonnenreiche Insel, wo mich die Händler an den weisen Laërtes verkauften.»

«Mein lieber Eumäos, mein Herz ist ergriffen von deiner traurigen Geschichte», sagte Odysseus, als der Schweinehirt geendet hatte. «Doch immerhin kannst du sagen, daß Zeus dich nur mit einer Hand ins Unglück stürzte, während er dir mit der anderen Glück zuteil werden ließ. Denn so wie er Leid über dich brachte, indem er dich deinen Eltern entriß, so führte er dich auch ins Haus eines anständigen Mannes, in dem es dir an nichts fehlte.»

Währenddessen näherte sich Telemachos seiner Heimat Ithaka. Es war ihm gelungen, den Hinterhalt der Freier zu umgehen, und er schickte sich nun an, in eben jener Bucht anzulegen, wo sein Vater am Tag zuvor an Land gebracht worden war.

«O treue Gefährten», sagte er zu den Seeleuten, «ich verlasse euch hier. Segelt weiter zum Hafen und erzählt niemandem, wo ihr mich abgesetzt habt. Heute nacht werde ich in der Hütte von Eumäos, dem Schweinehirten, schlafen und morgen mit Zeus' Hilfe zu meiner Mutter zurückkehren. Wartet im Palast auf mich, denn ich will euch als Dank für eure Dienste zu einem großen Festmahl mit erlesenen Speisen und nicht weniger erlesenen Weinen einladen.»

«Und was wird aus mir?» fragte Theoklymenos.

«Unter anderen Umständen», antwortete Telemachos, «könntest du, so lange du willst, als Gast in meinem Hause bleiben. Doch im Moment habe ich den Palast voll mit ungebetenen Gästen, und so könnte es etwas schwierig werden.» Und indem er sich an einen seiner Männer wandte, fügte er hinzu: «O Peiräos, Klytios' Sohn, du mein treuester

Gefährte, bring diesen Mann zu dir nach Haus und laß es ihm an nichts fehlen.»

Die Männer ruderten Telemachos an Land. Dort schnürte er seine schönen Sandalen zu, ergriff seine Lanze mit der bronzenen Spitze und machte sich raschen Schritts auf den Weg zum Gehege der tausend Schweine.

SECHZEHNTER GESANG

Vater und Sohn

Telemachos erreicht Eumäos' Hütte und trägt ihm auf, in die Stadt zu gehen, um Penelope von seiner Rückkehr zu unterrichten. Odysseus und Telemachos sehen sich zum erstenmal, und der Vater gibt sich dem Sohn in seiner wahren Gestalt zu erkennen.

Als sich Telemachos Eumäos' Hütte näherte, liefen ihm die Wachhunde schwanzwedelnd entgegen.

«Du bekommst Besuch», sagte Odysseus zu dem Schweinehirten, «und es scheint sich um einen Freund zu handeln. Die Hunde schlagen nicht an.»

Er hatte den Satz kaum zu Ende gesprochen, da tauchte schon Telemachos' Gestalt im Gegenlicht auf der Schwelle auf. Eumäos ließ vor Überraschung den Weinbecher zu Boden fallen, und auch Odysseus war so verblüfft, daß er den jungen Prinzen nur mit offenem Mund anstarrte. Tatsächlich hatte er ihn ja nie zuvor gesehen und konnte nur aus Eumäos' Reaktion schließen, daß es sich bei dem jungen Mann um seinen Sohn Telemachos handelte.

Eumäos lief dem Jüngling entgegen, küßte ihn auf Hände, Stirn und Augen und lachte und weinte gleichzeitig dabei, wie ein Vater, der seinen Sohn viele, viele Jahre nicht gesehen hat. So viele Fragen lagen ihm auf der Zunge, doch gelang es ihm nur «Du, mein süßes Leben» zu stottern. Und auch Telemachos umarmte ihn ergriffen und nannte ihn «Vater».

«Tritt ein, mein lieber Sohn, tritt ein. Ich freue mich ja so, dich zu sehen! Viel Zeit ist vergangen, seit du dich nach Pylos einschifftest. Aber auch vor deiner Abreise warst du leider nicht oft bei mir. Manchmal dachte ich sogar, daß du dich in Gesellschaft der unverschämten Freier wohler fühlst als bei deinem alten, treuen Diener.»

«Wie kannst du nur so etwas denken, Vater?» rief Telemachos aus und spielte den Gekränkten. «Läge es in meiner Macht, würde ich diesen dreisten Eindringlingen noch heute ihr verdientes Ende bereiten, vom ersten bis zum letzten Mann. Doch sag mir, wie geht es meiner Mutter? Harrt sie noch der Rückkehr ihres Gemahls, oder hat sie sich schon entschlossen, ihr Schlafgemach mit einem der Freier zu teilen?»

Doch Eumäos konnte ihn, zumindest hinsichtlich des Schlafgemachs, sofort beruhigen.

«Sie wartet immer noch und weint Tag und Nacht um ihren verschollenen Gatten.»

Währenddessen schlug Odysseus das Herz bis zum Hals. Zum erstenmal stand er seinem Sohn gegenüber, und auch nach den Beschreibungen, die man ihm gegeben hatte, hätte er nicht gedacht, daß Telemachos so schön sei. Natürlich hätte er ihn liebend gern umarmt, doch wie immer gelang es ihm auch jetzt, seine Gefühle zu überspielen. Schließlich war es für alle das beste, daß seine Rückkehr nach Ithaka vorerst ein Geheimnis blieb. Nach einigen Minuten jedoch schaffte er es nicht mehr, schweigend dem Gespräch zwischen Telemachos und Eumäos zu folgen, und er sagte, wenn auch mit leiser Stimme:

«Gar zu sehr erzürnen mich die Dreistigkeiten, die ihr, deine Mutter und du, durch diese Freier erdulden müßt. Wäre ich jung und vor allem so wie du ein Sohn des göttlichen Odysseus, würde ich lieber sterben, als mir dieses schändliche Treiben, dieses Prassen, Zechen und schamlose Verführen der Mägde länger bieten zu lassen. Doch frage ich mich auch: Wie konnte es zu dieser Situation überhaupt kommen? Liegt es daran, daß dich dein Volk nicht ausreichend unterstützt, oder stehen deine Geschwister vielleicht nicht vorbehaltlos auf deiner Seite?»

«Ich habe keine Geschwister, o Fremder», antwortete Telemachos. «Alle Familien meines Geschlechts haben nur einen Nachkommen. Arkeisios zeugte nur den Laërtes, und Laërtes wiederum allein Odysseus, dessen einziger Sohn ich bin. Und was das Volk betrifft, es wartet nur darauf, daß eine starke Hand die Macht ergreift. Doch bis es soweit ist, buhlen die edelsten jungen Männer von Dulichion, Same, Zakynthos und Ithaka mit kostbaren Geschenken um die Gunst meiner Mutter. Diese jedoch entscheidet sich nicht, weist weder zurück, noch willigt sie ein.»

«Ja, sie ist weiser, als man zunächst glaubt», warf Eumäos etwas respektlos ein. «Auf diese Weise bleibt sie ihrem Gatten treu und bringt gleichzeitig die Freier nicht gegen sich auf.»

«Vielleicht hast du recht, Vater», stimmte Telemachos zu. «Doch sag, warum hast du mir deinen Gast noch nicht vorgestellt? Wer ist er, und wie gelangte er zu dir? Doch sicher nicht zu Fuß?»

«Seinen Namen, mein Sohn, hat er mir selbst noch nicht verraten», antwortete Eumäos. «Er erzählte aber, daß er aus Kreta stamme und lange Jahre über ferne Meere und durch fremde Länder geirrt sei. Schließlich mußte er von einem Schiff thesprotischer Händler fliehen und erreichte schwimmend unsere Insel. Ich sagte ihm, er solle bei mir warten, bis du ihn in die Stadt mitnimmst.»

«Wohin soll ich ihn denn bringen?» fragte Telemachos niedergeschlagen. «In meinem Palast würden ihn die Freier sogleich aufs Korn nehmen und den Ärmsten zur Zielscheibe ihres Spotts machen. Was ich für ihn tun könnte, wäre, ihn von Kopf bis Fuß neu einzukleiden, ihm eine Tunika, einen Mantel, Sandalen und ein zweischneidiges Schwert zu schenken. Danach jedoch wäre ich gezwungen, ihm Lebwohl zu sagen und viel Glück zu wünschen und ihn aufzufordern, dorthin zu gehen, wohin sein Herz ihn trägt. Doch nun zu uns, Vater: Mache dich auf zu meiner Mutter und berichte ihr von meiner Heimkehr. Aber niemand sonst darf davon erfahren. Es gibt im Palast zu viele, die Ränke gegen mich schmieden.»

«Und was ist mit deinem Großvater Laërtes? Er zumindest darf doch wissen, daß du wohlbehalten zurück bist? Der alte Mann wird seines Lebens nicht mehr froh. Schon das lange vergebliche Warten auf die Rückkehr seines Sohnes hat ihn mürbe gemacht, doch nachdem auch du fort warst, weigerte er sich gar, Nahrung zu sich zu nehmen. Er beklagt nur noch sein Schicksal und vergießt bittere Tränen.»

«Es schmerzt mich, das zu hören, doch müssen wir ihn noch einige Tage im ungewissen lassen», antwortete Telemachos, der in puncto Vorsicht ganz seinem Vater nachgeschlagen war. «Du aber eile zum Palast und sprich dort mit der göttlichen Penelope.»

Eumäos schnürte die Sandalen und machte sich schleunigst auf den Weg. Da der Held und sein Sohn Telemachos nun allein waren, erschien plötzlich auch Athene in der Hütte und bedeutete Odysseus mit einem Augenwink, daß er mal kurz mit ihr hinauskommen solle. Der Held verstand und gehorchte.

«O Sohn des Laërtes», sagte Athene draußen zu ihm, «o listenreicher Held, verleugne dich nicht länger: Sprich mit deinem Sohn, erzähle ihm, wer du bist, und schmiede mit ihm zusammen einen Plan, um die Freier aus dem Weg zu räumen. Auf meine Hilfe könnt ihr dabei selbstverständlich zählen.»

Sprach's, berührte ihn mit ihrem goldenen Stab und verwandelte ihn so zurück in den schönen Mann mit der glatten Haut und dem vollen Haar. Seine Kleidung aber stattete sie so prachtvoll aus, daß sie noch im Dunkeln strahlte. Telemachos traute seinen Augen nicht, als er den Fremden so verwandelt zurückkommen sah.

«Du hast dich verändert, Fremder. Du trägst andere Kleider, und wo sind die Falten in deinem Gesicht? Es würde mich nicht wundern, wenn du einer der zahlreichen Götter wärst, die den weiten Himmel bevölkern.»

«Nein, ich bin kein Gott. Ich bin dein Vater Odysseus. Der Mann, um den du so viele Tränen vergossen hast.» Und mit diesen Worten breitete er die Arme aus.

Endlich konnte er seinen Sohn ans Herz drücken und seiner unbändigen Freude Ausdruck verleihen. Doch Telemachos wich zurück. Er glaubte ihm nicht. Kein Wunder, schließlich war er Odysseus' Sohn.

«Nein, Fremder», sagte er, indem er ihn zurückstieß, «du bist nicht Odysseus, du bist nicht mein Vater. Du bist ein Gott, der mich aus irgendeinem Grund zum Narren halten will. Vielleicht, um mich noch mehr leiden zu lassen, als ich ohnehin schon gelitten habe. Bis eben warst du noch ein alter Mann, in schäbige Lumpen gehüllt. Und nun erscheinst du mir plötzlich so stark und schön wie ein Gott. Wie soll das möglich sein? Ein Sterblicher jedenfalls könnte solch ein Wunder nicht vollbringen.»

«Da hast du recht. Denn nicht ich war es, der die Verwandlung vollzog, sondern Athene, die Göttin mit den strahlenden Augen. Sie gab mir die Gestalt eines armen Bettlers, und sie war es auch, die mich vorhin in einen schönen Mann in kostbaren Gewändern verwandelte.»

Durch diese Worte ließ sich Telemachos überzeugen. Endlich fielen sich Vater und Sohn befreit in die Arme, zwei Männer, die sich nie zuvor gesehen hatten, nun aber im tiefsten Innern spürten, wie sehr sie zusammengehörten. Wie sie so dastanden, mit Tränen in den Augen, stockendem Atem und einander fest umklammernd, müssen sie ein Bild abgegeben haben wie die Gäste einer Fernsehshow, in der Verwandte oder Freunde, die sich über Jahrzehnte aus den Augen verloren haben, unvermutet zusammengeführt werden und sich überwältigt in die Arme fallen.

Lange Zeit hielten sich die beiden Männer in den Armen und weinten, wie Homer sagt, «laut und klagender noch als Adler, welchen der Landmann ihre Jungen geraubt, bevor sie flügge geworden» (*Odyssee*, XVI, 216ff.). Und so hätte das noch eine ganze Zeitlang weitergehen können, wenn Odysseus nicht irgendwann seine Fassung wiedergefunden hätte.

«Nun genug der Tränen, mein Sohn», sagte er. «Machen wir uns lieber Gedanken darüber, wie wir uns gegen die Freier zur Wehr setzen können. Sag mir zunächst, um wen es sich handelt, und vor allem, wie zahlreich sie sind. Danach wollen wir gemeinsam entscheiden, ob wir beide ihnen allein entgegentreten oder besser bewaffnete Männer um uns scharen.»

«Vater», antwortete Telemachos, «wie oft habe ich von deinem Mut und deiner Klugheit erzählen hören. Doch glaube ich nicht, daß du es diesmal allein mit einer solch großen Zahl von Feinden wirst aufnehmen können. Wären es zehn oder auch zwanzig, könnte es noch gelingen, indem man sie überraschte und einzeln stellte. Doch handelt es sich um mehr als hundert Mann: zwanzig aus dem waldigen Zakynthos, vierundzwanzig aus Same, und sogar zweiundfünfzig Männer mit ihrem Gefolge sind es aus Dulichion. Dazu kommen noch die zwölf Edlen aus Ithaka, auf deren Seite der Herold Medon steht, sowie ein Sänger und zwei große, kräftig gebaute Diener. Es wäre Wahnsinn, sie alle zusammen allein angreifen zu wollen!»

«Aber wir sind ja nicht allein: Athene steht auf unserer Seite, und auch Zeus selbst ...»

«Ich bin der letzte, der die Macht der Götter anzweifelt. Doch was macht dich so sicher, daß sie dir im entscheidenden Moment zu Hilfe eilen?»

«Darauf kann ich mich fest verlassen. Doch nun mache dich auf den Weg zum Palast und mische dich unter die Frevler. Ich komme später nach, wiederum in Gestalt des armen Bettlers. Doch merke dir gut, auf keinen Fall einzugreifen, wenn die Freier auf mich losgehen, und sollten sie mich auch übel beschimpfen oder an den Füßen aus dem *megaron* schleifen. Bleibe gleichgültig, so als ob dich das alles nichts anginge. Allerhöchstens kannst du sie dazu anhalten, nicht zu übertreiben, jedoch ruhig und mit höflichen Worten. Wenn du aber siehst, daß ich dir ein Zeichen gebe, nimm alle Waffen, die an den Wänden hängen, und bringe sie ins obere Stockwerk. Und sollte dich jemand nach dem Grund dafür fragen, so antworte, daß du sie reinigen willst, da der Kaminrauch sie eingeschwärzt habe. Laß nur zwei Schwerter, zwei Lanzen und zwei Schilde zurück. Und erzähle vor allem niemandem von meiner Rückkehr, weder Eumäos noch Laërtes oder deiner Mutter und erst recht keinem der Diener. Um so freudiger wird die Überraschung sein, um so größer unsere Aussichten, den Sieg zu erringen.»

Währenddessen fuhr das Schiff, mit dem Telemachos von Pylos gekommen war, zur Verwunderung der Freier in den Hafen von Ithaka ein. Anscheinend war nicht alles nach Plan verlaufen. Die Freier hatten erwartet, daß das Schiff vor Same sinken würde, und da sie nun Telemachos nicht von Bord gehen sahen, begriffen sie, daß sich der Jüngling an einer anderen Stelle hatte absetzen lassen.

«Telemachos muß dem Anschlag entkommen sein», meinte Eurymachos, der Sohn des Polybos. «Und wir dachten, daß er nie wieder von Pylos heimkehren würde. Ich kann es mir nicht anders erklären: Irgendein Gott oder Sterblicher muß ihn gewarnt haben.»

Bei Antinoos, dem Sohn des Eupeithes, ging die Enttäuschung rasch in Zorn über:

«Dieser verfluchte Hurensohn!» schrie er. «Wie konnte er uns nur entwischen! Tag und Nacht haben unsere Männer abwechselnd Wache gehalten und das sturmdurchbrauste Meer beobachtet. Jetzt müssen wir uns rasch einen anderen Plan überlegen, um ihn aus dem Weg zu räumen, einen Plan jedoch, der dieses Mal wirklich aufgeht. Wir müssen handeln, bevor er das Volk gegen uns aufwiegelt. Sonst sind wir erledigt. Deshalb sage ich euch: Töten wir ihn, aber nicht hier, wo uns alle beobachten, sondern an einem anderen Ort, wo uns niemand sehen kann.»

Doch nicht alle waren mit Antinoos' Vorschlag einverstanden. So zum Beispiel auch Amphinomos, der Sohn des Nisos.

«Ich bin dagegen», sagte er, «Telemachos zu töten. Denn verflucht sind die, die ein Königsgeschlecht ausrotten. Und außerdem ist er zu schwach, um uns wirklich gefährlich zu werden. Er steht allein, und wir sind hundert. Viel wichtiger ist es, die Königin nun endlich zu einer Entscheidung zu zwingen. Hat sie erst einen aus unserer Mitte zum Gatten gewählt, wird sich auch alles andere richten.»

Die Freier kehrten in den Saal des Palastes zurück, wo nun bald darauf auch Penelope erschien. Alle drehten sich verwundert zu ihr um, denn es kam höchst selten vor, daß sich die Königin den Freiern zeigte. Aber anscheinend hatte ihr jemand von Antinoos' Absichten berichtet, denn sie durchquerte das *megaron* und ging schnurstracks auf Antinoos zu. Wie stets verhüllte ein dichter schwarzer Schleier ihr Gesicht, und auch die sechs Mägde, die ihr folgten, waren verschleiert.

«O Antinoos, du gnadenloser Ränkeschmied, wie kannst du einem Menschen den Tod wünschen, dessen Vater deinem eigenen Vater einmal das Leben rettete, als dieser von den Thesproten verfolgt wurde? O undankbarer Antinoos, warum wütest du immer weiter gegen den göttlichen Odysseus? Reicht es dir noch nicht, seine Güter zu verprassen und seine Gemahlin zu bedrängen? Willst du ihm jetzt auch noch den einzigen Sohn nehmen?»

Dann drehte sie sich um, ohne noch jemanden anzusehen, und ging wieder hinauf in ihre prächtigen Gemächer, während ihr die schweigenden Zofen wie ein Schatten folgten.

Es wurde Abend, bis Eumäos in die Hütte zurückkehrte. Er erzählte Telemachos und Odysseus, der mittlerweile von Athene wieder in den alten Bettler zurückverwandelt worden war, von seinem Treffen mit Penelope. Dann schlachtete er noch ein Ferkel, und nachdem die Männer in gelöster Stimmung zusammen gegessen hatten, legten sie sich zum Schlafen nieder.

SIEBZEHNTER GESANG

Argos

Telemachos erzählt seiner Mutter Penelope von seiner Begegnung mit Nestor und Menelaos. Der Bettler Odysseus wird auf dem Marktplatz von einem gewissen Melanthios verhöhnt und mißhandelt, ebenso wie danach im Palast von dem Freier Antinoos.

Sobald er sah, daß sich die rosenfingrige Aurora am Horizont erhob, schnürte Telemachos seine schön gearbeiteten Sandalen, nahm die bronzene Lanze zur Hand und sagte zu Eumäos:

«Vater, ich mache mich auf den Weg zum Palast. Kümmere du dich um den unglücklichen Fremden. Bring ihn in die Stadt, damit er sich dort einen Kanten Brot erbettele, es sei denn, er wolle lieber auf dem Land bleiben.»

«Nein, nein, ich will nicht bleiben», schaltete sich der vermeintliche Bettler ein. «Ganz im Gegenteil, ich will in die Stadt, und zwar so schnell wie möglich. Auf dem Land ist es für einen Bettler schwerer, Nahrung zu finden, und deshalb würde ich mich freuen, wenn mir jemand den Weg nach Ithaka zeigen könnte.»

Im Palast angekommen, lehnte Telemachos seine gut ausgewuchtete Lanze gegen eine Säule und stieg zu den oberen Gemächern hinauf. Im ersten Raum erblickte er seine alte Amme Eurykleia, die in einen schwarzen Umhang gehüllt war, und direkt hinter ihr seine Mutter Penelope.

«Endlich bist du zurückgekehrt, du Licht meiner Augen»,

rief die Königin aus, als sie ihn bemerkte. «Ich fürchtete schon, dich nach deiner Abreise nach Pylos nie mehr wiederzusehen. Doch jetzt bist du hier: schöner und stattlicher noch als zuvor. Erzähl mir von deiner Reise, o angebeteter Sohn. Wo bist du gewesen, wen hast du getroffen und was hast du zum Verbleib deines Vaters in Erfahrung bringen können?»

«O Mutter, noch ist es zu früh, um dir alles zu erzählen. Nur soviel: Ich bin mit knapper Not einem Anschlag der Freier entkommen. Die Situation hat sich weiter zugespitzt. Deshalb schließe dich in deine Gemächer ein und bete zu den allmächtigen Göttern, daß sie uns beistehen. Ich selbst werde mich zum Haus von Peiräos, dem Sohn von Klytios, begeben, um mich zu vergewissern, daß der Fremde, den ich von Pylos mitbrachte, die versprochene Gastfreundschaft genießt.»

Als er den Platz vor dem Palast überquerte, trat das Volk ehrfürchtig zurück und starrte ihn voller Bewunderung an. Denn Athene hatte ihm eine Schönheit verliehen, die ihn in jeder Hinsicht göttergleich machte – eine große, kräftige Gestalt, ebenmäßige Gesichtszüge, blaue Augen und blonde Locken. Sogar die Freier kamen nicht umhin, ihn zu bewundern, auch wenn sie ihm im Herzen die Pest an den Hals wünschten.

Unter den zahlreichen Menschen, die ihn umringten, war auch Peiräos, sein Gefährte, dem er Theoklymenos anvertraut hatte.

«Schnell, mein junger Herr», sprach dieser ihn an, indem er sich verbeugte, «sende deine Diener zu meinem Haus, damit sie dort die prachtvollen Geschenke, die Menelaos dir mitgab, abholen und zum Palast bringen.»

Doch Telemachos erwiderte:

«Schweig, o Peiräos. So wie die Dinge im Augenblick liegen, sind die Geschenke in deinem Haus sicherer als in dem meinen. Vielleicht werden mich die Freier schon bald vertrieben haben, und ich möchte nicht, daß ihnen auch noch die kostbaren Gaben des ruhmreichen Menelaos in die gierigen Hände fallen. Sollte es mir jedoch eines Tages gelingen, sie selbst von der Insel zu verjagen, werden wir die Geschenke zusammen in die Gemächer meiner Mutter schaffen.»

«Wie du meinst», antwortete Peiräos. «Aber ich habe noch etwas anderes auf dem Herzen. Dort drüben steht Theoklymenos, der Fremde, den du mir anvertrautest. Was soll ich mit ihm machen?»

Telemachos begrüßte den Gast und forderte ihn auf, mit in den Palast zu kommen. Dort eingetroffen, wurden sie von den Mägden empfangen, die die Männer zunächst sorgfältig wuschen, dann von Kopf bis Fuß mit wohlduftendem Öl einrieben und ihnen schließlich reichverzierte weiße Gewänder und wollene Mäntel anlegten. So herausgeputzt betraten sie den Thronsaal, wo Penelope sie erwartete und ihren Sohn in banger Erwartung aufforderte:

«O Telemachos, ich bitte dich, berichte mir endlich, was du von Nestor und Menelaos erfahren hast. Was ist mit Odysseus? Was widerfuhr ihm, nachdem er das zerstörte Troja verlassen hatte? Lebt er überhaupt noch, und wenn ja, bei wem hält er sich auf? Mein Sohn, ich beschwöre dich, verheimliche mir nichts, und mag die Wahrheit noch so schmerzlich sein.»

Offensichtlich befürchtete Penelope nicht nur, ihren Gatten verloren zu haben, sondern auch, daß er sie betrogen haben könnte. Schließlich liegen zwei Vermutungen nahe, wenn ein Mann nicht mehr nach Hause zurückkehrt: Entweder ist er tot, oder er ist zu einer anderen gegangen.

«O meine göttliche Mutter, ich will dir alles erzählen. Zunächst weilte ich bei Nestor, dem Völkerbeherrscher, doch dieser konnte mir nur das erzählen, was ohnehin schon alle wissen, nämlich welch großen Ruhm sich mein Vater bei der Belagerung Trojas erwarb. So zog ich weiter nach Sparta zum großen Menelaos, in dessen Palast ich auch die wunderschöne blondgelockte Helena traf, jene Frau, für die so viele junge Achäer ihr Leben ließen. Menelaos, der Herrscher mit der mächtigen Stimme, berichtete mir, er sei eines Tages einem Seeungeheuer namens Proteus begegnet, von dem er erfahren habe, daß Odysseus noch lebe, jedoch gegen seinen Willen auf einer einsamen Insel von einer Nymphe namens Kalypso festgehalten werde.»

An dieser Stelle schaltete sich Theoklymenos, der geheimnisvolle Fremde, ein und bat ums Wort.

«Ich glaube, o meine Königin, daß ich den Worten deines Sohnes noch etwas hinzufügen kann. Es ist nämlich so, daß ich in meinem Leben schon häufig Visionen hatte, die sich bis jetzt noch immer bewahrheiteten. Und so sehe ich nun, daß dein Gatte ganz in unserer Nähe ist. Er streift durch die Gassen Ithakas und sinnt darüber nach, wie er seine Feinde vernichten kann.»

Theoklymenos' Vorhersage, und vor allem die Sicherheit, mit der er sie kundgetan hatte, ließ alle Anwesenden erstarren. Auch Penelope zeigte sich beeindruckt, und das trotz der unzähligen Enttäuschungen, die in den letzten Jahren auf derartige Vorhersagen unweigerlich gefolgt waren.

«Es fällt mir schwer, o Fremder, deinen Worten Glauben zu schenken», sagte sie. «Denn wäre Odysseus zurückgekehrt, würde er jetzt schon in meinen Armen liegen. Doch solltest du wider Erwarten recht haben und sich deine Hirngespinste bewahrheiten, werde ich dich mit Gold und Silber überschütten.»

Währenddessen traten auf dem Platz vor dem Palast, wie häufig in jenen Tagen, die Freier in verschiedenen Wettkämpfen gegeneinander an. An diesem Tag standen Diskus- und Speerwerfen auf dem Programm. Alle waren mehr oder weniger eifrig bei der Sache, bis ein Herold namens Medon von einem Mäuerchen herab verkündete, daß das Festmahl beginnen könne.

«O edle Herren», rief er mit lauter Stimme, «stellt die Wettkämpfe ein. Kommt zu Tisch. Die Diener haben bereits einen jungen Widder von besonders zartem Fleische auf den Spieß gesteckt, dazu eine frisch geschlachtete Kuh, zwei fette Schweine und vier üppige Ziegen. Und laßt auch die Mägde nicht warten. Sie stehen bereit mit bronzenen Krügen in Händen, überquellend von süßem kretischen Weine, und warten darauf, euch die schillernden Becher zu füllen.»

Einer solchen Einladung war natürlich, seien wir ehrlich, nur schwer zu widerstehen. Und so ließen sich die Freier denn auch nicht zweimal bitten, und der ganze Haufen strömte lärmend und lachend in den Festsaal. Ihnen folgte eine beträchtliche Zahl gemeinen Volkes, da es mittlerweile für viele Bewohner der Stadt zum schönen Brauch geworden war, sich im Palast den Bauch vollzuschlagen, weshalb die Freier von den Leuten auch gar nicht so ungern gesehen wurden. Wer sie wirklich haßte, waren im Grunde nur Odysseus und seine Familie.

In der Zwischenzeit hatten der Schweinehirt und der falsche Bettler die Stadt erreicht, wo sie als erstes zu einem

Brunnen gingen, um ihren Durst zu stillen. Sie hatten sich gerade über das Wasserspiel gebeugt, als ein paar Männer auf sie zutraten und sie zu verhöhnen begannen.

«Seht euch mal die beiden Lumpenbrüder an. Was für ein schönes Paar!» rief einer grinsend.

«Wohin willst du mit diesem verlausten Hungerleider im Schlepptau, Alter?» meinte ein anderer, ein Ziegenhirte namens Melanthios, an Eumäos gewandt. «Solltest du ihn zum Palast bringen wollen, so macht euch auf diesen Empfang gefaßt.» Und schon holte er aus und versetzte Odysseus, der sich gerade zum Trinken niedergebeugt hatte, einen kräftigen Tritt in den Hintern, so daß dieser mit dem Gesicht im Wasser landete. Unter anderen Umständen hätte Odysseus den Flegel sicher zumindest umgebracht. Doch der Plan, den er verfolgte, duldete keinerlei Ablenkung. So begnügte er sich damit, sich das Gesicht des Grobians genau einzuprägen, um sich bei späterer Gelegenheit für die Behandlung zu revanchieren. Eumäos jedoch sprang Odysseus bei, und nachdem er die Taugenichtse mit harten Worten getadelt hatte, wandte er sich direkt an die Quelle und sprach:

«O ihr Wassernymphen, wenn es wahr ist, daß Odysseus an dieser Stelle einmal Lammschenkel und Ziegenlenden für euch verbrannt hat, so erfüllt meinen Wunsch, daß mein König bald heimkehren möge. Denn wäre er hier, würde bald alles wieder ins Lot kommen und die dreisten Freier, die heute das Leben auf Ithaka bestimmen, nur noch eine schlimme Erinnerung sein.»

«Was schwafelst du da, Alter?» fuhr Melanthios ihn an. «Möge der silberne Pfeil Apollons deinen Telemachos treffen und ihm das verdiente Ende bereiten. Oder mögen die Freier selbst ein für allemal mit Odysseus' Familie und ihren Speichelleckern aufräumen.»

Als Odysseus bemerkte, daß Eumäos Anstalten machte, das Schwert zu ziehen, ergriff er den Arm des Schweinehirten und zog Eumäos fort. Was hatte es für einen Sinn, mit diesem vorlauten Nichtsnutz Zeit zu verlieren, besser war es, direkt zum Palast zu ziehen, um zu sehen, was sich dort tatsächlich abspielte. Schon von der Straße her vernahm man die Geräusche, die aus dem Festsaal drangen, sanfte Harfenklänge, die süße Stimme eines Sängers, das Geschrei und Gelächter der betrunkenen Tischgenossen.

«O Eumäos, ist dies das Haus deines Herrn?» fragte Odysseus. «Mir scheint, daß dort drinnen ein großes Festmahl gefeiert wird. So laß uns eintreten, um zu sehen, ob sie etwas für mich übrig haben. Mir steigt der Duft von gebratenem Fleisch in die Nase, und lieblicher Gesang dringt an mein Ohr.»

Doch Eumäos hielt ihn zurück.

«Warte draußen auf mich, Alter. Ich will allein hineingehen und mich dort etwas umsehen. Wenn mir die Situation erträglich erscheint, gebe ich dir ein Zeichen, daß du mir folgen kannst. Stelle ich jedoch fest, daß die Stimmung schon gereizt ist, so warte vertrauensvoll in der Vorhalle, bis ich zurückkomme. Doch egal wie, versuche auf jeden Fall, dich möglichst unauffällig zu verhalten. Denk immer daran, daß die Freier völlig hemmungslos sind, vor allem, wenn sie zuviel getrunken haben.»

«Sei unbesorgt», antwortete Odysseus, «an Schläge bin ich gewöhnt, und Spott prallt an mir ab. Bedenke, daß es ein Bettler täglich erlebt, verlacht zu werden, wenn er um ein Stück Brot bittet.»

Als sie den Hof betraten, erblickten die beiden Männer in einer Ecke einen sehr alten Hund, der auf einer dünnen Schicht stinkenden Strohs lag. Es war Argos, der Hund, den Odysseus als Welpen bekommen und großgezogen hatte.

«Dieser Hund muß einmal sehr schön gewesen sein», sagte Odysseus zu dem Schweinehirten, «und wahrscheinlich auch sehr flink und geschickt in der Verfolgung von Hasen und Hirschen. Anders als viele andere Hunde, die zu nichts nutze sind und von reichen Leuten nur zu dem Zwecke gehalten werden, das Auge zu erfreuen.»

«Auch damit hast du recht, Alter. Dies ist Argos, Odysseus' Lieblingshund. Leider haben sich die Frauen des Hauses, nachdem sein Herr fortgezogen war, nicht besonders um ihn gekümmert. Und so fristet er hier, von Ungeziefer zerfressen, auf diesem Misthaufen sein erbärmliches Dasein.

Der Hund hob jedoch den Kopf, als er Odysseus bemerkte, richtete den Blick auf seinen Herrn und wedelte kaum wahrnehmbar mit dem Schwanz. Dann sackte er ermattet in sich zusammen. Er hatte Odysseus erkannt, war aber zu schwach, ihm entgegenzulaufen. Kurz darauf starb er, ohne auch nur ein Jaulen von sich zu geben, der treueste Freund, den Odysseus je hatte. Beim Anblick des sterbenden Tieres, das ihm so teuer war, drängte es den Helden mit Macht, zu ihm zu gehen und ihn ein letztes Mal zu tätscheln. Doch wieder einmal beherrschte er sich, wischte sich nur verstohlen eine Träne aus dem Augenwinkel und ging davon.

Als Telemachos Eumäos das *megaron* betreten sah, fragte er ihn mit lauter Stimme, wo der alte Bettler geblieben sei. Doch noch bevor der brave Mann antworten konnte, erschien Odysseus selbst auf der Schwelle. Telemachos nahm einen Korb Brot von der reich gedeckten Tafel und reichte ihn dem Hirten, indem er sagte:

«Nimm dieses Brot, Eumäos, und biete es dem Neuankömmling an. Dann fordere ihn auf, sich auch an die anderen Gäste zu wenden, und erinnere ihn daran, daß es für einen armen Mann keine Schande ist, um etwas zu bitten.»

Gesagt, getan. Odysseus ließ sich das nicht zweimal sagen und ging mit ausgestreckter Hand von Tisch zu Tisch und bat einen jeden um einen Löffel Suppe oder ein wenig Wasser. So konnte er sich schon mal ein Bild machen, wer später auf seine Vergebung hoffen durfte und wer gnadenlos beseitigt gehörte. Auch Melanthios, der Odysseus kurz zuvor am Brunnen den Tritt versetzt hatte, war unter den Gästen.

«Hört mal her, Leute, und auch ihr, ihr edlen Freier», lärmte der Grobian los. «Den Bettler dort habe ich schon auf der Straße gesehen. Eumäos, unser Schweinelieferant, hat ihn mitgeschleppt. Ich würde vorschlagen, daß wir ihn mit Tritten verjagen. Doch Vorsicht, er ist schmutzig wie ein Straßenköter und verströmt schon einen Leichengestank.»

Da wollte auch Antinoos mit seiner Meinung nicht hinter dem Berg halten.

«Verfluchter Schweinehirt», brüllte er los, indem er auf Eumäos zeigte, «was fällt dir ein, diesen stinkenden Herumtreiber zu uns in den Saal zu bringen? Als wenn wir hier nicht schon genug Schmarotzer hätten. Erst beschwerst du dich, daß wir die Güter deines Herrn verzehren, und dann schleppst du selbst ganze Heerscharen von Hungerleidern an!»

«Soviel ich weiß, ist dies nicht dein Haus, o Antinoos», antwortete der Schweinehirte und blickte den Freier herausfordernd an. «Es liegt allein an der Königin, Einlaß zu gewähren oder zu verwehren. Im übrigen verstehe ich nicht, was dich daran stört, wenn sich ein weiterer Gast an die Tafel setzt, da doch von allem, was hier aufgetragen wird, nichts, aber auch gar nichts dir gehört.»

Bevor die Lage außer Kontrolle geriet, schaltete sich Telemachos schlichtend ein.

«O edler Antinoos», sagte er, «du, der du dich stets rühmtest, meinem Vater zu gleichen, wisse, daß Odysseus nie einen Gast vom Tisch wies und nie einen Bettler hungrig fortschickte.»

«Du hast vielleicht recht, junger Mann», gab Antinoos scheinbar klein bei, «so schickt den Bettler eben zu mir, ich will ihm alles geben, was vor mir steht.»

Nur war aber das, was er vor sich hatte, nichts anderes als ein Schemel, auf dem seine Füße ruhten. Den ergriff er, als Odysseus vor ihm stand, und ließ ihn unter dem höhnischen Gelächter seiner Kumpane krachend auf die Schulter des Unglücklichen niederfahren.

Und Odysseus wehrte sich nicht. Nachdem er den Schlag verdaut und seinen Zorn ein wenig heruntergeschluckt hatte, versuchte er statt dessen, Antinoos klarzumachen, daß das Leben aus Höhen und Tiefen bestehe und daß es immer die Götter seien, die geben und nehmen.

«O edle Herren», sagte er mit ruhiger, fast unterwürfiger Stimme, «es gab eine Zeit, da war ich selbst so wie ihr. Ich lebte in einem prächtigen Haus, war jung, reich, überheblich, schön und befehligte viele Diener. Doch eines Tages verließ mich das Glück. Ich lag mit meinem Schiff vor Ägypten, und meine Mannschaft drängte darauf, an Land zu gehen, um eine Stadt zu plündern, die Männer zu töten und den Frauen Gewalt anzutun. Und das taten sie schließlich auch, trotz all meiner Warnungen. Doch die Ägypter sammelten bald ihre Kräfte und überfielen uns in einer mondlosen Nacht im Schlaf. Viele meiner Männer ließen ihr Leben, andere, so wie ich, wurden als Sklaven an Dmetor, den Sohn Iasos' und König von Zypern, verkauft. Und eben von Zypern führte mich mein Weg nach vielen Irrungen hier zu euch.»

Mittlerweile wissen wir ja, wie gern Odysseus Geschichten erzählte. Völlig frei erfundene oder auch solche, in denen sich faustdicke Lügen mit wahren Gegebenheiten paarten. Warum er dies auch vor einem ausgemachten Feind wie Antinoos tat, wird nicht ganz deutlich: Vielleicht wollte er ihn nur ablenken, bevor er ihm den tödlichen Schlag versetzte, ähnlich wie ein Torero, der den Stier eine Zeitlang mit den Banderillas stichelt, bevor es ernst wird.

Als Penelope von Antinoos' beschämendem Verhalten gegenüber dem fremden Bettler erfuhr, ließ sie sogleich den Schweinehirten Eumäos zu sich kommen. «Ich habe gehört, daß du dich für einen armen Fremden eingesetzt hast, Eumäos», sagte sie, als er vor ihr stand. «Was ist das für ein Mann? Kennst du ihn vielleicht näher? Erzähl mir von ihm.»

«Drei Tage lang habe ich ihn in meiner Hütte beherbergt», antwortete der Schweinehirt, «und keinen Moment hat er es mir gegenüber an Respekt fehlen lassen. Und wenn er von seinen Abenteuern erzählt, wünscht man, er würde nie mehr aufhören, so fesselnd und ergreifend sind seine Geschichten. Außerdem meint er mit Sicherheit sagen zu können, daß der göttliche Odysseus noch lebt und daß wir ihn sehr bald schon auf Ithaka begrüßen können.»

«Gebe Zeus, daß er recht hat!» seufzte Penelope. «Lauf los, Eumäos, und bringe ihn zu mir. Sollte er mir tatsächlich Neuigkeiten zum Verbleib meines Gemahls sagen können, werde ich es ihm schon zu vergelten wissen.»

Doch schon kurz darauf kehrte Eumäos wieder zurück und richtete seiner Königin aus, der fremde Bettler scheue sich, ihre Gemächer aufzusuchen, da er fürchte, sich dadurch den Unmut der Freier zuzuziehen.

ACHTZEHNTER GESANG

Iros

Odysseus wird gezwungen, sich mit Iros, dem «Stammbettler» des Hofes, einen Faustkampf zu liefern. Penelope ermuntert die Freier, sie mit Geschenken für sich zu gewinnen, und die Magd Melantho überschüttet den vermeintlichen Bettler mit Beleidigungen.

Die Verkleidung als Bettler war Odysseus als der beste Weg erschienen, um möglichst wenig aufzufallen. Ein Hungerleider, so dachte er, kann schlimmstenfalls als Belästigung empfunden werden, niemals aber Verdacht erregen. Doch hatte er die Rechnung ohne Iros, den «Stammbettler» des Hofes gemacht. Homer beschreibt ihn zwar als einen großgewachsenen Mann, der aber dennoch ein Schwächling gewesen sei. Und außerdem hatte er einen ziemlich üblen Charakter. Sobald er sah, daß ihm ein Konkurrent anscheinend das Terrain streitig machte, zögerte er keinen Augenblick, sich mit dem vermeintlichen Nebenbuhler anzulegen.

«He, Alter, wie kommst du denn hier rein?» brüllte er aufgebracht, als er den Eindringling im Saal erblickte. «Was fällt dir ein? Du hast hier keinen Zutritt! Mach, daß du wegkommst, sonst setze ich dich persönlich vor die Tür!»

«Was willst du von mir?» fragte Odysseus kleinlaut, indem er hinter einer Säule Schutz suchte. «Ich tue niemandem etwas zuleide und verwehre es auch keinem anderen, um Almosen zu betteln. Ich bin bloß ein armer Mann, so wie du ja auch, und ich denke, daß das Festmahl genug für uns beide abwirft, ohne daß wir uns ins Gehege kommen müssen. Und glaube mir, über unser Schicksal bestimmen nicht wir selbst und auch nicht die Freier, sondern allein die allmächtigen Götter.»

Diese philosophische Betrachtung war leider für Iros schon etwas zu hoch, weshalb er nun auch wie ein Besessener zu schreien begann:

«Hört euch diesen verlausten Schnorrer an. Schwafelt rum, als wäre er ein Gelehrter!»

«Laß ihn in Ruhe. Was hat er dir getan?» mischte sich einer der Freier ein. «Siehst du nicht, daß das ein buckliger alter Mann ist?»

«In Ruhe lassen?» wiederholte Iros außer sich vor Zorn. «Fällt mir im Traum nicht ein!» Dann richtete er seinen Zeigefinger auf Odysseus und fuhr brüllend fort: «Du räudiger Hund weißt doch wohl, daß ich dir alle Knochen im Leib brechen und dir die wenigen Zähne ausschlagen könnte, die noch in deinem Maul stehen. Und jetzt hör mal gut zu, was ich dir sage! Würdest du nicht solch ein erbärmliches Bild abgeben, hätte ich dich schon längst mit Fußtritten hinausbefördert. Aber ich rate dir: Nutze meine Gutmütigkeit nicht mehr länger aus. Entweder du ziehst jetzt den Schwanz ein und haust ab, oder bereite dich darauf vor, daß meine Fäuste dir den Weg zeigen.»

Viele Leute glauben, daß es nur in der Politik Machtkämpfe gebe. Aber weit gefehlt. Zu den Grundlagen unserer Gesellschaft gehört der Wettbewerb auf allen Ebenen und in allen Schichten. Um das bestätigt zu finden, braucht man es nur zu wagen, nachts in Rom im Parco Olimpico oder am Tiberufer spazierenzugehen. Dort bekämpfen sich die Polen, wer die Autofensterscheiben waschen darf, die albanischen Zuhälter um die Stellplätze für ihre Damen, und ebenso befehden sich brasilianische «Viados» oder die fliegenden Händler, die Feuerzeuge, Papiertaschentücher, Schirme und allen möglichen anderen auf der Straße verkaufbaren Kram an den Mann bringen wollen. Ich habe sogar gehört, daß in den großen Städten die Plätze an den Ampeln unter den interessierten Fensterputzern versteigert werden, als handle es sich um ein ganz normales Gewerbe.

Iros' Kampf um sein bestes Bettelrevier konnte jedenfalls der Aufmerksamkeit der Freier nicht entgehen, und Antinoos nutzte sogleich die Gelegenheit, um die Auseinandersetzung zu einem unterhaltsamen Spektakel auszubauen.

«Freunde», verkündete er mit lauter Stimme, «etwas Vergleichbares haben wir hier auf Ithaka noch nicht erlebt. Dankt den Göttern für das sportliche Intermezzo, das uns nun erwartet. Denn Iros und der Fremde sollen sich im Faustkampf messen. Laßt uns die beiden Hungerleider anfeuern, daß sie sich bis zum letzten Blutstropfen bekämpfen.»

Und Odysseus antwortete:

«Edle Herren, allein die Not zwingt mich, die Herausforderung anzunehmen. Normalerweise würde ich alter, grauhaariger Mann nie einen Kampf mit einem so viel Jüngeren wagen. Doch müßt ihr mir feierlich schwören, meinem Gegner nicht zu helfen, indem ihr mich etwa von hinten angreift.»

Telemachos beeilte sich, ihn zu beruhigen:

«Keine Sorge, o Fremder, wir sind alle unparteiisch. Sollte dennoch jemand in den Kampf eingreifen, wird er es mit den anderen zu tun bekommen. Ich glaube, wenigstens darüber sind wir uns alle einig, sogar Eurymachos und Antinoos, wenn ich ihr Kopfnicken richtig deute.»

Nun hagelte es Wetten von allen Seiten. Gaben anfangs noch fast alle Iros die größeren Chancen, so änderte sich das Bild, als Odysseus sein Lumpengewand raffte und im Gürtel feststeckte, so daß erstaunlich kräftige, robuste Beine zum Vorschein kamen. Kein Zweifel: Trotz seines vorgeblichen Alters erweckte unser Held den Eindruck, für den Kampf besser gewappnet zu sein als sein jüngerer Gegner. Offensichtlich hatte Athene da einmal mehr ein wenig nachgeholfen. Da zunächst aber keiner der beiden Gegner Anstalten machte, sich auf den anderen zu stürzen, kam Antinoos auf die Idee, einen verlockenden Preis für den Sieger auszusetzen.

«O edle Freier», rief er, «hört, was ich euch vorschlage: Hier auf dem Feuer liegen einige schmackhafte Würste voller Fett und Blut. Wem von den beiden Hungerleidern es nun gelingt, den anderen aus dem Saal zu drängen, der soll sich eine Wurst aussuchen können. Und außerdem werden wir vom heutigen Tage nur ihm allein noch erlauben, in diesem Hause zu betteln.»

«Eine glänzende Idee», stimmte einer der Zuschauer zu. «Doch fürchte ich, daß wir unseren Iros bald nicht mehr wiedererkennen werden. Betrachte den Brustkasten des Alten, und du weißt, was ich meine.»

Und tatsächlich spürte Iros, daß der Wind sich gedreht hatte und ihm mittlerweile heftig ins Gesicht blies. Langsam und möglichst unauffällig trat er den Rückzug zur Tür an, doch Antinoos hielt ihn mit harten Worten zurück:

«Was ist los, du Feigling? Zitterst du vor einem Mann,

der dreißig Jahre mehr zählt als du? Kämpfe, kämpfe wie ein Mann, sonst schicke ich dich noch heute zu König Echetos in Epeiros. Und du weißt ja, was der mit Bettlern wie dir macht. Er schneidet ihnen Nase, Ohren und Genitalien ab und wirft sie den Hunden zum Fraß vor.»

Iros blieb nun nichts anderes übrig, als sich dem Gegner zu stellen. Doch seinen Angriffsbemühungen war nur ein kläglicher Erfolg beschieden. Odysseus wich keinen Zentimeter zurück, als Iros ihm einen Schlag gegen die Schulter versetzte. Die Reaktion unseres Helden war da schon von ganz anderem Kaliber: Er packte Iros im Nacken, warf ihn wie einen leeren Sack zu Boden, ergriff dann seinen Fuß und schleifte ihn unter dem Gelächter und Gejohle der Freier durch den ganzen Saal zur Tür. Im Hof angekommen, warf er ihn auf einen Abfallhaufen in einer Ecke und schleuderte ihm dabei seine ganze Verachtung ins Gesicht:

«Hier kannst du liegenbleiben, du Mistkerl. Das soll dir eine Lehre sein: Verspotte nie wieder andere Bettler, sonst war das hier nur ein Vorspiel.»

Die Freier feierten den Sieger. Antinoos persönlich servierte Odysseus eine riesige fette Blutwurst, und Amphinomos reichte ihm einen randvoll mit süßem Wein gefüllten Becher.

«Auf dein Wohl, Fremder», sagte er, «auf daß du auch wieder glücklichere Tage erleben mögest.»

Und Odysseus antwortete listig:

«O Amphinomos, du scheinst mir ein weiser Mann zu sein, ganz wie dein Vater, der edle Nisos von Dulichion. So weißt du also, daß auf Erden nichts vergänglicher ist als das Glück. Solange man jung und stark ist, denkt ein jeder, daß ihm verdientermaßen alles zufällt. Doch für jeden kann eine Zeit kommen, da nur noch Armut, Schmerz und Krankheit sein Leben beherrschen. Daher halte ich das Treiben deiner Freunde nicht nur für schändlich, sondern auch für leichtsinnig. Sie verprassen die Güter eines anderen Mannes und bedrängen dessen Gemahlin, ohne jedoch zu bedenken, daß sich das Blatt auch wenden und dieser Mann irgendwann ganz unvermutet zurückkehren könnte. Und so frage ich dich: Was wird wohl geschehen, wenn der Sohn des Laërtes in sein Vaterland heimkehrt und feststellen muß, daß sein Haus belagert und sein Weib genötigt wird?»

Deutlicher hätte Odysseus die Warnung nicht formulieren können. Dennoch kam die Botschaft bei Amphinomos nicht an: Offensichtlich war er schon zu betrunken, um die Gefahr zu wittern.

Währenddessen weckte Athene in Penelope den Wunsch, in den Saal hinunterzugehen. Der Held sollte mit eigenen Augen sehen, wie begehrt seine Gemahlin bei den Freiern war, und gleichzeitig, wie erhaben über jedwede Versuchung sie war. Sie warf noch einen raschen Blick in den Spiegel und sagte dann zu einer ihrer Mägde:

«Eurynome, so verhaßt mir die Freier auch sind, will ich doch heute einmal in den Festsaal hinunter. Ich möchte meinen Sohn dazu ermahnen, die Gesellschaft dieser Männer fortan zu meiden.»

Und Eurynome antwortete:

«O meine Königin, so gehe nur hin und sprich mit deinem Sohn. Doch zuvor, so rate ich dir, schminke noch deine Augen und salbe deine Wangen. Merkst du nicht, daß sie noch ganz feucht sind von deinen Tränen?»

«Keinesfalls», erwiderte Penelope entschlossen. «Ich verspüre keinerlei Neigung, diesen Männern zu gefallen. Meine Schönheit nahmen mir die Götter an jenem Tag, als sie Odysseus gen Ilion ziehen ließen. Ruf lieber Autonoe und Hippodameia herbei, daß sie mich begleiten und nicht von meiner Seite weichen. Ich schäme mich, allein unter den vielen Männern zu wandeln.»

Also mußte die Göttin mit den blauen Augen dafür sorgen, daß Penelope ein wenig besser aussah: Sie versetzte die Königin rasch in Tiefschlaf, nahm dann wie eine x-beliebige Kosmetikerin neben deren Bett Platz und betupfte Penelopes Gesicht mit einem heiligen Öl, eben jenem Öl, das Aphrodite, die Göttin der Liebe, benutzte, wenn sie mit den Chariten tanzte. Und als letztes machte sie Penelope noch ein wenig größer und deren Haut schimmernder und weißer als Elfenbein.

Als Penelope den Saal betrat, erhob sich ehrfürchtiges Raunen von den Tischen der Freier. Alle ohne Ausnahme hätten wer weiß was dafür gegeben, diese Nacht mit ihr das Lager teilen zu dürfen. Doch trotz des erfolgreichen Auftritts durchquerte die göttliche Königin mit gleichgültiger Miene und ohne sich um die süßen Komplimente, die ihr zugeflüstert wurden, zu kümmern, den Saal und hielt direkt auf Telemachos zu.

«Mein Sohn», sagte sie, «du bist nun fast erwachsen. Du hast die Blüte der Jugend erreicht, leider nicht jedoch jene der Weisheit. Wie konntest du es zulassen, daß einer meiner Gäste, der dazu noch fortgeschrittenen Alters ist, so schändlich beleidigt wurde? Und dies nur, um die Teilnehmer eines Festmahls zu belustigen.»

«Du hast recht, Mutter, aber ich kann meine Augen nicht überall haben. Und daß Iros und der Gast aneinandergerieten, war weder meine Schuld noch die der Freier, sondern die der Götter. Sie waren es, die Iros zunächst gegen den Fremden aufhetzten, um ihn dann im Kampf bei der ersten Berührung zusammenbrechen zu lassen.»

Auch Eurymachos hatte etwas auf dem Herzen:

«O weise Penelope, Tochter des Ikarios, all diese unerfreulichen Dinge würden nicht geschehen, wenn du endlich deine lange ersehnte Wahl treffen würdest. Heute erscheinst du mir noch schöner und klüger als sonst, und wenn dich alle Achäer diesseits und jenseits des Meeres sehen könnten, wären wir Freier sicher nicht die einzigen, die das Verlangen zu dir treibt.»

«O edler Eurymachos», antwortete die Königin gelassen, «meine Schönheit nahmen mir die Götter an jenem Tag, als sie entschieden, daß mein Odysseus von Ithaka aufbrechen müsse. Wie gut erinnere ich mich noch an jenen Morgen. Wir standen am Strand, und er nahm meine Hand und sagte: ‹Angebetete Gattin, mache dich mit dem Gedanken vertraut, daß nicht alle Achäer aus dem Krieg zurückkehren werden. Sollte ich mein Leben verlieren, so kümmere dich um das Haus und meine Eltern. Und wenn du dann den ersten Flaum auf den Wangen deines Sohnes entdeckst, so wähle dir ruhig einen anderen Gemahl.› Und so fürchte ich nun, daß ich früher oder später tatsächlich gezwungen sein werde, wenn auch schweren Herzens, eine neue Ehe einzugehen. Doch eins muß ich euch Freiern sagen: Wenn Männer in früheren Zeiten um eine Königin warben, gaben sie sich dem Vater der Angebeteten zu erkennen und versuchten, ihn mit reichen Geschenken für sich zu gewinnen. Heute hingegen scheint man es vorzuziehen, sich im Hause des ersten Gemahls einzunisten und sich darüber zu freuen, wenn die Zeit der Werbung möglichst lange dauert, damit man in Ruhe dessen Güter verzehren kann.»

Penelopes Worte stießen nur auf verhaltene Zustimmung. Odysseus jedoch war Feuer und Flamme. Zwanzig Jahre waren mittlerweile vergangen, seit er sie zum letztenmal gesehen hatte, und nun erschien sie ihm noch begehrenswerter, als er sie in Erinnerung hatte. Und auch das, was sie gesagt hatte, erfüllte ihn mit Genugtuung. Einerseits forderte sie die Freier auf, sich mit der Brautwerbung und reichen Geschenken ins Zeug zu legen, während sie sie andererseits genau damit wieder hinhielt.

Immerhin bewirkten Penelopes Worte, daß sich die Freier nun plötzlich mit Geschenken förmlich überschlugen. Ein jeder hielt es für seine Pflicht, einen Herold nach Hause zu senden, um etwas aus den heimatlichen Beständen herbeizuschaffen, das der Umworbenen würdig sei. So ließ sich Antinoos schließlich ein prächtiges, reichbesticktes Gewand mit zwölf goldenen Häkchen und Ösen bringen, Eurymachos eine mit Ambra besetzte Goldkette, Eurydamas zwei Ohrringe mit je drei nußgroßen Perlen und Peisandros ein goldenes Halsband. Und während nun alle mit dieser Angelegenheit beschäftigt waren, zog sich die göttliche Penelope in ihre Gemächer zurück.

Mittlerweile war es Abend geworden. Odysseus saß in einer Ecke des Saals und beobachtete die Mägde, die damit beschäftigt waren, die Kamine mit Brennholz zu versorgen. Und so kam er auf die Idee, sich ein wenig nützlich zu machen:

«O Mägde», sagte er, «gesellt euch ruhig zu eurer Herrin und heitert sie ein wenig auf, daß das Lächeln auf ihre Lippen zurückkehre. Die Flammen nicht erlöschen zu lassen, soll meine Sorge sein.»

Die Mägde wunderten sich über die Aufforderung, und eine von ihnen, Melantho, ein freches Ding mit einem sehr schönen Gesicht, ärgerte sich sogar darüber, daß ihr ein

Fremder etwas zu sagen wagte. Sie war eine Sklavin, die von Penelope von klein auf wie ihre eigene Tochter großgezogen worden war, sich dann aber immer weiter von der Familie entfernt hatte. Böse Zungen behaupteten sogar, daß die schöne Melantho jede Nacht ins Bett des wollüstigen Eurymachos schlüpfe.

«Was willst du, Alter?» fuhr sie Odysseus nun an. «Wie kannst du es wagen, mir Befehle zu geben? Anscheinend ist dir der Wein zu Kopf gestiegen. Anstatt uns hier herumzukommandieren, solltest du dich lieber zu deinesgleichen schlafen legen. Glaubst du vielleicht, nur weil du einem Bettler das Fell gegerbt hast, dürftest du nun entscheiden, wer sich um die Kamine zu kümmern und wer unserer Herrin Gesellschaft zu leisten hat? Sieh dich nur vor, daß kein stärkerer als Iros daherkommt und dir die Abreibung verpaßt, die du verdient hättest.»

Und Odysseus antwortete ihr im gleichen Ton:

«Du unverschämtes Luder, ich werde deinem Herrn Telemachos erzählen, was du dir hier herausnimmst. Er wird dir schon die passende Lektion erteilen.»

Mit anderen Worten: Gut, ich lasse mich auf der Straße beschimpfen, gut, ich schlage mich mit einem Bettler herum, gut, ich lasse mir von den Freiern ins Gesicht spucken – aber daß mich jetzt auch noch das Personal beleidigen darf, geht wirklich zu weit. Nein, was zuviel ist, ist zuviel. Jetzt reicht's!

Es fällt auf, daß man in der *Odyssee* immer schon an den Namen der Personen erkennen kann, mit wem man es zu tun hat. Mentor und Mentes sind mit Sicherheit zuverlässige Menschen (von *μέν men*, was soviel wie «gewiß, wahrlich» bedeutet), ganz im Gegensatz zu Melanthios und Melantho, die einen üblen Charakter haben müssen (von *μέλας melas*, also «schwarz»). Eumäos und Eurykleia schließlich können nur ein gutes Herz haben, denn ihr Name beginnt im Griechischen mit *ευ*, was soviel wie «anständig» bedeutet.

NEUNZEHNTER GESANG

Eurykleia

Odysseus trägt mit Telemachos die Waffen in die obere Kammer. Gespräch mit Penelope, der sich Odysseus trotz ihrer Tränen nicht zu erkennen gibt. Als Eurykleia ihm die Füße wäscht, erkennt ihn aber die fast blinde Amme an einer Narbe.

Nachdem das Fest beendet und die Tische abgedeckt waren, fanden sich Penelope, Eurykleia, Telemachos und Odysseus im Saal, letzterer immer noch mit faltigem Gesicht und in Lumpen gehüllt.

Zunächst ging es darum, die Waffen von den Wänden zu nehmen, um sie «vom Ruß der Kamine zu reinigen», wie Odysseus gesagt hatte. Tatsächlich hatten Vater und Sohn jedoch vor, die Waffen in das obere Stockwerk zu bringen, damit die Freier nicht danach greifen konnten, wenn der Moment der großen Rache da war. Die Amme Eurykleia war beeindruckt, als sie Telemachos beobachtete, wie er Lanzen und Schwerter in Sicherheit brachte.

«Das war aber auch Zeit, mein Sohn, daß du dich um dein Hab und Gut kümmerst. Laß dir von den Mägden helfen, sie sollen dir mit Kerzen auf der Treppe den Weg erhellen.»

«Danke, Mutter», antwortete Telemachos, «doch das ist nicht nötig. Der Fremde hier wird mir sicher zur Hand gehen.»

In Wirklichkeit wollte sich der Jüngling gern in der Nähe

seines Vaters aufhalten, nicht zuletzt, um zu erfahren, was für einen Plan der Held ausgebrütet hatte. Er war gerade mit einigen Lanzen auf dem Arm auf dem Weg nach oben, als sich vor seinen Augen eine Art Wunder vollzog. Egal, wohin er seinen Fuß setzte, der Raum um ihn herum erhellte sich, als würde ihm jemand mit einer Kerze vorangehen. Anscheinend leuchtete Athenes unsichtbare Gestalt so stark, daß davon Flure, Treppen und Zimmer erstrahlten: die erste Erwähnung indirekter Beleuchtung in der Literaturgeschichte.

«Vater», rief Telemachos völlig hingerissen die Treppe hinunter, «welch ein Schauspiel! Alles erstrahlt, als wäre hinter jeder Wand ein großes Feuer. Jetzt habe ich keinen Zweifel mehr: Hier ist ein Schutzgott, der uns vorangeht!»

«Ja, aber nun beeil dich mit den Waffen, und dann leg dich schlafen», antwortete Odysseus ein wenig kühl. «Ich bleibe noch etwas auf, um deine Mutter und ihre Mägde erneut auf die Probe zu stellen. Zum Beispiel diese dreiste Melantho geht mir gehörig gegen den Strich.»

Er hatte ihren Namen kaum ausgesprochen, da fuhr ihn die schöne Melantho erneut an:

«Jetzt reicht's aber, du sabbernder Alter. Willst du uns auch noch des Nachts belästigen? Den ganzen Abend hast du uns schon mit schmierigen Blicken angestarrt. Scher dich fort, erbärmlicher Wurm, sonst machst du Bekanntschaft mit diesem glühenden Holzscheit hier.»

Doch Odysseus blieb ruhig.

«Was habe ich dir eigentlich getan, daß du mich fortwährend beleidigst? Nur weil ich alt und zerlumpt bin, glaubst du, mich so behandeln zu können. Wäre ich jung und reich und trüge ein prächtiges, womöglich noch mit Gold besticktes Gewand, würdest du mich mit Küssen und

Liebkosungen umgarnen. Doch wisse, mein Schatz, daß auch für dich der Tag kommen wird, da deine Schönheit hin ist. Und von diesem Tage an wird man mit dir genauso umspringen, wie du es jetzt mit Armen und Alten tust.»

Auch Penelope hatte Melanthos freche Rede vernommen.

«Wie kannst du es wagen, einen Gast deiner Herrin derart zu beleidigen?» schalt sie das Mädchen. «Hast du vergessen, welche Rolle dir in meinem Hause zukommt? Du bist eine Dienerin, und eine Dienerin hat nur zu sprechen, wenn sie gefragt wird. So wisse nun, daß du morgen schon für dieses ungebührliche Benehmen bestraft wirst!»

Dann wandte sie sich an eine andere Magd: «Du aber, meine liebe Eurynome, schaffe einen Sessel herbei und bedecke ihn mit weichen Fellen, daß der Fremde bequem sitze. Ich möchte mich mit ihm unterhalten.»

Und so begann ein ausführliches Vier-Augen-Gespräch zwischen der Königin Penelope und dem vermeintlichen Bettler.

«Nun, Fremder, erzähle mir zunächst, wie du heißt, wer deine Eltern sind und woher du kommst.»

Odysseus aber wollte nicht so recht mit der Sprache heraus. Statt dessen versuchte er ihr zu erklären, daß es für ihn doppeltes Leid bedeute, von seinem früheren Leben, vor allem aber der Jugendzeit, berichten zu müssen: erstens, weil diese Zeit so außerordentlich schön gewesen sei, und zweitens, weil sie nie mehr wiederkehre. Doch Penelope ließ nicht locker und bat ihn noch einmal, von seinem Leben zu erzählen, diesmal jedoch mit einer solchen Sanftmut, daß sich Odysseus unmöglich weiter verschließen konnte. Andererseits war es, wie wir ja mittlerweile wissen, kein Problem für ihn, eine passende Geschichte zu erfinden: Dazu brauchte er nur den Mund aufzumachen.

«Inmitten des weinfarbenen Meeres, o meine Königin, liegt eine Insel, Kreta genannt, reich an Siedlungen und wunderschönen Buchten. Dort stand mein Geburtshaus. Auf Kreta leben in neunzig Städten neunzig verschiedene Völker, ein jedes mit einer eigenen Sprache und eigenem Brauchtum. Manche nennen sich Achäer, andere Dorier, Kydonen, Pelasger oder eingeborene Kreter. Die größte Stadt aber ist Knossos. Neun Jahre lang herrschte hier mächtig König Minos, der Vater meines Vaters Deukalion. Mein eigener Name ist Äthon, der meines Bruders Idomeneus. Und auf Kreta war es auch, wo ich deinen Gatten traf, den göttlichen Odysseus. Ein gewaltiger Sturm hatte ihn vom Kap Maleia bis zu unserer Küste getrieben, wo er sich mit Mühe in die sichere Bucht vom Amnisos rettete und dort bei der Grotte der Eileithyia vor Anker ging. Er erreichte unsere Stadt und bat, zu Idomeneus vorgelassen zu werden, doch mein ruhmreicher Bruder war schon mit seinen hundert Schiffen nach Troja aufgebrochen. So war es an mir, ihn zu empfangen und zu beherbergen. Und da ich damals reich war, konnte ich ihn und seine Kampfgefährten mit Vorräten für die Weiterfahrt versorgen und schenkte ihnen Malzmehl, Wein und gemästete Rinder. Zwölf Tage blieb dein Gemahl bei uns, bis sich der Sturm aus dem Norden endlich gelegt hatte, und am dreizehnten Tag brach er auf und segelte mit seinen Schiffen gen Troja.»

Während Odysseus erzählte, hatten sich Penelopes Augen mit Tränen gefüllt. Ob wahr oder unwahr, jedenfalls klangen seine Worte glaubhaft, und die Königin fühlte sich von ihnen getröstet, aber auch furchtbar aufgewühlt.

Und so beschreibt Homer Penelopes Gefühle:

Wie der Schnee, den der West auf hohen Bergen gehäuft hat,
Vor dem schmelzenden Hauche des Morgenwindes herabfließt,
Daß von geschmolzenem Schnee die Ströme den Ufern entschwellen:
Also flossen ihr Tränen die schönen Wangen herunter,
Da sie den nahen Gemahl beweinte. Aber Odysseus …

(*Odyssee*, XIX, 205–209)

… verbarg wieder einmal seine Gefühle. Jeder andere an seiner Stelle hätte sich von den Tränen der eigenen Frau rühren lassen und jeden Widerstand aufgegeben. Als erstes hätte er Athene gebeten, ihm seine normale Gestalt wiederzugeben, dann das geliebte Weib in die Arme genommen und ihr zugeflüstert: «Meine süße Geliebte, hier bin ich! Ich bin dein Odysseus! Ich bin zurückgekehrt! Die Göttin mit den strahlenden Augen hat mir die Gestalt eines Bettlers gegeben, um die Freier zu täuschen. Sie sollen sich in Sicherheit wiegen, damit ich sie leichter auslöschen kann. Doch nun genug der Worte. Im Moment sind wir unbeobachtet. Also nutzen wir die Gelegenheit und ziehen wir uns aufs Lager zurück.» Odysseus hingegen …

Fühlt' im innersten Herzen den Gram der weinenden Gattin;
Dennoch standen die Augen wie Horn ihm oder wie Eisen,
Unbewegt in den Wimpern; denn klüglich hemmt' er die Träne.»

(*Odyssee*, XIX, 210–212)

Doch auch Penelope blieb mißtrauisch, allen Tränen zum Trotz. Und wenn sich der Fremde dies alles nur ausgedacht hatte, um ihr ein Geschenk zu entlocken? Sie mußte ihm noch etwas auf den Zahn fühlen:

«Sag mir, o Fremder, da du meinen Gatten trafest: Was trug er am Leibe, und wie waren seine Gefährten gekleidet?»

Als guter Schauspieler, der Odysseus nun mal war, zögerte er mit der Antwort. Er schloß die Augen, als müsse er seine Gedanken sammeln, um sich besser zu erinnern, und hob dann mit gespielter Langsamkeit und einer gehörigen Portion Hinterlist zu sprechen an:

«Zwanzig Jahre sind eine lange Zeit, und mir fällt die Erinnerung schwer. Ich könnte mich täuschen, doch glaube ich, daß er einen sehr schönen gefütterten Mantel trug, mit einer zweifach geschlossenen goldenen Spange. Der Mantel war reich bestickt, so mit dem Bild eines Hundes, zwischen dessen Pfoten ein geflecktes Rehlein zappelte. Ich erinnere mich auch ganz vage an eine dünne Tunika, so leicht wie die Schale einer getrockneten Zwiebel und so strahlend weiß wie die Sonne. Als er dann gen Troja aufbrach, schenkte ich ihm ein bronzenes Schwert und ein Gewand. Ein Herold folgte ihm auf Schritt und Tritt, kaum älter als er, mit breiten Schultern, dunkler Haut und lockigem Haar. Eurybates hieß er, wenn ich mich recht entsinne.»

Unglaublich, einfach umwerfend, wie perfekt alles stimmte. Nun hatte Penelope keinen Zweifel mehr: Sie ergriff seine Hand und führte sie an ihr Herz.

«Mein lieber, lieber Gast. Flößte mir dein Schicksal vor wenigen Augenblicken noch nur tiefes Mitleid ein, so sage ich dir jetzt: Sei willkommen, denn dieses Haus soll fortan auch dein Haus sein. Jene Kleider und jene goldene Spange, von der du sprachst, schenkte ich selbst meinem Gatten an dem Tag, als ich ihn zu den Schiffen begleitete.»

Und Odysseus antwortete:

«Ich danke dir, o Königin. Doch nun trockne die Tränen, die dein schönes Gesicht benetzen. Denn thesprotische Männer, für ihre Wahrheitsliebe bekannt, erzählten mir, Odysseus würde schon bald mit reichen Schätzen beladen nach Ithaka zurückkehren. Nicht heimkehren werden hingegen seine treuen Gefährten, die auf der Insel Thrinakia ihr Leben ließen, weil sie sich an den heiligen Rinderherden des Sonnengottes vergriffen. Zwar war es allein der Hunger, der sie dazu trieb, die Tiere zu schlachten, doch Zeus verzieh ihnen die Missetat nicht und versenkte sie erbarmungslos in den fischreichen Meeresgründen. Odysseus war der einzige, der sich, an eine Holzplanke geklammert, aus den Fluten retten konnte. Die Phäaken nahmen ihn bei sich auf und boten sich auch an, ihn nach Ithaka zu bringen. Doch das Orakel von Dodona riet ihm, allein und in fremder Gestalt zurückzukehren, um die Freier in Sicherheit zu wiegen. Jedenfalls wird kein Monat mehr verstreichen, bis du deinen Gemahl in die Arme nehmen kannst.»

Penelopes Herz quoll über vor Dankbarkeit. Wie oft schon hatte man ihr die Heimkehr des Gatten vorhergesagt, doch nie derart überzeugend wie dieser Bettler. Daher befahl sie nochmals ihren Mägden, sich um den Gast zu kümmern.

«Richtet ihm mit sauberen Tüchern und Decken ein Lager her, damit er sich im Warmen ausruhen kann. Morgen früh, wenn sich Aurora auf ihrem goldenen Throne zeigt, badet ihn und reibt ihn mit duftendem Öle ein, so daß er im Festsaal neben Telemachos Platz nehmen kann. Es sind ja uns Menschen nicht viele Tage auf Erden beschieden, und es ist unsere Pflicht, soweit es in unserer Macht steht, sie uns so angenehm wie möglich zu machen.»

Doch Odysseus wies Penelopes freundliches Angebot entschieden zurück.

«Ich danke dir, göttliche Königin, doch Decken und weiche Betten sind mir verhaßt. Seit ich Kreta verlassen mußte, habe ich mich daran gewöhnt, im Freien auf dem nackten Erdboden oder aber auf harten Pritschen zu schlafen. Und ich möchte auch nicht, daß mir die jungen Mägde die Füße waschen. Vielleicht findet sich aber im Palast ein altes, verständiges Weib, das ebensoviel Kummer wie ich selbst erlebt hat. Von ihm könnte ich mir möglicherweise diesen Dienst gefallen lassen.»

«Niemals habe ich einen solchen Mann wie dich getroffen», erklärte Penelope begeistert. «Alles, was du sagst, ist so weise und zeugt von großer Lebenserfahrung. So höre denn, hier im Palast lebt tatsächlich eine alte Dienerin, die mir immer treu ergeben war. Sie stand schon der Mutter meines Gatten bei, als diese ihr einziges Kind zur Welt brachte. Ihr Name ist Eurykleia. Sie ist fast blind, und ihre Arme sind schwach, doch sie wird dir die Füße waschen.»

Von der Königin herbeigerufen, machte sich Eurykleia sogleich an die Arbeit. Sie füllte eine große Wanne mit kaltem Wasser, gab ein wenig warmes hinzu und bereitete dann die duftenden Öle vor. Und währenddessen erzählte sie dem Fremden von ihrem Leben und dem ihrer Herrschaft.

«Zeus zürnt meinem Herrn, und das, obwohl keiner zahlreichere Lamm- und Ziegenschenkel auf den Opferaltären für den Vater aller Götter verbrannt hat. Denn er ist der einzige Achäer, der noch nicht von Troja heimgekehrt ist. Und so frage ich mich: Ist das gerecht? Und wo mag mein Herr in diesem Moment wohl sein? Wer wird ihm die Füße waschen? Hoffentlich ist er nicht solch einer ruchlosen Hündin in die Finger gefallen wie jener, die dich zuvor so beleidigt hat.»

Odysseus drängte es danach, Eurykleia zu umarmen. Immerhin war sie seine Amme gewesen, seine zweite Mutter. Doch wie wir wissen, hatte er sich geschworen, sich keinesfalls von seinen Gefühlen hinreißen zu lassen. Und so, wie er zuvor dem Spott der Freier getrotzt hatte, ließ er nun die liebevollen Worte und Gesten der Menschen, die ihn liebten, an sich abprallen. Es war hart, aber für das Gelingen seines Plans auch entscheidend, daß im Palast niemand außer Telemachos von seiner Anwesenheit wußte.

Eurykleia tauchte die Füße des Fremden ins Wasser und begann dann, ihm die Fersen zu massieren. Und je länger sie ihn berührte, desto heftiger spürte sie ihr Herz in der Brust pochen. Es war ein eigenartiges Gefühl, das von den Fingerkuppen ausging und nach und nach bis zu ihrem Gehirn vordrang.

«Soll ich dir mal was sagen, Fremder», rief sie irgendwann aus. «Noch nie habe ich einen Menschen getroffen, der meinem Herrn derart ähnlich war, in der Stimme, dem Körperbau, ja sogar in den Füßen.»

Und so hätte sie noch eine Zeitlang über die verblüffenden Ähnlichkeiten weitergerätselt, wären ihre Finger nicht plötzlich auf eine Narbe ein wenig oberhalb von Odysseus' rechtem Knie gestoßen. Sie rührte von einer Verletzung her, die sich der Held schon in frühester Jugend zugezogen hatte, als er mit seinem Großvater Autolykos am Berg Parnassos auf der Jagd gewesen war. Damals war ein Wildschwein unvermutet aus einem Gebüsch hervorgebrochen und hatte ihm ein Stück Fleisch aus dem Schenkel gerissen.

Eurykleia ließ vor Schreck das Bein in die Wanne zurückfallen, so daß das Wasser hoch aufspritzte. Freude und Schmerz erfüllten ihr Herz: Sie hätte aufschreien mögen, doch versagte ihr die Stimme. Ihre zittrigen Finger suchten das Gesicht des Gastes, und es gelang ihr zu flüstern:

«Du bist Odysseus, mein geliebter Sohn!»

Doch Odysseus legte ihr rasch die Hand auf den Mund.

«Schweig, Mutter. Du hast meine Geburt erlebt, willst du mich jetzt auch sterben sehen? Nach zwanzig langen Jahren voller Leiden und Entbehrungen bin ich heimgekehrt. Und damit ich an allen, die sich in dieser Zeit gegen mein Haus und meine Familie vergangen haben, Vergeltung üben kann, darf niemand wissen, daß ich auf Ithaka bin. Noch nicht einmal die sanfte Penelope. Daher bitte ich dich, erzähle niemandem, daß du mich erkannt hast.»

«Sei unbesorgt, mein Sohn. Fest wie Eisen und Stein will ich das Geheimnis bewahren. Und wenn der Augenblick der Rache gekommen ist, werde ich selbst auf die Weiber im Hause zeigen, die dich verraten und den Tod verdient haben. Schon jetzt könnte ich dir einige Namen nennen.»

Doch sie kam nicht mehr dazu, da nun Penelope eintrat.

«Mein lieber Gast», sagte sie zu Odysseus, «ich möchte dich um einen Rat fragen. Nachts finde ich keinen Schlaf, weil tausend nagende Sorgen meine zerrissene Seele aufwühlen. So wie die Nachtigall, Pandareos unglückliche Tochter, mit lieblicher Stimme im Frühling tremulierend von Ton zu Ton eilt, so wendet sich auch mein Geist bald hierin, bald dorthin, weil ich nicht weiß, ob ich weiter hier im Haus bei meinem Sohn bleiben und alle Güter bewahren oder den Würdigsten unter den Freiern zum Manne wählen soll. Vor zwei Nächten hatte ich einen seltsamen Traum: Zwanzig weiße Gänse habe ich im Hause, die umringten mich, als ich ihnen Futter gab. Da stürzte ein großer, krummgeschnabelter Adler wie ein Stein hernieder und brach den Vögeln die Hälse. Wie ist der Traum wohl zu deuten?»

«Ich bin eigentlich kein Seher, o Göttliche, doch in diesem Fall scheint mir die Sache auf der Hand zu liegen: Der Adler ist dein Gemahl, die Gänse sind die Freier, und der Traum will dir sagen, daß jeder Freier durch die Hand deines Gemahls sein verdientes Ende finden wird.»

«Hoffentlich hast du recht, o Fremder. Schließlich gibt es auch dunkle, unerklärbare Träume, und nicht alle verkünden der Menschen künftiges Schicksal. Es heißt ja, daß es zwei Pforten für alle Träume gibt, eine aus Horn für jene, die sich bewahrheiten, und die andere aus Elfenbein für jene, die den Geist täuschen durch lügenhafte Verkündung. Nun habe ich mich entschlossen, zu einem Wettkampf aufzurufen, an dem alle, die mir den Hof machen, teilnehmen sollen. Mein geliebter Gemahl beherrschte die Kunst, einen Pfeil durch die Löcher von zwölf Äxten zu schießen, die in einer Reihe hintereinander in den Boden getrieben waren. Und eben daran sollen sich die Freier messen lassen. Nur auf diese Weise werde ich erkennen können, welcher von ihnen meinem Gatten am nächsten kommt, zumindest im Bogenschießen.»

Es ist auffallend, daß es gerade die einfachsten Wesen sind, die Odysseus wiedererkennen: nämlich der Hund Argos und die Amme Eurykleia. Argos erkennt seinen Herrn am Geruch, Eurykleia mit dem Tastsinn. Dabei sind beide fast blind und aller Wahrscheinlichkeit nach auch die schlichtesten Gemüter im Palast. Vielleicht wollte Homer damit zum Ausdruck bringen, daß sowohl die Sehkraft (also die Augen als unser wichtigstes Sinnesorgan) als auch die Intelligenz (unsere nützlichste Eigenschaft) nicht unbedingt eine Gabe sein müssen, sondern auch die Erkenntnis behindern können.

ZWANZIGSTER GESANG

Vor dem Sturm

Die Nacht vor dem großen Tag der Rache: Odysseus muß sich wieder mit den frechen Mägden auseinandersetzen, während auch Penelope keinen Schlaf findet und wieder viele Tränen vergießt. Am nächsten Tag wird wie gewöhnlich ein Fest gefeiert, bei dem ein gewisser Ktesippos Odysseus verspottet und der junge Theoklymenos düstere Weissagungen macht.

Odysseus legte sich in der Vorhalle auf den Boden zum Schlafen nieder, gut eingemummt in eine ungegerbte Kuhhaut. Nach einigen Stunden trat Eurykleia zu ihm und breitete, damit er nicht friere, liebevoll einige Schaffelle über ihm aus. Unaufhörlich kreisten seine Gedanken um die Freier, insbesondere um die Frage, wie er es mit dieser Übermacht würde aufnehmen können. Kurzum, anstatt zu schlafen, zermarterte er sich das Gehirn.

(...) Allein er wandte sich hiehin und dorthin.
Also wendet der Pflüger am großen brennenden Feuer
Einen Ziegenmagen, mit Fett und Blut gefüllet,
Hin und her und erwartet es kaum, ihn gebraten zu sehen:
Also wandte der Held sich hin und wieder, bekümmert,
Wie er den schrecklichen Kampf mit den schamlosen Freiern begönne,
Er allein mit so vielen. (...)

(*Odyssee*, XX, 25–30)

Odysseus mit einem gefüllten Ziegenmagen zu vergleichen, ist mir, wie ich gestehen muß, immer schon als zumindest poetisch fragwürdig erschienen. Dennoch ist die Aussagekraft des Bildes nicht zu leugnen: Der Held platzte fast vor Wut und schmorte im Feuer seiner fürchterlichsten Rachepläne. Wie um ihn noch mehr aufzubringen, strömte jetzt eine Gruppe kichernder Mädchen in den Raum. Es waren die Mägde der Königin, die mittlerweile jede Nacht herunterkamen, um sich auf die Lager der Freier zu verteilen. Lachend und sich gegenseitig neckend durchquerten sie die Vorhalle, ohne im mindesten Rücksicht auf den Mann zu nehmen, der auf dem Boden lag und zu schlafen versuchte. Odysseus hätte sie am liebsten alle erwürgt, doch natürlich beherrschte er sich und beschränkte sich darauf, unter seinen Schaffellen hervorzulugen und die Gänse zu beobachten. Er wollte sich ihre Gesichter einprägen, um sie am nächsten Tag wiederzuerkennen und gebührend zu bestrafen.

«Bleib standhaft mein Herz», machte er sich selbst Mut, «und erinnere dich, wieviel mehr du leiden mußtest, als der Kyklop deine Gefährten verschlang.»

Doch Athene hatte sein Gemurmel vernommen und stieg eigens vom Olymp herab, um ihn zurechtzuweisen.

«Worüber beschwerst du dich, Odysseus? Bist du denn nie zufrieden? Du bist zu Hause. Bist in Sicherheit. Hast deine treue Gemahlin und deinen geliebten Sohn wiedergesehen. Was verlangst du noch mehr vom Leben, um glücklich zu sein?»

Passenderweise machte Odysseus sie auf das Problem mit den Freiern aufmerksam.

«Sie sind sehr zahlreich», gab er ihr zu bedenken, «und ich bin allein.»

«Wer sagt denn, daß du allein bist? Schließlich hast du

mich auf deiner Seite, und ich bin immerhin eine Göttin. Und außerdem deinen Sohn Telemachos, den Sauhirt Eumäos und viele weitere Diener, die dir treu blieben. Und glaube mir: Sollten dich auch fünfzig feindliche Heerscharen auf einmal umringen, du wirst sie bezwingen.»

Und mit diesen Worten deckte sie Odysseus' Augen mit tiefem Schlummer.

Auch im oberen Stockwerk zerbrach sich jemand den Kopf. Penelope war aus einem leichten Schlaf aufgeschreckt und wälzte sich jetzt ruhelos auf ihrem Lager hin und her. Die Erzählungen des Fremden hatten ihrer Hoffnung zwar neue Nahrung gegeben, sie andererseits aber auch in einen Zustand höchster Anspannung versetzt. Ihre Furcht, womöglich eine falsche Entscheidung zu treffen, war dermaßen groß, daß sie sich sogar den Tod herbeiwünschte. Und so wandte sie sich direkt an Artemis, die Göttin des Herzinfarkts, damit die ihrem Leiden ein Ende setze.

«O angebetete Göttin, o Tochter des Zeus», flehte sie, «würdest du mich doch mit einem deiner süßen Pfeile erlösen. Nur unter der verhaßten Erde werde ich mich mit meinem geliebten Gemahl vereinigen können und dem Schicksal entgehen, einen Mann heiraten zu müssen, der ihm in allem unterlegen ist.»

Doch auch diese Nacht ging vorüber, und Aurora, die Rosenfingrige, erhob sich von ihrem Lager. Von den Sterblichen im Palast wachte Odysseus als erster auf und richtete sogleich ein Stoßgebet an den göttlichen Zeus:

«O Sohn des Kronos, nach unzähligen Qualen und Schiffbrüchen hast du mich endlich ins Vaterland heimkehren lassen. Und so flehe ich dich an, wende dich nicht erneut gegen mich, sondern sende mir ein Zeichen deines Wohlwollens.»

Er hatte den Satz noch nicht zu Ende gesprochen, da erschütterte ein mächtiger Donner den Palast. Der Widerhall war dermaßen stark, daß eine Sklavin, die im Hof mit dem Mahlen des Getreides beschäftigt war, die Augen zum Himmel hob und ausrief:

«Kein Wölkchen am Himmel, und dann solch ein Donner. Das kann nur Zeus sein, der jemandem im Palast ein Zeichen geben will. Hoffentlich kündigt er so das letzte Stündlein der Freier an, damit die Völlerei auf Kosten meines Herrn endlich ein Ende findet.»

Der ganze Palast war mittlerweile auf den Beinen. Zwanzig Mägde schöpften den täglichen Wasservorrat am Brunnen, fünf waren mit dem Anzünden der Feuer in den Kaminen beschäftigt, und einige weitere räumten den Festsaal auf. Das alles wie immer unter der strengen Aufsicht der alten Eurykleia.

«Auf, Mädchen, kehrt geschwind das Haus, putzt die Fußböden und breitet Purpurkissen auf den Sesseln aus. Dann wischt die Tische ab und kümmert euch ums Geschirr, daß es wie die Sonne glänze. In Kürze werden die Herrn Freier hier sein, um sich, wie stets, die Bäuche vollzuschlagen.»

Nach und nach trafen auch die Lieferanten vom Land ein: als erster Eumäos, der drei fette Schweine brachte. Als der Sauhirt Odysseus erblickte, begrüßte er ihn freudig.

«Sei gegrüßt, Fremder. Wie geht's? Und was machen die Freier? Verhöhnen sie dich immer noch, oder haben sie sich mittlerweile an deine Anwesenheit gewöhnt?»

Wahrscheinlich hätte ihm der Held gerne ausführlicher geantwortet, hielt es im Moment aber für angebracht, keine tiefschürfende Diskussion zu beginnen und sich auf eine kurze Begrüßung zu beschränken. Doch hatte er dem

Schweinehirt kaum die Hand gereicht, als hinter dessen Rücken der tückische Melanthios mit den für das Bankett bestimmten Ziegen auftauchte. Und wie am Vortag fuhr der Widerling Odysseus sogleich heftig an:

«Was machst du denn noch hier, du räudiger Bettelbruder? Anscheinend willst du unbedingt noch Bekanntschaft mit meinem Stock machen. Und glaub mir: Eine Abreibung würde dir nicht schaden!»

Eumäos war drauf und dran, Melanthios die passende Antwort zu geben, doch Odysseus hielt ihn am Arm zurück. Seine Taktik war: Alle Provokationen überhören und die Kräfte schonen für den Zeitpunkt, da sie dringender gebraucht wurden.

Nun erschien auch ein Hirt namens Philötios, der an einer Leine eine Kuh hinter sich herzog, die ebenfalls für das Tagesmenü vorgesehen war. Er band das Tier an einen Pfosten und wandte sich dann an Eumäos:

«Wer ist dieser Fremde?» fragte er. «Und woher kommt er? Seinen Lumpen nach würde man ihn für einen Bettler halten, doch sein stolzer Gang gleicht dem eines Königs. Soll ich dir mal etwas sagen, Eumäos? Irgendwie erinnert er mich an meinen Herrn, an Odysseus. Und dieser Gedanke stimmt mich sehr traurig. Wir hier auf Ithaka haben doch alle Sehnsucht nach unserem König, weil wir die Freier einfach nicht mehr ertragen können. Nicht nur, daß sie alle Vorräte durchbringen, sie mißachten auch den Königssohn Telemachos und treten uns arme Diener mit Füßen. Ach, wenn doch Odysseus wiederkäme!»

Und der vermeintliche Bettler antwortete ihm:

«Wohl wahr, Hirte, doch glaube mir: Der Sohn des Laërtes wird eher hier sein, als du glaubst. Und du selbst wirst ihn mit eigenen Augen am Werk sehen.»

Unterdessen diskutierten die Freier mal wieder darüber, wie sie Telemachos loswerden könnten. Einige hielten es für unumgänglich, ihn umzubringen, andere waren dafür, dem Königssohn einfach keine Beachtung zu schenken. Zu letzteren zählte auch Amphinomos, dem alle wegen seines Alters und Ansehens aufmerksam zuhörten.

«Ich verstehe nicht, warum ihr den Jungen unbedingt beseitigen wollt», sagte er. «Kümmern wir uns doch lieber ums Essen und unser Vergnügen. Und sollte uns Telemachos eines Tages wirklich ernsthaft in die Quere kommen, können wir ihn immer noch umbringen. Im Moment aber besteht dazu noch kein Anlaß.»

Nach diesen Worten gab Amphinomos den Dienern ein Zeichen, daß das Mahl beginnen könne, woraufhin Eumäos die Fleischspieße verteilte, Philötios die Körbe voller Brot und Melanthios die Weinbecher. Alle Freier streckten gierig die Hände aus und begannen dann zu essen.

Telemachos wies Odysseus einen Platz an einem eigenen kleinen Tisch in einer Ecke des Saales zu, um auf diese Weise zu verhindern, daß er mit den Freiern in Kontakt käme. Athene jedoch behagte diese Tischordnung ganz und gar nicht. Denn damit ihr Plan gelänge, war es unverzichtbar, daß das Herz des Helden vor Haß überfloß. Es mußte jemand her, der ihn provozierte. Daher mischte sie sich unter die tafelnden Freier und suchte sich einen der hochmütigsten für ihr Vorhaben aus: Ktesippos, einen Freier aus Same.

«Du armer Mann», sagte dieser, indem er auf den falschen Bettler zutrat, «sitzt hier allein in einer Ecke, und niemand denkt daran, dir etwas zu essen zu bringen. Aber keine Sorge, jetzt ist ja dein guter Ktesippos da, der wird sich ein wenig um dich kümmern.»

Daraufhin nahm er einen Kuhfuß vom Feuer und warf ihn quer durch den Saal auf Odysseus. Der konnte sich gerade noch rechtzeitig bücken, das Fleisch krachte gegen die Wand, und die ganze Gesellschaft brach in schallendes Gelächter aus.

Nur Telemachos hielt nichts von den Tischmanieren des Prinzen von Same.

«Du hast Glück, o Ktesippos, daß du meinen Gast verfehlt hast!» rief er. «Denn ich schwöre dir, hättest du dein Ziel getroffen, hätte dich auf der Stelle meine bronzene Lanze durchbohrt.»

Und indem er sich den anderen zuwandte, die immer noch Tränen lachten, fügte er hinzu:

«In meinem Haus will ich so etwas nie mehr erleben. Trinkt ruhig meinen Wein und schlachtet meine Herden, wenn es euch Spaß macht, aber, bei Zeus, respektiert wenigstens meine Gäste.»

Telemachos Worte hinterließen einen gewissen Eindruck bei den Freiern, und besonders Agelaos, der Sohn von Damastor, zeigte sich einsichtig.

«O Telemachos», meinte er, «im Grunde hast du ja recht. Aber auch du wirst zugeben müssen, daß die Situation für uns alle mittlerweile immer unerträglicher wird. Solange es noch Hoffnung gab, daß dein Vater zurückkehren würde, war das Zögern der Königin vielleicht noch zu verstehen. Doch nun besteht diese Hoffnung nicht mehr. Zu viele Jahre sind seit der Zerstörung Trojas vergangen, und Odysseus wird nie mehr heimkehren. Deshalb gehe zu deiner Mutter und bringe sie dazu, sich einen Bräutigam zu wählen.»

Telemachos wollte gerade antworten, daß es gewiß nicht seine Aufgabe sei, die Mutter zu einer zweiten Ehe zu überreden, als ihm Theoklymenos zuvorkam. Der baute sich in der Mitte des Saales auf und begann aus voller Kehle wie ein Wahnsinniger zu schreien:

«Ihr törichten Freier, habt ihr alle den Verstand verloren? Spürt ihr denn nicht den Schatten des Todes über euren Häuptern? Hört ihr nicht das Jammern der Sterbenden? Seht ihr nicht die blutbesudelten Wände? Geht doch in den Hof hinaus und seht euch die toten Seelen an, die sich dort schon sammeln, um gemeinsam in den Hades hinabzufahren!»

Einmal mehr war die Antwort schallendes Gelächter. Eurymachos, der Sohn des Polybos, rief die Diener herbei, die sich sogleich daranmachten, den Eindringling mit Gewalt aus dem Saal zu schaffen.

«O Eurymachos», schrie dieser, während man ihn fortschleifte, «du brauchst mich nicht zu vertreiben. Ich finde schon allein hinaus. Doch denke an meine Worte. Wenn du klug bist, so verschwinde hier, bevor dich der Zorn des Mannes ereilt, der nicht verzeiht.»

«Mein lieber Telemachos», wandte sich Eurymachos daraufhin seelenruhig an den jungen Prinzen, «du hast aber auch wirklich Pech mit deinen Gästen: Zuerst der stinkende Hungerleider und nun der Wahnsinnige, der überall Blut und Zerstörung sieht. Du solltest ihn auf ein Schiff bringen lassen, um ihn im nächsten Hafen als Sklaven zu verkaufen. Auf diese Weise könntest du wenigstens noch etwas an ihm verdienen.»

Der Bogenwettkampf

Penelope fordert die Freier zu einem Bogenwettkampf auf und setzt sich selbst als Preis für den Sieger aus. Doch keinem der Freier gelingt es, den Bogen zu spannen. Odysseus gibt sich Eumäos und Philötios zu erkennen, damit sie ihm bei dem Gemetzel zur Seite stehen. Beim Wettkampf ist er der einzige, der das Ziel trifft.

Wenn es einen Beruf gibt, für den sich Athene heute prächtig eignen würde, so den einer Regisseurin. Schließlich ist die gesamte *Odyssee* von ihren Regieanweisungen geprägt. Aber speziell beim Showdown, das heißt beim Bogenwettkampf und dem anschließenden Blutbad, macht sich ihr Einfluß entscheidend bemerkbar. Denn sie ist es, die Penelope dazu bringt, die ausgereizte List mit dem tags gewebten und nachts aufgetrennten Tuch aufzugeben, statt dessen zu einem Wettkampf aufzurufen und sich selbst als Siegestrophäe auszuloben. Aber warum ausgerechnet ein Bogenwettkampf? Weil in ihrer Schatzkammer noch ein alter Bogen von Odysseus mit einer speziellen Eigenschaft herumhing: Er ließ sich nur von einem Mann mit den Körperkräften und der Technik eben eines Odysseus spannen. Dabei handelte es sich um ein Geschenk von König Iphitos, das dieser dem jungen Odysseus vermacht hatte.

Schweren Herzens nahm die Königin nun den Schlüssel und steckte ihn ins Schloß. Homer erzählte, daß die Türflügel, als Penelope sie aufstieß, so laut krachten «wie ein

Pflugstier brüllt auf blumiger Au». Sie nahm den Bogen des Iphitos von einem Haken an der hinteren Wand und ging dann, nur mit Mühe die Tränen zurückhaltend, in den Festsaal hinunter. Hier angekommen, übergab sie Eumäos Bogen und Köcher, hob zur Verblüffung der versammelten Tischgesellschaft ihren dichten Schleier vor den Augen an und wandte sich mit folgenden Worten an die Gäste:

«O ihr hochmütigen Freier, hört, was ich euch zu sagen habe. Ihr, die ihr seit zu langer Zeit schon in meinem Hause ohne Hemmungen trinkt und speist, wisset, daß ich endlich eine Entscheidung getroffen habe: Ich werde dem Manne folgen, dem es gelingt, diesen Bogen hier zu spannen und einen Pfeil durch zwölf Äxte hindurchzuschießen.»

Ein langes Schweigen folgte ihren Worten. Dann vernahm man die unterdrückten Schluchzer von Eumäos und Philötios und gleich darauf die Flüche von Antinoos. Die beiden Hirten konnten sich nicht mit der Vorstellung abfinden, daß ihre Herrin sie nun für immer verlassen sollte. Und Antinoos fand es unerträglich, daß sie sich wegen solch einer Kleinigkeit so anstellten.

«Alberne, unglückselige Hirten, eure Hirne sind kleiner als eine Bohne. Was habt ihr da zu jammern?» beschimpfte sie der Sohn des Eupeithes, indem er drohend mit dem Finger auf sie zeigte. «Anstatt wahre Männer zu belästigen, kümmert euch lieber darum, daß wir mit genug Fleisch und Wein versorgt sind. Und wenn ihr dann immer noch Lust zu jammern habt, dann geht in den Hof hinaus. Da könnt ihr euch ungestört ausheulen.»

Auch Telemachos wurde bei der Vorstellung, daß ihn seine Mutter verlassen würde, um einem der Freier zu folgen, etwas unbehaglich. Jedenfalls tat er so.

«O weh», rief der junge Prinz, «was ist in dich gefahren?

Ich sitze hier frohgemut bei Tische, während meine Mutter gerade verkündet, daß sie mich verlassen und mit einem anderen Mann fortgehen will? Aber vielleicht kann ich es noch verhindern. Wohlan, der Wettkampf soll beginnen!»

Mit diesen Worten sprang er auf und begann, eine kerzengerade Furche auf dem Boden des Saales zu ziehen. Dann stieß er zwölf Äxte hintereinander mit der Schneide in den Lehmboden und stampfte ihn wieder fest. Der erste Freier wollte nun zum Bogen greifen, doch Telemachos kam ihm zuvor, riß Eumäos die Waffe aus der Hand und stellte sich auf die Schwelle. Dreimal versuchte er den Bogen zu spannen, doch dreimal verließ ihn die Kraft. Beim vierten Male wäre es ihm fast gelungen, doch Odysseus gab ihm einen Wink, und der Junge ließ die schwere Waffe sinken.

Antinoos atmete erleichtert auf. «Den Göttern sei Dank», dachte er. «Telemachos hat es nicht geschafft, nun können wir Freier uns versuchen.» Dann erklärte er mit lauter Stimme: «Steht der Reihe nach auf, von der Linken zur Rechten, o Freunde, so wie der Reihe nach mit Wein die Becher gefüllt werden, ergreift nacheinander Odysseus' Bogen und versucht euer Glück!»

Als erster trat Leiodes, der Sohn von Oinopos, vor, ein großer Jüngling mit mächtigem Körperbau, so eine Art Bodybuilder der damaligen Zeit. Schon wie er Telemachos den Bogen entriß und sich dann lächelnd im Saal umsah, machte er deutlich, daß er überzeugt war, es beim ersten Versuch zu schaffen. Doch auch er mußte sich geschlagen geben: Er schwitzte, fluchte mit lauter Stimme und versuchte immer wieder, die Sehne zu spannen, wobei er mit seinem ganzen Körpergewicht kräftig nachhalf. Doch es half nichts. Schließlich warf er die Waffe wutentbrannt in die Ecke.

«Ich schaffe es nicht», meinte er dann kleinlaut. «Soll ein

anderer es versuchen. Doch ich versichere euch, daß es nicht leicht ist, die Sehne an den Enden einzuhängen. Nur, daß ein so gutgebauter Mann wie ich an dieser Aufgabe scheitert, ist wirklich erniedrigend. Nun wird mir wohl nichts anderes übrigbleiben, als mir eine andere Frau von niedrigerem Rang zu suchen, um mit ihr ein bescheidenes, aber dennoch glückliches Leben zu führen.»

Antinoos ließ sich jedoch die Gelegenheit nicht entgehen, gegen den armen Leiodes noch ein wenig nachzutreten:

«Nimm dich lieber nicht zum Maßstab, Schwächling, offensichtlich sind deine Muskeln bloßer Schein. Dein Vater hätte dich eben besser am Bogen ausbilden müssen.»

Nun traten die anderen Freier vor, aber früher oder später, manche beim ersten, andere beim fünften Versuch, gaben sich alle geschlagen. Jetzt blieben nur noch die beiden hochmütigsten Freier übrig: Antinoos und Eurymachos.

Jemand riet Antinoos, das Holz des Bogens einzufetten. Der ließ sich das nicht zweimal sagen: Sogleich befahl er dem Ziegenhirt Melanthios, einen Klumpen Fett und ein Schaffell zu bringen, um das Holz nach dem Einfetten damit abzureiben. Dann schmolz er das Fett über einem Kaminfeuer und verteilte es auf dem Bogen.

Während Antinoos sich ins Zeug legte, um den Bogen geschmeidiger zu machen, gab Odysseus Eumäos und Philötios ein Zeichen, ihm auf den Hof zu folgen. Als sie draußen waren, blickte er den beiden tief in die Augen und sprach dann zu ihnen:

«Ihr Hirten, hört genau, was ich euch zu sagen habe. Ehrlich gesagt bin ich noch nicht ganz sicher, ob ich euch mein Geheimnis anvertrauen oder euch lieber im unklaren lassen soll über das, was hier in Kürze geschehen wird. Darum beantwortet mir zunächst eine Frage: Wenn in diesem Moment euer Herr wiederkäme, stark und mächtig wie ihr ihn kanntet, und sich auf einen Kampf gegen die Freier einließe, würdet ihr ihm zur Seite stehen und mit ihm euer Leben aufs Spiel setzen? Oder würdet ihr euch lieber in eine Ecke verkriechen, um dort in Ruhe abzuwarten, wer schließlich die Oberhand behält? Und würdet ihr ihm auch beistehen, wenn er allein wäre gegen hundert Feinde?»

«Wie kannst du nur daran zweifeln?» antwortete Philötios fast eingeschnappt. «Ach, daß er doch zurückkäme! Ich würde ihm schon zeigen, wozu meine Arme noch taugen. Und auch mein Freund Eumäos denkt sicher nicht anders darüber.»

Nun zögerte Odysseus nicht länger. Er riß sich die Lumpen vom Leib und zeigte sich ihnen mit Athenes Hilfe in seiner wahren Gestalt: schön und stark.

«Hier bin ich, euer Herr Odysseus. Ich bin zurückgekehrt!»

Die beiden Männer blickten ihn nur entgeistert an, und so sah sich Odysseus gezwungen, ihnen seinen Personalausweis zu zeigen, das heißt die Narbe über seinem rechten Knie. Nun gab es für die beiden Diener kein Halten mehr: Sie warfen sich auf den Boden nieder und küßten Odysseus weinend die Füße.

Doch Odysseus zog sie sogleich wieder hoch.

«Freunde», sagte er, «wir haben keine Zeit zu verlieren. Weinen könnt ihr später noch, jetzt hört genau, was ich vorhabe. Der Wettkampf wird gleich beendet sein. Dann wirst du, Philötios, mir den Bogen bringen, und du, Eumäos, die Tür zum Hof verriegeln. Aber zuvor befiehl noch den Mägden, mit Eisenstangen auch alle anderen Türen zu verrammeln, besonders jene, die zum oberen Stockwerk hinaufführen.»

Im Saal war mittlerweile Eurymachos an der Reihe. Wie bei Antinoos abgeschaut, drehte und wendete auch er die Waffe über dem Feuer, um das Fett anzuwärmen und das Holz auf diese Weise geschmeidiger zu machen. Aber obwohl er als der Stärkste unter den Freiern galt, hatte auch er kein Glück. Fast hatte es den Anschein, als würde eine Gottheit verhindern, daß der Bogen auch nur ein klein wenig nachgab.

«Was für eine Schande», rief er wütend und enttäuscht aus, «daß ich nicht fähig bin, diese Waffe zu handhaben. Dabei schmerzt es mich weniger, dadurch die Braut zu verlieren, als eingestehen zu müssen, eine Kunst nicht zu beherrschen, in der der alte Odysseus ein Meister war. Ich fürchte, diese Schmach wird mich zeitlebens verfolgen.»

«Zerbrich dir nicht mehr den Kopf darüber, o Eurymachos», versuchte ihn Antinoos aufzumuntern. «Heute ist das Fest Apollons, und offensichtlich meint es der Gott der Bogenschützen heute nicht gut mit uns. Aber das soll uns nicht entmutigen. Morgen ist auch noch ein Tag. Morgen werden wir Apollon opfern und dann den Wettkampf wiederholen. Und nun laßt uns Trauer und Enttäuschung vergessen und uns mit süßem Wein und saftigem Fleische trösten.»

In diesem Moment erhob sich eine Stimme aus dem hinteren Teil des Saales.

«Hört mich an, ich bitte euch!»

Es war die von Odysseus, der nun wieder in Lumpen gehüllt war. Er trat ein paar Schritte bis zur Saalmitte vor und hob in fast unterwürfigem Ton zu sprechen an.

«O ihr Freier der ruhmreichen Königin, morgen werdet ihr euch erneut im Bogenschießen versuchen, und dann wird, wie Antinoos richtig gesagt hat, Apollon dem, der es verdient hat, die nötige Kraft zum Sieg verleihen. Doch heute bitte ich euch in aller Bescheidenheit: Laßt auch mich versuchen, den Bogen zu spannen, auch wenn ich heute natürlich nicht mehr über die Stärke meiner jungen Jahre verfüge.»

Die Freier reagierten ungehalten, besonders Antinoos, der es als skandalös empfand, daß ein lausiger Bettler die Dreistigkeit besaß, sich mit den besten und edelsten jungen Männern des ganzen Umkreises messen zu wollen.

«O erbärmlicher, stinkender Wurm», beschimpfte er ihn, «wie kannst du es wagen, es mit uns aufnehmen zu wollen? Reicht es dir noch nicht, daß du an unserer Tafel essen durftest? Willst du uns jetzt auch noch, von gleich zu gleich, zu einem Wettkampf herausfordern? Paß mal auf, ich gebe dir jetzt einen guten Rat: Scher dich fort, und zwar so schnell du kannst. Sonst befehle ich meinen Dienern, dich in Ketten zu legen und als Sklave an König Echetos in Epeiros, den Schrecken des Menschengeschlechts, zu verkaufen.»

Doch Penelope ergriff Partei für den Bettler.

«O Antinoos, Sohn des Eupeithes, was fällt dir ein, einen Gast meines Sohnes derart zu beleidigen? Und außerdem wüßte ich nicht, warum es dem Fremden verwehrt sein sollte, den Bogen zu spannen. Fürchtest du vielleicht, ein alter Bettler könne etwas vollbringen, wozu ihr reichen jungen Männer nicht imstande wart? Reicht ihm daher den schön geglätteten Bogen, und warten wir ab, wozu er fähig ist.»

Doch Telemachos fühlte sich nun von der Königin übergangen und erklärte:

«O Mutter, an mir ist es zu entscheiden, wer am Wettkampf teilnehmen darf. Meinetwegen kann der Fremde sein Glück versuchen, aber alle sollen wissen, daß ich allein ihm die Erlaubnis dazu gebe. Waffen sind Männersache.

Nimm nun deine Mägde und gehe hoch in deine Gemächer zu Spindel und Webstuhl. Alles andere laß meine Sorge sein.»

Als Penelope draußen war, übergab Eumäos Odysseus Bogen und Köcher. Der Held ergriff die Waffe mit der Rechten und hängte die Sehnen aus Schafsdarm ohne die geringste Mühe an den Bogenenden ein. Dann nahm er einen Pfeil aus dem Köcher, spannte den Bogen, zielte einen kurzen Moment und schoß im ersten Versuch durch alle zwölf Äxte hindurch.

«Und nun ist es Zeit für den Abendschmaus», sagte er danach mit ruhiger Stimme zu Telemachos.

Dies war das verabredete Zeichen. Telemachos schnappte sich eine bronzene Lanze, zog sein Schwert und bezog neben seinem Vater Stellung.

Das Blutbad

Odysseus, einmal im Besitz des Bogens, tötet alle Freier und einen Großteil der untreuen Mägde. Zur Seite stehen ihm dabei sein Sohn Telemachos, Eumäos, Philötios und vor allem die Göttin Athene.

Wir Christen, die wir im Glauben an die Tugend der Versöhnung erzogen wurden, dürften diesen zweiundzwanzigsten Gesang eigentlich gar nicht lesen. Schon mit den ersten Versen wird klar, daß Vergebung in der damaligen Epoche wohl nicht sehr hoch im Kurs stand. So begnügt sich Odysseus nicht damit, alle jene zu töten, die sich in irgendeiner Weise gegen ihn oder seine Besitztümer vergangen haben, sondern bestraft auch alle anderen Teilnehmer an den Gelagen und Orgien, also die Diener und Sänger und besonders die Mägde als nächtliche Bettgefährtinnen der verhaßten Freier. Bereiten wir uns also auf ein Bad in einem Meer von Blut vor.

Nachdem er seine Lumpen abgeworfen hatte, besetzte Odysseus den strategisch günstigsten Platz im Saal, eine erhöhte Schwelle, so daß er von oben herab die Feinde überblicken konnte. Bevor er aber die Feindseligkeiten eröffnete, wollte er noch Apollon eine Botschaft zukommen lassen. Immerhin hatte der Gott heute seinen Festtag, und es schien Odysseus ratsam, ihn sich gewogen zu halten.

«Der erste Wettkampf ist beendet», verkündete er mit

lauter Stimme, «und Apollon, der Gott der Bogenschützen, möge mir nun dabei helfen, andere Ziele zu treffen.»

Gesagt, getan. Und als erstes Opfer wählte er sich Antinoos. Der war ihm der größte Dorn im Auge, weil er sich ständig wie der himmlische Vater höchstpersönlich aufgespielt hatte. Grund genug, ihn als ersten aus dem Weg zu räumen.

Und Odysseus traf mit dem Pfeil ihn grad in die Gurgel,
Daß im zarten Genick die Spitz wieder hervordrang.
Und er sank zur Seite hinab: der Becher voll Weines
Stürzte dahin aus der Hand des Erschossenen, und aus der Nase
Sprang ihm ein Strahl dickströmenden Bluts. Er wälzte sich zuckend,
Stieß mit dem Fuß an den Tisch, und die Speisen fielen zur Erde.

(*Odyssee*, XXII, 15–20)

Ein Aufschrei des Entsetzens erhob sich aus der Schar der Freier. Einer ihrer Anführer war tot. Aber noch war nicht allen klar, was Odysseus im Schilde führte. Einige glaubten an einen Unfall, einen Pfeil, der sich versehentlich vom Bogen des Bettlers gelöst habe.

«Fremder», rief einer der Freier Odysseus zu, «du hast gerade einen unverzeihlichen Fehler begangen. Denn jetzt ist es an dir zu sterben.»

Doch Odysseus war immerhin so freundlich, die Freier über die Lage aufzuklären. Zunächst einmal nahm er wieder seine wahre Gestalt an, legte einen zweiten Pfeil an die Sehne und stieß einen markerschütternden Kampfschrei aus. Dann rief er:

«Zittert, ihr Verfluchten. Ich bin Odysseus, der König von Ithaka. Ihr, die ihr meine Güter verpraßt, meine Gattin bedrängt und meine Mägde auf eure schmutzigen Lager gezerrt habt, wisset: Das Fest ist vorüber, eure Zeit ist abgelaufen! Ihr dachtet, ich würde nie mehr zurückkehren. Doch jetzt stehe ich vor euch! Stärker als je zuvor und vor allem wild entschlossen, euch für alles, was ihr mir angetan habt, büßen zu lassen!»

Eurymachos wurde sich als erster der veränderten Lage bewußt und wagte den Versuch, sich gütlich mit Odysseus zu einigen.

«Wenn das stimmt und du tatsächlich Odysseus, der Sohn des Laërtes, bist, ist dein Ärger nur zu verständlich. Doch jener, der die Schuld an allem trägt, ist nicht mehr unter den Lebenden. Antinoos war dein einziger Feind. Er war es, der deine Gattin bedrängte, und zwar nicht, weil ihn ihre Schönheit fesselte, was ja verständlich gewesen wäre, sondern weil er sich deines Thrones bemächtigen wollte. Und er war es auch, der den Hinterhalt für deinen Sohn Telemachos ins Werk setzte. Doch da nun seine Seele in die Unterwelt hinabgefahren ist, verschone die anderen. Ein jeder von uns wird dir fortan willig gehorchen und das ersetzen, was er in deinem Haus gegessen und getrunken hat. Darüber hinaus schenkt dir jeder zwanzig Kühe und genug Gold und Bronze, um den Zorn in deinem Herzen für immer zu besänftigen.»

Odysseus' Antwort war ein zweiter Pfeil, mitten in die Brust von Eurymachos. Der taumelte, sank blutüberströmt auf den Tisch, warf alle Speisen zur Erde und schlug schließlich selbst mit der Stirn auf den Boden auf. Dann «umschloß Nacht die brechenden Augen».

Alle anderen waren aufgesprungen. Amphinomos wollte

sich auf Odysseus stürzen, doch die Lanze von Telemachos streckte ihn nieder. Das gleiche Ende fanden die beiden Diener von Eurymachos, die ihren Herrn rächen wollten und von Odysseus' Pfeilen aus nächster Nähe durchbohrt wurden.

Jetzt wanderten die Blicke der Freier zu den Saalwänden: Sie hofften, dort eine Lanze oder zumindest einen Schild zu finden, mit dem sie sich hätten schützen können, doch wie wir wissen, hatte Telemachos am Vorabend alle Waffen fortgeschafft. So blieb ihnen nichts anderes übrig, als die Tische umzuwerfen und dahinter in Deckung zu gehen.

«Vater, ich laufe hoch, um dir die Lanzen zu bringen», rief Telemachos Odysseus zu.

«Ja, aber beeil dich, lange reichen meine Pfeile nicht mehr.»

Doch Melanthios beobachtete Telemachos und schlich nach ihm selbst hinauf zur Waffenkammer. Und während sich der Sohn des Odysseus mit vier Schilden, acht Lanzen und vier Helmen begnügte, schleppte der untreue Ziegenhirt zwölf Schilde, zwölf Lanzen und ebenso viele Helme zu den Freiern hinunter. Glücklicherweise kam er nicht mehr dazu, die Waffen auszuhändigen, denn Odysseus bemerkte ihn und befahl seinen Helfern:

«Ergreift diesen verfluchten Melanthios und fesselt ihn mit starken Seilen. Aber tötet ihn nicht. Noch nicht. Er soll ganz langsam sterben. Wenn ihr ihn unbedingt aufhängen wollt, dann nur zu, aber so, daß er noch genügend Luft bekommt. Ich selbst werde mich dann später um ihn kümmern.»

Philötios und Eumäos stürzten sich auf den Ziegenhirt, überwältigten und fesselten ihn und zogen ihn dann mit einem Seil an einer Säule bis dicht unter den Deckenbalken hinauf.

Bis jetzt war für Odysseus und seine Freunde alles glatt gelaufen. Doch trotz des furiosen Auftakts waren ihre Aussichten, den Kampf siegreich zu beenden, nicht besonders rosig. Die Freier waren zwar unbewaffnet, aber mit achtzig Mann doch sehr zahlreich, und außerdem waren Telemachos und die beiden Hirten Eumäos und Philötios alles andere als erfahrene Krieger. Wäre Odysseus mit einem MG bewaffnet gewesen, hätte er seine Gegner wahrscheinlich mit einer Garbe niedermähen können. Doch so, mit Pfeil und Bogen, war es eine nicht eben leichte Aufgabe, solch eine große Zahl von Feinden in Schach zu halten. Das Anlegen des Pfeiles, das Spannen, Zielen und Losschießen nahm soviel Zeit in Anspruch, daß die Freier, wenn sie nur gewollt hätten, sich leicht hätten auf ihn stürzen und ihn entwaffnen können. Doch ganz unvermutet kam nun dem Helden ein Freund der Familie zur Hilfe: der gute, alte Mentor. Natürlich handelte es sich nicht tatsächlich um Mentor, sondern um Athene, die Göttin mit den strahlenden Augen, in dessen Gestalt.

«Zeig's ihnen, Sohn des Laërtes», feuerte sie ihn an. «Oder hast du jenen heiligen Zorn verloren, der dich im Kampf vor den Mauern Trojas beseelte? Dort setztest du dein Leben für die schöne, weißarmige Helena ein. Hier aber kämpfst du für dein eigenes, treues Weib und deinen einzigen Sohn. Ich erwarte also den allergrößten Einsatz von dir.»

Odysseus fand nicht mehr die Zeit, sie zu beruhigen, denn die Göttin war plötzlich verschwunden, tauchte aber gleich darauf als Schwalbe auf einem Deckenbalken hokkend wieder auf.

In der Zwischenzeit hatten sich Eurynomos, Amphimedon, Peisandros und Demoptolemos der Waffen bemächtigt, die Melanthios aus der Waffenkammer geholt hatte. Jeder schleuderte eine Lanze auf Odysseus, doch alle Würfe wurden von der Schwalbe an der Decke abgelenkt. Dann versuchten sie es erneut, und auch diesmal brachte die Göttin die Wurfgeschosse durch ein unmerkliches Flügelschlagen vom Ziel ab. Wenn hingegen Odysseus oder Telemachos zum Gegenschlag ausholten, sorgte die Göttin dafür, daß sie saubere Treffer verbuchen konnten.

Während die Helden kämpfen, vergißt der Dichter Homer mehr und mehr die bildhafte Sprache, die sein Epos eigentlich auszeichnet, und wird zum peinlich genauen Buchhalter. Hier ein Beispiel:

Odysseus traf Eurydamas mitten auf der Stirn. Telemachos' Lanze durchbohrte Amphimedons Herz. Eumäos' Lanze durchdrang Polybos' Leber. Philötios stach Ktesippos die Lanze in die Brust und verhöhnte den Sterbenden: «O Polytherses' Sohn», brüllte er, während Ktesippos sein Leben aushauchte, «das ist die Quittung für den Kuhfuß, den du auf meinen Herrn geworfen hast!»

Doch fahren wir mit der Aufzählung fort:

Odysseus durchbohrte die Lunge von Agelaos. Telemachos rammte Leiokritos einen Speer in den Bauch. Eumäos' Lanze bohrte sich zwischen Eurynomos' Schulterblätter. Philötios streckte Peisandros nieder.

Und das Ganze garniert mit Schreien, Klagen, Fluchen, umgestürzten Tischen, zerbrochenem Geschirr und Blutfontänen.

Von Panik ergriffen, drängten die Freier aus dem Saal, doch kein einziger konnte dem «Unausweichlichen» entfliehen. Es kam auch zu peinlichen Szenen, so, als sich Leiodes Odysseus zu Füßen warf und um Gnade flehte.

«Erbarme dich meiner, Odysseus», bettelte er, indem er

die Knie des Helden umfaßte. «Ich habe nie etwas Böses getan. Ganz im Gegenteil. Ich war der einzige, der die anderen dazu aufrief, die Frauen in Ruhe zu lassen. Doch keiner wollte auf mich hören. Je inständiger ich sie bat, desto schamloser belästigten sie die Mägde. Es wäre ungerecht, mich jetzt für ihre Schuld büßen zu lassen.»

«Du bist auch nicht besser als all die anderen», antwortete Odysseus. «Auch du hast in meinem Palast drei lange Jahre gefressen und gesoffen.»

Und mit einem einzigen Schwertstreich schlug er ihm den Kopf ab. Homer erzählt, daß der Kopf des Unglücklichen auch danach noch einige Sekunden um Gnade flehte.

Mit heiler Haut davon kamen hingegen einige wenige, wie Phemios und Medon, die nur auf Druck der Freier an den Gelagen teilgenommen hatten. Telemachos setzte sich für sie ein, und Odysseus schonte sie.

«Aber jetzt raus mit euch, bevor ich es mir anders überlege», jagte sie der Held von dannen.

Dann kamen die Frauen an die Reihe. Odysseus ließ Eurykleia rufen und forderte sie auf:

«Sag mir, Mutter, wer von den Mägden dein Vertrauen mißbrauchte und wer unserer Familie treu ergeben war?»

Und Eurykleia, die in puncto Unversöhnlichkeit Odysseus in nichts nachstand, beeilte sich, die Damen zu denunzieren.

«Eigentlich hätten sie fast alle den Tod verdient, doch zwölf trieben es besonders arg. Sie ehrten weder mich noch deine Gattin Penelope. Dabei hatten wir sie zu Fleiß und Gehorsam erzogen, doch sobald sich ihnen die Gelegenheit bot, suchten sie ihr schamloses Vergnügen bei den Freiern und teilten mit ihnen Tisch und Lager.»

Odysseus ließ daraufhin die zwölf Beschuldigten kommen und befahl ihnen, den verwüsteten Saal aufzuräumen. Und während sie mit Schwämmen das Blut von Tischen und Böden wuschen, schluchzten und weinten sie unaufhörlich, denn sie ahnten wohl, was ihnen bevorstand. Und tatsächlich, kaum waren sie mit ihrer Arbeit fertig, befahl Odysseus Eumäos und Philötios, einen Strick zu nehmen und die zwölf Frauen an einem Deckenbalken aufzuhängen. Die Unglücklichen zappelten noch etwas in der Luft, und dann, um es mit Homer zu sagen, «begann ihr Abstieg ins Reich der Finsternis».

Jetzt blieb nur noch Melanthios übrig. Zwar war Odysseus des Tötens überdrüssig und begnügte sich damit, ihm Nase, Ohren, Hände und Füße abzuschneiden, doch Eumäos und Philötios setzten sein Werk fort, schnitten dem Hirten die Genitalien ab, warfen sie den Hunden zum Fraß vor und stachen ihm dann eine Lanze in den Bauch.

Dulcis in fundo (auch wenn es schwerfällt, das zu glauben), und Odysseus war zum Weinen zumute.

DREIUNDZWANZIGSTER GESANG

Ein Bett und ein Baum

Penelope weigert sich zu glauben, daß Odysseus heimgekehrt ist. Und sogar, als er vor ihr steht, quält sie dieser Zweifel zunächst weiter. Erst als Odysseus mit größter Genauigkeit ihr Ehebett beschreibt, läßt sie sich überzeugen.

Dieser Gesang handelt vom Mißtrauen und der Angst, glücklich zu sein. Ein Gesang für all jene, die ihren eigenen Augen nicht trauen. Ein Gesang, in dem eine gute Nachricht nicht geglaubt wird, eben weil sie zu schön ist, um wahr zu sein.

«Wach auf, meine Tochter!» rief Eurykleia, als sie in einem Zustand höchster Glückseligkeit in Penelopes Schlafgemach stürmte. «Odysseus ist heimgekehrt! Er hat alle Freier getötet und wird in Kürze bei dir sein!»

Penelope schlug die Augen auf und blickte die alte Amme mit ernster Miene an.

«Mutter», sagte sie, «warum reißt du mich aus meinem Traum, vielleicht dem ersten schönen, seit der göttliche Odysseus mich verließ, um gen Troja zu ziehen? Warum quälst du mich so? Du weißt doch, wie sehr mein Herz immer noch um den Gatten in der Ferne trauert. Hätte mich eine Magd in dieser Weise aufgeweckt, würde ich sie hart bestrafen. Allein dein Alter schützt dich.»

«Aber Odysseus ist wieder da!» verteidigte sich Eurykleia.

Doch die Königin schenkte ihr keinen Glauben. Das einzige, was sie fühlte, war Mitleid für die Amme: «Die Ärmste», dachte sie, «sie ist übergeschnappt.» Für Eurykleia formulierte sie es etwas blumiger: «Die Götter», sagte sie, «vermögen es, dem Törichten Verstand zu geben, aber ebenso, dem Weisen die fünf Sinne zu nehmen.»

Eurykleia schüttelte nur den Kopf und dachte nicht daran, klein beizugeben. Sie packte die Königin an den Schultern und schüttelte sie.

«Glaub mir, o Göttliche, es ist wahr: Odysseus ist zurück. Er ist der alte, zerlumpte Fremde, den die Freier verspotteten. Nur Telemachos war eingeweiht, doch durfte er es niemandem erzählen, um seinem Vater Gelegenheit zu geben, an den Freiern Rache zu nehmen.»

Penelope lächelte, unsicher, als schlügen zwei Herzen in ihrer Brust: Das eine sehnte sich danach, daß es wahr sei, das andere befürchtete, wieder einmal enttäuscht zu werden. Doch ob wahr oder unwahr, jedenfalls nahm Penelope Eurykleia zärtlich in den Arm und schalt sie liebevoll:

«Sei nicht so töricht, o Mutter. Du redest wirres Zeug und merkst es gar nicht. Wäre Odysseus zurückgekehrt, müßte ich doch als erste davon wissen, denn schließlich bin ich der Mensch, den er als ersten umarmen würde. Und außerdem verstehe ich nicht, wie er allein alle Freier getötet haben sollte.»

«Ich weiß auch nicht, wie er das angestellt hat. Ich war nicht im Saal, als es geschah. Sie hatten mich mit den Mägden in einem anderen Raum eingeschlossen. Doch konnte ich das Schreien und Wehklagen der Sterbenden hören. Dann ließ Odysseus mich rufen, und ich sah ihn: Er stand blutverschmiert zwischen den Leichen, den Bogen noch in Händen, und war schön wie ein Gott. Er wirkte wie ein

Löwe, der soeben eine Schafherde gerissen hat. Und nun hat er mich zu dir gesandt, um dir die gute Nachricht zu überbringen. Lauf rasch in den Saal hinunter, umarme ihn und kostet gemeinsam die Wiedersehensfreude aus.»

Penelope aber blieb stur und starrte Eurykleia nur kopfschüttelnd an.

«Du mußt mir einfach glauben», versuchte es diese erneut. «Ich habe seine Narbe über dem Knie gesehen, jene Narbe, die er am Parnassos bei der Eberjagd davontrug. Als ich ihm gestern die Füße wusch, entdeckte ich sie und hätte dich auch gleich gerufen, hätte er mir nicht den Mund zugehalten. Sollte ich dich belügen, so laß mich, ich bitte dich, den kläglichsten Tod sterben.»

«Ach, Eurykleia, du weißt ja nicht, zu welchen Mitteln die Götter greifen, wenn sie die Sterblichen bestrafen wollen. Der blutbesudelte Mann, den du im Saale sahst, war nicht Odysseus, sondern ein Gott, der die schamlosen Freier endlich für ihre Taten büßen ließ. Er nahm die Gestalt meines geliebten Gemahls an, einschließlich der Narbe, und tötete alle, vom ersten bis zum letzten Mann. Doch will ich dir nun nicht mehr länger widersprechen und hinuntergehen, um mit eigenen Augen die toten Freier und den Mann, der sie tötete, zu sehen.»

Als Penelope Odysseus entdeckte, lief sie ihm keineswegs entgegen, um ihn zu umarmen, sondern nahm wortlos auf einem Sessel in einer Ecke des Saales Platz. Telemachos war bestürzt:

«Was ist mit dir, Mutter? So empfängst du also den Mann, der so viel gelitten hat, um zu dir zurückzukehren? Wie kannst du nach zwanzig Jahren des Wartens so gleichgültig bleiben? Du mußt wirklich ein Herz aus Stein haben, da du so reglos schweigend dasitzt!»

«Laß mich, mein Sohn, mein Herz ist nur verwirrt. Sollte dieser Mann vor mir wirklich dein Vater sein, werde ich ihn früher oder später wiedererkennen. Es gibt da gewisse Dinge, die nur er und ich wissen können, und vielleicht wird es solch ein gemeinsames Geheimnis sein, das mich letztlich überzeugen kann.»

Odysseus mußte lächeln. Das Mißtrauen seiner Gattin war für ihn wie ein weiterer Beweis ihrer Treue.

«Sei unbesorgt, o Telemachos», sagte er an seinen Sohn gewandt. «Wir müssen deiner Mutter Zeit geben. Nach zwanzig Jahren kommt es auf eine Stunde mehr oder weniger auch nicht mehr an. Und vergiß nicht, daß ich im Moment etwas mitgenommen aussehe. Ich selbst hätte Schwierigkeiten, mich wiederzuerkennen. Laßt uns nun lieber den Sieg feiern. Doch möge keiner im Haus die Nachricht vom Tode der Freier verbreiten. Ein jeder wasche sich und lege seine schönsten Gewänder an. Der Aöde möge singen und uns zum Tanz aufspielen, denn es ist besser, wenn man in der Stadt an ein weiteres Fest glaubt und nicht an ein Gemetzel.»

Eurynome badete Odysseus, ölte ihn ein und kleidete ihn dann mit einem weißen Gewand und einem reichbestickten Umhang. Die Göttin Athene ihrerseits legte auch ein wenig Hand an, indem sie seine grauen, glatten Haare wieder blond und lockig werden ließ und ihn insgesamt schöner, größer und stärker machte.

Als Penelope ihn so, einem Gott gleich, sah, erfaßte sie ein Schaudern. Es drängte sie, ihm die Arme um den Hals zu schlingen, doch wollte sie nicht noch einmal einer Täuschung zum Opfer fallen. Zu oft schon hatte man ihr mit falschen Geschichten Hoffnung gemacht, und zu oft schon war sie bitter enttäuscht worden. So gedachte sie, ihn noch einmal auf die Probe zu stellen. Sie gab vor, ihm zu glauben, und lud ihn dazu ein, sich auf ihr gemeinsames Ehebett zu legen.

«Odysseus ist müde», sagte sie zu ihren Mägden, «er soll sich auf meinem Lager ausruhen. Doch hört genau zu: Bringt das Bett ins Freie, so daß er die frische Abendluft genießen kann, deckt ihn aber gut zu, mit Wolldecken, Schaffellen und Mänteln, damit ihn nicht friere.»

«Ins Freie?» rief Odysseus da verwundert aus. «Kein Mensch kann mein Ehebett verrücken, es sei denn, er würde den Stamm fällen, auf den ich es einst setzte. Denn einer der Pfosten ist der Stamm des Olivenbaums, der dort wie eine Säule wuchs, ehe der Palast errichtet wurde. Als ich vor zwanzig Jahren heiratete, errichtete ich darauf mein Ehegemach, indem ich fein abgeschliffene Steine nahm und um ihn herum Wände mauerte und ein gewölbtes Dach darauf setzte. Dem Ölbaum aber hieb ich die Krone ab, schälte und glättete den Stamm zum Bettpfosten, fügte Bohlen daran, spannte dazwischen Dutzende von Lederriemen und schuf so ein reichverziertes Ehebett. Niemand kann das Lager von der Stelle rücken, es sei denn, er würde den Stamm an der Wurzel fällen.»

Dies war der Beweis, auf den Penelope gewartet hatte. Nur Odysseus selbst kannte das Geheimnis des Ehebetts. So sprang sie auf, lief quer durch den Saal zu ihm und warf sich in seine Arme. Dann küßte sie ihn stürmisch auf die Lippen, die Wangen, den Hals und die Augen. Sie lachte und weinte, weinte und lachte. Und auch bei Odysseus brachen alle Dämme, er lachte, weinte, stammelte Koseworte … So standen sie lange zusammen und konnten nicht voneinander lassen.

In der Nacht liebten sie sich zärtlich, und Athene sorgte

dafür, daß die Nacht noch etwas länger dauerte, damit sie sich länger lieben konnten. Zu diesem Zweck verwickelte sie Aurora in ein Gespräch, so daß diese vergaß, ihre Pferde Lampos und Phäton anzuspannen, mit denen sie jeden Morgen den neuen Tag ankündigte.

Welch schönes Happy-End, und an Homers Stelle hätte ich die *Odyssee* auch tatsächlich damit beendet sein lassen.

VIERUNDZWANZIGSTER GESANG

Laërtes

Agamemnon und die anderen griechischen Heerführer empfangen die Freier im Hades. Odysseus sucht seinen Vater auf und erzählt ihm von seiner Heimkehr. Athene gelingt es, einen erneuten Kampf, jetzt zwischen Odysseus und den Familien der toten Freier, zu verhindern.

Unter dem Paradies stellen sich viele einen schönen Garten vor, der von toten Seelen in weißen Gewändern bewohnt wird, die den ganzen Tag nichts anderes tun, als miteinander zu plaudern. Und eben solch ein Bild vermittelt uns auch Homer im vierundzwanzigsten Gesang der *Odyssee*, in dem die toten Freier in der Unterwelt eintreffen: Eine Affodill-Wiese, auf der grüppchenweise tote Seelen lagern und sich von ihrem Schicksal erzählen. Die einen beklagen ihren zu frühen Tod, andere die Todesumstände, wieder andere das Verhalten der Angehörigen nach dem Hinscheiden. So auch Achill, Patroklos, Agamemnon, Antilochos und Aias der Telamonier:

«O Sohn des Atreus», wandte sich Achill an Agamemnon, «wir alle waren der Meinung, daß Zeus dich beschütze, bis wir von deinem schrecklichen Ende erfahren mußten. Es wäre besser für dich gewesen, mit der Waffe in der Hand vor den Toren Trojas zu sterben. Dann hätten wir dich wenigstens so bestatten können, wie es deines Ansehens würdig gewesen wäre.»

«O göttergleicher Achill, wie recht du hast! Im Gegensatz

zu mir war es dir Glücklichem ja vergönnt, in der Schlacht zu sterben! Ich weiß noch, wie wir deinen leblosen Körper zu den Schiffen schleppten, ihn sorgfältig mit lauwarmem Wasser wuschen und mit kostbarem Öl einrieben, bevor wir ihn aufbahrten. Gegen Abend kam dann deine Mutter Thetis, begleitet von einer Schar weinender Nymphen. Ihr lautes Wehklagen erschreckte die Danaër so sehr, daß einige von ihnen entsetzt davonliefen. Wenn ich mich recht entsinne, war es der weise Nestor, der die Hasenfüße aufhielt. Siebzehn Tage und siebzehn Nächte beweinten wir dich, dann übergaben wir deinen Leichnam dem Feuer, zusammen mit einer Herde Schafe und vielen Rindern. Heute ruht deine Asche gemeinsam mit der des Patroklos in einer goldenen Urne, ein Werk des ruhmreichen Hephaistos. Wie anders war dagegen doch mein eigenes Ende, ermordet am heimischen Herd von der eigenen, untreuen Gattin und ihrem Buhlen Ägisthos.»

In der Erinnerung an seinen eigenen Tod brach Agamemnon wieder in haltloses Schluchzen aus, und die anderen waren etwas peinlich berührt, einen Heerführer seines Kalibers wie ein Kind weinen zu sehen. Dann plötzlich erschienen die Seelen der gerade erst «hinübergegangenen» Freier im Gefolge von Hermes, dem Gott mit dem goldenen Herrscherstab, den sie wie aufgeschreckte Fledermäuse umflatterten. Um die Affodill-Wiese zu erreichen, hatten sie den Ozean überwinden müssen, die weiße Klippe, die Tore der Sonne und das Land der Träume.

Agamemnon erkannte sogleich Amphimedon, den Sohn seines alten Freundes Melaneus.

«Was ist geschehen?» fragte er ihn. «Wieso seid ihr so jung zu diesen tränenreichen Gestaden herabgestiegen? War es vielleicht Poseidon, der euch mit einer unerwarteten Flutwelle hinfortspülte? Oder brachten euch die Bewohner einer Stadt, die ihr gerade plündern wolltet, den Tod? Gib mir eine ehrliche Antwort, Amphimedon, und erinnere dich, daß ich vor gut zwanzig Jahren Gast deines Vaters Melaneus war, als ich nach Ithaka kam, um Odysseus zur Teilnahme am Kriegszug gegen Troja zu bewegen.»

«O göttlicher Sohn des Atreus», antwortete Amphimedon, «ich wundere mich, daß ihr hier unten so wenig von den Ereignissen auf der Erde mitbekommt.»

«Da hast du recht, wir wissen wenig. Aber jetzt bist du ja da und kannst unser Wissen auf den neuesten Stand bringen.»

«Nun ja», begann Amphimedon, «man kann wirklich nicht sagen, daß es der höchste Zeus, der Herrscher des Himmels, besonders gut mit unseren jungen Leben meinte.»

«Was hattet ihr getan, um ihn euch zum Feind zu machen?»

«Eigentlich gar nichts. Aber ich erzähle besser der Reihe nach, so kannst du selbst beurteilen, wer im Recht war und wer im Unrecht.»

Die Seelen der Verstorbenen sammelten sich um Amphimedon, begierig zu erfahren, wie sich das Schicksal der Freier erfüllt hatte, vor allem aber, welche Rolle ihr alter Kampfgefährte Odysseus dabei gespielt hatte.

«Da Odysseus, der König von Ithaka», hob der Sohn des Melaneus an, «nicht von Troja zurückgekehrt war, begannen wir jungen Männer, der schönen Penelope den Hof zu machen. Es war unser Wunsch, daß einer aus unserer Mitte die Königin heiraten und in Frieden und Wohlstand über die Insel herrschen möge. Die verführerische Penelope ihrerseits wies zwar unser Ansinnen nicht zurück, ließ sich aber auch nicht darauf ein: Sie sagte uns nur, sie müsse zunächst das Leichentuch für den alten Laërtes fertigstellen. Mit Hilfe einer Dienstmagd fanden wir aber bald heraus, daß sie am Tage das Tuch webte und es in der Nacht wieder auftrennte. Auf diese Weise hielt sie uns drei Jahre lang zum Narren, und es ging schon ins vierte, als plötzlich Odysseus heimkehrte. Aber anstatt uns, wie es sich gehört hätte, von seiner Rückkehr zu unterrichten, damit wir sein Haus in Frieden hätten verlassen können, verkleidete er sich als Bettler und erschlich sich unter dem Vorwand, Hunger zu leiden, Einlaß zu unserem Festmahl. Leider erkannten wir ihn in seiner Verkleidung nicht und ließen uns dazu hinreißen, ihn ein wenig zu foppen. Am nächsten Tag dann forderte uns Penelope zu einem Bogenwettkampf auf: Den Sieger, so sagte sie, wolle sie zum Gemahl nehmen. So versuchten wir alle unser Glück, aber niemandem gelang es, den mächtigen Bogen zu spannen. Mit Ausnahme des falschen Bettlers, der, nun im Besitz der Waffe, auf uns anlegte und einen nach dem anderen tötete. Dabei kam es ihm natürlich sehr gelegen, daß wir alle, nichts Böses ahnend, völlig unbewaffnet waren.»

«Was für eine Frau, diese Penelope!» kam Agamemnon nicht umhin auszurufen, wobei er sie in seinem Herzen natürlich der heimtückischen Klytämnestra gegenüberstellte. «Glücklich kann sich der Sohn des Laërtes preisen, eine solche Frau zur Gattin zu haben!»

Es ist schon aufschlußreich, einmal aus der Sicht der Opfer von dem Gemetzel zu hören. Die Ärmsten, sie hatten ja, wie Amphimedon erklärte, nichts anderes im Sinn, als Penelope zu heiraten und Ithaka Frieden und Wohlstand zu bringen. Wer sich hingegen schamlos benommen hatte, war dieser Hurensohn Odysseus, der die Friedfertigen mit seinen Verkleidungen und Verstellungen hinters Licht geführt und anschließend gnadenlos abgeschlachtet hatte.

Doch kehren wir nun nach Ithaka zurück. Begleitet von Telemachos, Eumäos und Philötios machte sich Odysseus auf den Weg zu seinem Vater Laërtes, der sich aufs Land zurückgezogen hatte. Außer einer alten Dienerin trafen sie aber niemanden im Hause an.

Daher befahl Odysseus:

«Geht schon mal rein und bereitet etwas fürs Abendessen vor, vielleicht ein fettes Mastschwein aus dem Schweinestall. Ich selbst gehe unterdessen meinen Vater suchen. Er arbeitet bestimmt wieder irgendwo auf dem Feld. Ich bin gespannt, ob er mich wiedererkennt.»

Er fand Laërtes bei den Weinstöcken, wo er mit einer Hacke die Erde lockerte. Und nicht nur die Arbeit, auch sein äußeres Erscheinungsbild war nicht eben eines ehemaligen Königs würdig: Er trug ein zerrissenes Gewand, lederne Beinschoner gegen die Dornen und eine an mehreren Stellen von Motten zerfressene Kappe aus Ziegenleder. Kein Mensch hätte vermutet, daß dieser alte Bauer in jungen Jahren einmal einer der gefürchtetsten Herrscher Griechenlands war. Odysseus war unsicher, ob er ihm die Wahrheit sagen oder ihn lieber «auf die Probe stellen» sollte, so wie er es ja auch mit seiner Gemahlin getan hatte. Schließlich gewann seine bekannte Neigung zur Unwahrheit die Oberhand, und so ließ er sich flugs ein neues Märchen einfallen.

«Sei gegrüßt, Alter», sagte er. «Die Bäume und Sträucher hier scheinen dir ja wichtiger zu sein als deine eigene Person. Kein Feigenbaum, kein Rebstock, kein Olivenbaum im Umkreis, der nicht sorgfältig gepflegt wäre. Dein Aussehen hingegen kommt dem eines Bettlers nahe. Du bist schmutzig, und deine Kleidung ist zerlumpt. Dabei könntest du, wenn man dich genauer ansieht, in deiner Jugend sogar ein Heerführer oder König gewesen sein. Erzähl mir, wem dienst du? Wem gehören diese Obstgärten? Ist dies hier tatsächlich das schöne, sonnenreiche Ithaka? Und weißt du vielleicht, ob jener Mann aus Ithaka noch lebt, der vor einigen Jahren bei mir auf Sizilien weilte? Dieser erzählte mir, er sei der einzige Sohn des göttlichen Laërtes. Ich bewunderte seine Klugheit, und als er von mir ging, zeigte ich mich großzügig und schenkte ihm sieben Talente Gold, einen silbernen Kelch, zwölf wollene Mäntel, zwölf feine Teppiche und vier wunderschöne, in der Hausarbeit bewanderte Sklavinnen.»

Bei diesen Worten schossen Laërtes Tränen in die Augen.

«Diese Insel hier heißt Ithaka, Fremder, und der Mann, von dem du erzählst, ist mein Sohn Odysseus. Vor zwanzig Jahren zog er aus gen Troja und ist leider bis heute nicht zurückgekehrt. Wahrscheinlich ruht sein Leichnam schon lange auf dem Meeresgrund, wenn ihn nicht gar wilde Tiere zerfleischt haben. Lange, lange habe ich um ihn geweint, noch länger aber seine Gemahlin, die weise Penelope. Doch Schluß mit den Tränen, erzähle mir lieber von dir selbst. Wer bist du? Wer sind deine Eltern? Woher kommst du? Und wie kamst du nach Ithaka? Mit einem eigenen Schiff, oder brachte dich ein fremdes, das dich am Strand absetzte und dann wieder heimwärts fuhr?»

«Ich bin Eperitos, und mein Vater König Apheidas», antwortete Odysseus, sich seiner Lieblingsbeschäftigung, dem Geschichtenerfinden, hingebend. «Meine Heimat ist Alybas, aber ein Dämon trieb mich durch Stürme hierher, zu Ithakas sonnigen Gestaden. Es war vor fünf Jahren, als ich auf heimischer Erde Odysseus begegnete. An jenem Tage, so erinnere ich mich, flogen alle Vögel von links nach rechts, was eigentlich ein gutes Zeichen sein sollte, für ihn und für alle, die ihn lieben. Ich würde mich freuen, ihn noch einmal wiederzusehen.»

Je mehr Odysseus erzählte, desto heftiger weinte Laërtes, bis auch der Held irgendwann nicht mehr an sich halten konnte.

«Trockne deine Tränen, o Vater!» rief er aus, indem er die Arme zu ihm ausstreckte. «Ich bin's! Odysseus! Dein Sohn Odysseus! Und ich habe bereits alle Freier getötet, die den Palast in Besitz genommen hatten!»

Die Reaktion kennen wir schon. Man glaubte ihm nicht. Laërtes starrte ihn nur mißtrauisch an und weigerte sich, die Umarmung zu erwidern.

«Wenn du tatsächlich Odysseus bist», sagte er, «so gib mir ein Zeichen, an dem ich dich erkennen kann.»

«Sieh hier meinen Schenkel: Diese Narbe stammt von der Verwundung, die ich auf der Jagd mit meinem Großvater Autolykos davontrug. Ein Eber schlug mir damals seine weißen Hauer ins Fleisch. Und dies hier ist der Obstgarten, den du stets so liebevoll gepflegt hast. Wenn ich mich recht entsinne, müßten hier dreizehn Birnbäume stehen, zehn Apfelbäume, vierzig Feigenbäume und fünfzig Reihen Weinstöcke.»

Mehr noch als die Narbe war es die exakte Aufzählung des Obstbaumbestandes, die den alten Laërtes überzeugte: Dieser Mann vor ihm war tatsächlich sein Sohn. Sie warfen sich einander in die Arme, und Laërtes wurden, um es mit Homer zu sagen, die Knie weich.

Auf Ithaka war mittlerweile der Teufel los. Die Neuigkeit von dem Blutbad hatte sich in Stadt und Land herumgesprochen, und die Familien der getöteten Freier waren entsetzt. Besonders Eupeithes, Antinoos' Vater, war außer sich vor Zorn. Er eilte zum Palast, um die Leiche seines Sohnes zu bergen, legte dann seine Waffen an und berief eine Volksversammlung auf dem Marktplatz ein.

«O Volk von Ithaka», sprach er, «das Maß ist voll! Es ist wirklich unerträglich, was sich der Sohn des Laërtes in den letzten Jahren geleistet hat. Zuerst führte er viele der besten Söhne unseres Volkes nach Troja, ohne auch nur einen einzigen von ihnen zurückzubringen, und dann schleicht er sich als Bettler verkleidet in den Palast ein und tötet all jene, die noch verblieben waren. Auf, laßt uns Rache an ihm nehmen!»

Doch nicht alle waren mit seinen Worten einverstanden. Unter ihnen war auch der betagte Halitherses, einer der wenigen auf Ithaka, die die Zukunft vorhersagen konnten.

«Volk von Ithaka», rief der Seher, «hört, was ich euch zu sagen habe. Am Schicksal der Freier ist weniger der göttliche Odysseus schuld als unser aller Gleichgültigkeit. Sicher, es stimmt, es war Odysseus, der sie auslöschte, doch bedenkt, daß sie drei Jahre lang sein Hab und Gut verschlangen. Doch was habt ihr getan, um dieses Unrecht zu verhindern? Nichts! Gar nichts! Deshalb befolgt meinen Rat: Wenn ihr nicht wollt, daß noch größeres Unglück über euch kommt, so laßt euch jetzt nicht aufhetzen und kehrt in eure Häuser zurück.»

Einige ließen sich überzeugen und zogen ab. Andere jedoch bewaffneten sich mit Lanzen, zweischneidigen Schwertern oder auch nur mit Stöcken, fest entschlossen, mit Eupeithes in den Kampf zu ziehen.

Athene war ziemlich besorgt über das, was sich da zusammenbraute, und eilte sofort los, um an höherer Stelle Protest einzulegen.

«Vater, was hast du vor?» fragte sie Zeus. «Ist es dein Wille, daß der Bürgerkrieg auf Ithaka weitergeht, oder meinst du nicht auch, daß auf der Insel endlich Frieden einkehren sollte?»

«Was willst du denn jetzt schon wieder?» antwortete der Herr des Olymps recht unwirsch, weil ihm diese ständigen Anfragen doch sehr auf die Nerven gingen. «Schließlich bist du es, die sich unablässig in die Schicksale der Helden einmischt. Wenn du willst, daß auf Ithaka Frieden einkehre, dann überzeuge eben die Familien der Freier, die Waffen niederzulegen. Ich halte mich da raus.»

Und so kam es, daß Eupeithes und die Angehörigen der Freier vor Laërtes Haus aufmarschierten und dort von Odysseus und seinen Getreuen, bis an die Zähne bewaffnet, empfangen wurden. Zunächst wurden einige Unfreundlichkeiten ausgetauscht, dann faßte sich Odysseus, der Athene in Mentors Gestalt erblickt hatte, ein Herz und schleuderte seine Lanze gegen Eupeithes und durchbohrte die Brust des armen Mannes. Nachdem nun der Anführer der Aufrührer beseitigt war, fiel es Mentor nicht schwer, die anderen dazu zu bewegen, die Waffen niederzulegen.

«Haltet ein, Bewohner Ithakas», rief Mentor, indem er die Arme zum Himmel reckte und sich unbewaffnet zwischen den feindlichen Linien aufbaute. «Wenn ihr euch nicht den Zorn der Götter zuziehen wollt, dann hört endlich mit dem Blutvergießen auf.»

Und Zeus ließ diesen Worten schnell noch einen fürchterlichen Donner folgen, wie um zu sagen: «Meine Herrn, wenn ihr nicht endlich Ruhe gebt, werde ich ungemütlich.» Und auf Ithaka kehrte Frieden ein.

FÜNFUNDZWANZIGSTER GESANG

Der Tag danach

Dieser Gesang wurde Homers Odyssee *beigefügt. Da der Dichter sein Epos nicht mit der Liebesnacht von Odysseus und Penelope ausklingen läßt, fühlte ich mich berechtigt, die ganze Geschichte noch ein wenig zu verlängern und einen anderen Schluß zu schreiben. Hier ist er:*

Der Tag nach der Auseinandersetzung mit Eupeithes. Es war früher Morgen, oder, um es poetisch zu sagen, Auroras rosaschimmernder Wagen überquerte soeben den Himmel. Odysseus wachte auf und sah seine süße Gemahlin schlafend neben sich liegen. Penelopes Miene wirkte entspannt, ja glücklich. Die Zeit der Alpträume war vorbei, die Feinde vernichtet. Alles hatte ein gutes Ende gefunden.

«Ich bin ja so glücklich!» murmelte Odysseus, als er sich erhob, um zu Telemachos' Gemach hinüberzugehen.

Auch sein Sohn schlief noch. Auch seine Miene wirkte gelöst und heiter. Wie ein goldener Heiligenschein umrahmten die blonden Locken sein Gesicht und machten ihn, um es in Homers Sprache zu sagen, einem Gotte gleich.

«Ich bin ja so glücklich!» murmelte Odysseus wieder, als er die Treppe hinunterstieg.

Die Freier waren alle tot, der Saal spiegelblank. Dreißig Mägde hatten einen Tag und eine Nacht pausenlos geschuftet, um alle Spuren des Gemetzels zu beseitigen, die Blutlachen, das zerbrochene Geschirr, die Einschläge der Lanzen in der Wand, die zerrissenen Vorhänge. Kein Mensch hätte mehr vermutet, daß hier nur vierundzwanzig Stunden zuvor ein Blutbad stattgefunden hatte.

Odysseus trat ins Freie hinaus. Von der Terrasse des hochgelegenen Palastes genoß man einen betörend schönen Blick aufs Meer.

«Ich bin ja so glücklich!» murmelte der Held nun schon zum drittenmal. *«Thalatta, thalatta»*, seufzte er dann.

Nun muß man wissen, daß das griechische *thalatta* «Meer» bedeutet, und das Meer war nun mal Odysseus' große Sehnsucht. Vielleicht, so dachte er, sollte ich doch wieder in See stechen. Hatte ihm nicht auch der Seher Teiresias damals in der Unterwelt vorhergesagt, daß er, nachdem er Rache genommen habe, wieder zum Ruder greifen und nach einer langen Reise zu einem Volk gelangen würde, das weder Salz noch Schiffe kenne? Und dann hatte er noch gesagt, Odysseus würde einem Wanderer begegnen, der ihn fragen würde, warum er eine Worfschaufel auf dem Rücken trage. Nun wußte er zwar nicht, was eine Worfschaufel überhaupt war, aber die Vorstellung, daß ihn jemand danach fragen würde, gefiel ihm.

«Thalatta, thalatta», seufzte er erneut. Nach zwanzig abenteuerreichen Jahren mit blutrünstigen Monstern, gefräßigen Kannibalen, verführerischen Frauen, wilden Stürmen und verbissenen Zweikämpfen ist es gar nicht so leicht, die Hände in den Schoß zu legen und nur noch die werte Gemahlin ständig liebevoll anzuschauen. Vielleicht war seine wahre Heimat gar nicht Ithaka, sondern das Meer.

Odysseus ging zum Hafen hinunter und erblickte ein Schiff mit einem rot gestrichenen Bug, eben jenes, mit dem Telemachos von Pylos heimgekehrt war. Ein paar Sekunden überlegte er, dann rief er den Matrosen zu:

«Auf, Männer, wir legen ab.»

ANHANG

1 Gegen Odysseus

Häßlich, dreckig, hinterhältig

Odysseus als «häßlich, dreckig und hinterhältig» zu bezeichnen, ist möglicherweise etwas übertrieben. Daß er jedoch der unverfrorenste Lügner unter allen Achäern war, die vor Troja kämpften, ist nicht zu bestreiten. Da sein Vater Laërtes nun aber ein braver Mann war, der stets die Wahrheit sagte, fragt man sich doch, von wem Odysseus diesen Charakterzug wohl mitbekommen hat. Die meisten Historiker verweisen da auf seinen Großvater Autolykos, einen berüchtigten Viehdieb, der dafür bekannt war, daß er den Kühen vor dem Diebstahl das Fell umfärbte: Die weißen machte er schwarz und die schwarzen weiß.

Ein Nachbar von Autolykos war ein gewisser Herr namens Sisyphos, selbst ein durchtriebener Gauner. Als dieser merkte, daß seine Herden Tag für Tag kleiner wurden, ritzte er seinen Tieren die Aufschrift «dem Sisyphos gestohlen» in die Hufe ein und konnte auf diese Weise bald den Dieb identifizieren. Er stürmte zu Autolykos' Haus, um sein Vieh zurückzufordern, traf dort aber nur dessen schöne Tochter Antikleia an, die damit beschäftigt war, ihre Brautausstattung zusammenzustellen, da sie am nächsten Tag Laërtes, den König von Ithaka, heiraten sollte. Sisyphos überlegte nicht lange und vergewaltigte die junge Braut auf der Stelle, um sich so für die Diebstähle ihres Vaters zu rächen. Resultat: Antikleia wurde schwanger – mit

Odysseus! Wenn diese Geschichte nun tatsächlich stimmt, wäre unser Held nicht nur ein Enkel des Meisterdiebes Autolykos, sondern auch ein Sohn des schlitzohrigen Sisyphos. Von seinem Großvater soll er übrigens auch den Namen Odysseus bekommen haben, der soviel wie «der Zürnende, Hassende» bedeutet.

Doch bleiben wir noch ein wenig bei Sisyphos. Der war dermaßen zungenfertig, daß er, als er einmal dem Tod ins Auge sehen mußte, also Hades höchstpersönlich, den Gott der Unterwelt mit seinem Gequassel dazu brachte, sich selbst in Ketten zu legen. Woraufhin er ihn in den Keller seines Palastes verfrachtete und ihn dort gefangenhielt. Die Folge: Auf der Erde konnte niemand mehr sterben, noch nicht einmal die Geköpften, was besonders dem Kriegsgott Ares ziemlich gegen den Strich ging. Der hatte bekanntlich nur seinen Spaß, wenn sich möglichst viele Leichen auf den Schlachtfeldern türmten. Dieser unmögliche Zustand mußte so schnell wie möglich beendet werden. Und tatsächlich entdeckte Ares schließlich den Keller, in dem Hades gefangensaß, befreite ihn und schleppte Sisyphos in die Unterwelt, damit er dort seine gerechte Strafe erhalte. Und die sah vor, daß er einen gewaltigen Felsblock auf einen Berggipfel zu wälzen hatte, der von dort jedesmal wieder zu Tal sauste, so daß sich der arme Sisyphos bis in alle Ewigkeit erneut ans Werk machen mußte.

Nun kann man Odysseus seine mögliche Abstammung von einem Kriminellen ja eigentlich nicht zur Last legen, wohl aber die Verbrechen und Untaten, derer er sich gegenüber Palamedes, Aias, Philoktetes und Diomedes schuldig machte. Machen wir also Odysseus den Prozeß! Im folgenden die Hauptanklagepunkte.

Palamedes

Odysseus' eigentlicher Gegenspieler war sicher nicht dieser «Mafiaboß» Achill, dessen einzige Fähigkeit im Töten bestand, sondern Palamedes, der Sohn von Naupilos. Dieser war schlau, intelligent, gebildet, weise – kurzum, eine Art Genie. Die Menschen der Antike nannten ihn *Sophist*, «Weisheitslehrer», und schrieben ihm unzählige wichtige Erfindungen zu: so das Würfelspiel (erfunden gegen die Langeweile bei Belagerungen), Schach, Dame, die Waage, den Leuchtturm, die Gewichtsmaße, den Diskus, die Astronomie, die Buchstaben des Alphabets und die Kunst, Wachtposten effektiv aufzustellen.

Die gegenseitige Abneigung zwischen den Helden entstand im Trojanischen Krieg. Und das kam in groben Zügen so: Als die schöne Helena von ihrem Vater Tyndareos «versteigert» wurde, war unter den Interessenten auch der junge Odysseus. Da er aber keinen Pfennig in der Tasche hatte, schlug er Tyndareos folgendes Geschäft vor: Wenn dieser ihm dabei helfe, eine andere Frau, nämlich die auch nicht häßliche Penelope, für sich zu gewinnen, wolle er, Odysseus, sich für einen Pakt aller achäischen Fürsten einsetzen, Helenas Ehre auch nach der Hochzeit zu verteidigen, egal, wie der glückliche Bräutigam nun schließlich heißen möge. Als nun der schöne Paris die wunderschöne Helena nach Troja verschleppte, hätte zumindest Odysseus, der Urheber des Paktes, sofort in den Krieg ziehen müssen. Doch unser Held hatte absolut keine Lust, sich abschlachten zu lassen, nur weil ein trojanischer Schönling Menelaos Hörner aufgesetzt hatte. Und so kam er auf den Gedanken, sich einfach verrückt zu stellen. Er stülpte sich eine eiförmige Bauernmütze über, eine Kopfbedeckung, die in Griechenland die Dorftrottel trugen, spannte dann einen Ochsen und einen Esel vor einen Pflug und machte sich daran, den Strand seiner heimischen Insel zu pflügen und im Gehen Salz über die Schulter zu werfen. Die Mitglieder der griechischen Einberufungskommission, die eigens zu Odysseus' Musterung erschienen waren, schauten sich nur ratlos an, bis auf Palamedes, der Penelope den nur wenige Monate alten Telemachos aus den Armen riß und in den Sand vor den Pflug legte. Da war Odysseus gezwungen, innezuhalten und damit zuzugeben, daß er so verrückt nun auch wieder nicht war. «Das wirst du mir büßen», zischte der König von Ithaka zwischen den Zähnen, und wie wir sehen werden, hielt er dieses Versprechen auch.

Die Rivalität zwischen beiden wuchs, je länger die Belagerung Trojas andauerte: Keine List von Odysseus, die nicht auf der Stelle von Palamedes kritisiert oder aufgedeckt worden wäre. So gab es zum Beispiel eines Tages, nur um eine Episode herauszugreifen, eine Sonnenfinsternis, die Odysseus ohne Umschweife als Botschaft der Götter deutete. Die griechischen Heerführer müßten ihm, so meinte er, größere Macht in den Versammlungen einräumen, wenn sie nicht den Zorn der Götter, besonders von Zeus, auf sich ziehen wollten. Doch Palamedes widersetzte sich dem frechen Ansinnen. Er erklärte, Zeus seien die Versammlungen völlig gleich, und führte die Sonnenfinsternis auf die einfache Tatsache zurück, daß sich der Mond zwischen Erde und Sonne geschoben habe.

«Dann wollen wir es dem Seher Kalchas überlassen, das Geheimnis aufzudecken», erwiderte Odysseus. «Du, Palamedes, magst dich ja vielleicht mit den Dingen auf der Erde auskennen. Aber vom Himmel verstehst du nichts.»

«Da liegst du aber falsch, Odysseus», fuhr ihm Palamedes in die Parade. «Gerade weil ich mich mit den Phänomenen der Erde auskenne, verstehe ich auch die des Himmels.»

Ein anderes Mal erblickte Odysseus einen Schwarm Kraniche, die ein großes Y an den Himmel malten, und nahm dies zum Anlaß, Palamedes aufzuziehen.

«Wie du siehst, o Palamedes», sagte er, «warst nicht du es, der das Alphabet erfunden hat. Es waren die Kraniche. Sieh nur, wie sie die Buchstaben an den Himmel zeichnen!»

«Da hast du ausnahmsweise einmal recht», antwortete Palamedes schlagfertig. «Nicht ich entdeckte die Buchstaben, sondern umgekehrt, die Buchstaben entdeckten mich. Die Kraniche ordnen sich in Y-Form an, um den Luftwiderstand zu überwinden. Mit anderen Worten, sie gehorchen einer höheren Ordnung, ganz im Gegensatz zu dir übrigens, der du, wenn du in die Schlacht ziehst, nur einem Gebot gehorchst: dem, dir einen möglichst ungefährlichen Platz zu sichern.»

Dann war da noch die Sache mit den Wölfen. Odysseus hielt es für das einzig Richtige, sie am Berg Ida aufzuspüren und alle zu töten. Palamedes hingegen riet dazu, sich so weit wie möglich von ihnen fernzuhalten. Sie seien Überträger von Seuchen und müßten als solche gemieden werden. Und wie sich bald zeigen sollte, hatte er damit vollkommen recht. Eine Pestepidemie brach aus und griff in kürzester Zeit auf alle Ansiedlungen in der Umgebung über. Nur das Lager der Achäer blieb verschont, unter anderem auch, weil Palamedes den Soldaten befohlen hatte, kein Fleisch zweifelhafter Herkunft, sondern nur Obst und Gemüse zu essen.

Kurzum, «steter Tropfen höhlt den Stein» heißt es, und Odysseus fühlte sich tatsächlich leer und ausgelaugt. Er ertrug diesen Palamedes mit seinen wissenschaftlichen Theorien einfach nicht mehr. Und daß Palamedes ihm ständig widersprach, ganz egal, was er sagte, brachte ihn nur noch mehr auf die Palme. Der griechische Philosoph Philostratos schreibt dazu:

> Dieser Wohltaten wegen wurde Palamedes von den Hellenen mit dem Ehrenpreise der Weisheit geschmückt; Odysseus aber glaubte sich zurückgesetzt und richtete seine ganze Verschlagenheit gegen ihn.
>
> (Philostratos, *Heldengeschichten*, 33 19)

Eines Tages nutzte Odysseus die Abwesenheit von Palamedes und Achill (sie waren zu einem Feldzug gegen kleinere Völker an der kleinasiatischen Küste aufgebrochen), um das Gerücht auszustreuen, die beiden verfolgten den Plan, Agamemnon den Oberbefehl über die griechischen Truppen zu entreißen. Dann schrieb er einen Brief unter dem Namen von König Priamos an Palamedes, in dem es wörtlich hieß: «Lieber Palamedes, vielen Dank für die Erledigung der Angelegenheit. Das versprochene Gold wird dir baldmöglichst zugehen», und richtete es so ein, daß dieser Brief bei einem phrygischen Gefangenen gefunden wurde. Schließlich erzählte er den anderen griechischen Heerführern von einem Traum, in dem Zeus ihm geraten habe, Palamedes' Zelt zu durchsuchen. Man machte sich sogleich auf, um der Sache auf den Grund zu gehen, und fand unter dem Lager des Unglücklichen einen Beutel mit Goldmünzen, den natürlich Odysseus dort versteckt hatte: angeblich die Belohnung für den Verrat. Ohne langes Hin und

Her steinigten die Griechen, an vorderster Front die von Ithaka und der Peloponnes, den armen Palamedes, der im Sterben noch ausrief: «Ich weine nicht um mich, sondern um die Wahrheit, die mir in den Tod vorangeht.»

Als Palamedes' Vater Nauplios gegen Ende des Kriegs von den schrecklichen Ereignissen erfuhr, versetzte er die Leuchttürme vieler griechischer Häfen, so daß zahlreiche Achäer an den Klippen zerschellten.

Von all dem schreibt Homer kein Sterbenswörtchen. Warum? Als er sein Epos schrieb, waren zwar schon drei oder vier Jahrhunderte seit dem Untergang Trojas vergangen, aber wenn man bedenkt, mit welcher Genauigkeit er andere Begebenheiten des Krieges erzählt, ist es schon verwunderlich, daß er die Todesumstände von Palamedes einfach verschweigt. Philostratos liefert uns dafür folgende Erklärung (*Heldengeschichten*, 43 12): Eines Tages habe jemand Homer erzählt, daß Odysseus' Seele jede Nacht in Ithaka umherwandle, entweder in den Träumen der Inselbewohner oder in Vollmondnächten auf den Friedhöfen der Insel. Daraufhin habe der Dichter die Insel besucht und dort eine Art spiritistische Sitzung abgehalten. Ob man es nun glaubt oder nicht, jedenfalls habe sich Odysseus' Seele sogleich gemeldet und auf die Bitte, vom Trojanischen Krieg zu erzählen, wörtlich geantwortet:

«Ich werde dir alles berichten, o göttlicher Homer, aber nur unter einer Voraussetzung: Daß du Palamedes in keinem einzigen deiner Verse erwähnst.»

«Warum das?» habe der Dichter verwundert gefragt.

«Nun ja, wenn ich ehrlich sein soll, habe ich mich ihm gegenüber ziemlich schäbig benommen, und wenn die Nachwelt davon erfährt, könnte das meinem Image beträchtlichen Schaden zufügen.»

Homer habe sich darauf eingelassen, und das sei der Grund, warum der Name Palamedes an keiner Stelle weder der *Ilias* noch der *Odyssee* zu finden ist.

Aias der Telamonier

Von Aias dem Telamonier haben wir schon im elften Gesang, als Odysseus die Unterwelt besuchte, gehört. Seine tote Seele war die einzige, die nicht zur Grube drängte, um das Opferblut der geschlachteten Tiere zu trinken. Sie hatte sich im Gegenteil abseits gehalten, weil Aias die ungeheure Erniedrigung anläßlich der Verteilung von Achills Waffen immer noch nicht verwunden hatte.

Fassen wir noch einmal kurz die Fakten zusammen:

Als Achill starb, stellte sich die Frage, wer seine berühmten Waffen erben sollte. Waffen wohlgemerkt, die Achills Mutter Thetis eigens vom großen Götterschmied Hephaistos hatte anfertigen lassen. Der Tradition gemäß hätten sie dem stärksten noch lebenden Helden zufallen müssen, aber eben am Begriff «Stärke» entzündeten sich hitzige Debatten.

«Was bedeutet überhaupt ‹der Stärkste›?» meinte Odysseus an die Mitglieder der Jury gewandt. «Ist damit der Kräftigste gemeint oder der Gefährlichste? Und wen, so glaubt ihr, fürchten unsere Feinde mehr: Den Kräftigsten oder den Gefährlichsten? Und nun frage ich euch: Ist Aias, der zweifellos ein wenig kräftiger ist als ich, tatsächlich auch der Gefährlichste?»

Kurz und gut, mit seinem Gerede gelang es Odysseus schließlich, die Anführer des griechischen Heeres zu überzeugen, daß nur ihm allein Achills Waffen zustünden, ein

Urteil, dem sich auch die Troer anschlossen. Diesbezüglich befragt, erklärten sie, daß ihr gefährlichster Gegner zweifellos Odysseus sei.

Als Aias von der Entscheidung erfuhr, war er wie vom Donner gerührt. Nicht nur, daß er tatsächlich der Stärkere war, nein, er war es auch gewesen, der sich den toten Achill auf die Schultern geladen und zusammen mit dessen Waffen aus dem Kampfgetümmel getragen hatte. So kam ihm das Urteil gleich doppelt ungerecht vor, und nur ein Gedanke beherrschte ihn noch: Er mußte sich rächen. So rannte er zu seinem Zelt, schnappte sich ein Schwert und erschien wieder in der Versammlung, um Odysseus, Agamemnon und alle anderen, die gegen ihn gestimmt hatten, umzubringen. Doch Athene raubte ihm den Verstand und führte ihn zu dem Gehege mit den Viehherden des griechischen Lagers. Dort glaubte der Sohn des Telamon in jedem Tier einen Feind zu sehen. «Stirb, Agamemnon, du Hurensohn!» schrie er, indem er auf eine Ziege losstürmte. «Und das ist für dich, Odysseus! Na, wie schmeckt dir mein Schwert?» fragte er eine Kuh, die vorgab, ihn nicht zu kennen. So schlachtete er in kürzester Zeit gut zwei Dutzend Tiere, wobei er jedes einzelne beim Namen nannte. Als ihm dann aber schließlich klarwurde, daß er lediglich das arme Vieh dezimiert hatte, pflanzte er sein Schwert in den Boden und stürzte sich hinein, und zwar so, daß sich die Spitze in seine Achselhöhle bohrte, die einzige Stelle, wo er verwundbar war.

Diomedes

Mit Diomedes trieb es Odysseus sogar noch bunter. Eines schönen Tages entschlossen sich die beiden, fortan im Team zusammenzuarbeiten, und ihre gemeinsamen Erfolge konnten sich tatsächlich sehen lassen. Eigentlich nicht verwunderlich, denn schließlich waren beide stark im Zweikampf und dazu noch listig bis hinterlistig. Zwei recht ehrgeizige Ziele hatten sie sich gesteckt: Einmal wollten sie die Pferde des trakischen Königs Rhesos rauben und dann das Kultbild der Pallas Athene, das sogenannte Palladion, an sich bringen, das die Troer im Tempel der Athene aufbewahrten. Und dies alles, weil der Seher Kalchas geweissagt hatte, Troja werde niemals fallen, wenn Rhesos' Pferde vom Wasser des Flusses Skamandros tränken und solange sich das Palladion innerhalb der Mauern Trojas befände.

Um an Rhesos' Pferde zu kommen, nahmen die beiden Helden einen seiner Soldaten gefangen, einen Unglücklichen namens Dolon, und versprachen ihm eine hohe Belohnung, wenn er sie zu den Pferdeställen führe. Dolon half ihnen, die feindlichen Linien zu passieren, und wurde zum Dank dafür sogleich umgebracht. Vergeblich flehte der Ärmste mit erhobenen Händen um Gnade, aber Diomedes kannte kein Erbarmen: Er schlug ihm den Kopf ab, der, so heißt es, auch ohne Körper noch einige Sekunden um Gnade gefleht habe. Odysseus zog Dolons Kleider über und erzählte in dieser Verkleidung den Wachen vor den Pferdeställen, Rhesos selbst habe ihn beauftragt, die Pferde abzuholen.

Schwieriger gestaltete sich da schon der Raub des Palladions. Durch einen langen unterirdischen Gang gelangten Diomedes und Odysseus unter die Stadt Troja, mußten dann aber feststellen, daß die Leiter, die sie mitgeführt hatten, ein gutes Stück zu kurz war. Also kamen sie überein, daß nur einer von ihnen in die Stadt eindringen sollte. Das Los fiel auf Diomedes. Dieser kletterte auf Odysseus' Schultern, gelangte in die Stadt und erreichte bald den Tempel der Athene. Hier entriß er der Priesterin Theano das Palladion und kehrte eilig zu dem wartenden Odysseus zurück. Auf dem Weg zurück ins Lager ließ dieser nun den Gefährten vorangehen, und das aus einem bestimmten Grund. Er wollte ihn meuchlings erstechen, um dann selbst den Lorbeer für die erfolgreiche Mission einzuheimsen. Doch das Vorhaben mißlang. Es war eine schöne Vollmondnacht, und so bemerkte Diomedes den Schatten seines «Freundes», der den Arm erhoben hatte, um ihn zu erdolchen. Es heißt, Diomedes habe Odysseus, nachdem dieser entwaffnet war, die Hände auf dem Rücken zusammengebunden und ihn mit Fußtritten vor sich her ins Lager zurückbefördert. Daher der Ausdruck «Diomedes-Stoß» als Synonym für «Tritt in den Allerwertesten».

Philoktetes und andere Schandtaten

Kommen wir nun zu Philoktetes. Als Herakles den Entschluß faßte, sich umzubringen, bat er Philoktetes, für ihn den Scheiterhaufen anzuzünden, und versprach ihm als Dank dafür seinen berühmten Bogen. Allerdings nahm er Philoktetes seinerseits das Versprechen ab, niemandem zu verraten, wo die Gebeine des verbrannten Halbgottes zu suchen seien. Und das tat Philoktetes auch nicht aktiv: Auf die entsprechende Frage seiner Freunde hin klopfte er nur an einer bestimmten Stelle mehrere Male mit dem Fuß auf den Boden und zeigte ihnen auf diese Weise, wo sie zu graben hatten. Verständlicherweise war Herakles tief enttäuscht, und so schickte er eine Schlange aus, um den Wortbrüchigen zu bestrafen. Der Schlangenbiß tötete Philoktetes zwar nicht, bewirkte aber, daß sein «verräterischer» Fuß langsam verfaulte. Es wird erzählt, der betreffende Körperteil habe dermaßen zu stinken begonnen, daß es kein Mensch mehr in Philoktetes' Nähe aushalten konnte. So erging es auch den nach Troja segelnden Achäern, die sich auf Anraten von Odysseus Philoktetes' entledigten und ihn auf der damals noch unbewohnten Insel Lemnos aussetzten.

Nach neun Jahren jedoch erfuhren die Griechen von der Weissagung des Sehers Helenos, daß Troja niemals fallen werde, solange Philoktetes nicht mit seinem Bogen ins Kampfgeschehen eingreife. So mußte man ihn, Gestank hin oder her, unbedingt zurückholen. Mit dieser Mission wurden wieder Odysseus und Diomedes betraut. Verständlicherweise war Philoktetes immer noch beleidigt wegen der schnöden Behandlung und weigerte sich mitzukommen. Es bedurfte schon Odysseus' ganzer Überzeugungskraft – unter anderem versprach er, den Fußkranken von Asklepios höchstpersönlich heilen zu lassen –, um Philoktetes schließlich doch zu überreden. Vor Troja erwies sich Philoktetes dann als entscheidende Verstärkung des griechischen Heeres, denn er war der beste Bogenschütze der Welt, besser noch als Odysseus. Um den Gestank nicht ertragen zu müssen, ließen ihn die Griechen von Asklepios' Sohn Machaon heilen, und damit der Patient während der Operation keinen Schmerz verspüre, versetzte ihn Apollon persönlich in Tiefschlaf: das erste Beispiel für eine Vollnarkose in der Geschichte der Menschheit. Ach übrigens: Während Philoktetes in der Narkose lag, stahl Odysseus ihm die Waffen.

Zum Schluß noch einmal die Frage: Was war Odysseus? Ein Held oder ein Schwindler? Alberto Savinio zufolge kann er kein Held gewesen sein, weil ihm die wichtigste Voraussetzung dazu fehlte: Naivität. Auch wenn Savinio es nicht direkt ausspricht, läßt er doch durchblicken, daß ein Held, um wirklich ein Held zu sein, etwas beschränkt sein muß. So waren etwa Enrico Toti, der sich im Ersten Weltkrieg durch seinen Kampfesmut auszeichnete, oder auch der römische Volksheld Muzio Scevola sicher keine Geistesriesen, eher im Gegenteil, sie waren einfältig und ihre Taten schließlich zu nichts anderem gut, als sie in die Geschichtsbücher eingehen zu lassen.

Sicher ist jedoch, daß die Griechen, wenn es eine schmutzige Aufgabe zu erledigen galt, unweigerlich Odysseus damit betrauten. Nehmen wir als Beispiel nur Iphigenie. Wir befinden uns in Aulis, die griechische Flotte wird seit mehr als einem Monat von einer Flaute am Auslaufen gehindert. Man befragt den Seher Kalchas, und dieser verkündet, daß die Göttin Artemis Agamemnon zürne. Dabei ging es um einen kleinen Ausrutscher des griechischen Heerführers während einer Jagdpartie, eigentlich eine unbedeutende Angelegenheit, ein dahingemurmeltes Sätzchen wie «Nicht einmal Artemis hätte das besser hinbekommen». Aber die Göttin war so sehr beleidigt, daß sie zunächst einmal einen Sturm nach dem anderen entfesselte und dann eben jene Flaute schickte. Es gab nur einen Ausweg, und der sah vor, daß Agamemnon zur Buße die Schönste seiner Töchter opfern sollte: Iphigenie. Doch wie sollte man das Mädchen dazu bewegen, nach Aulis zu kommen, und wie ihre Mutter Klytämnestra, sie so einfach ziehen zu lassen? «Schicken wir doch Odysseus los», riefen die achäischen Heerführer im Chor, «der wickelt jeden um den Finger.» Und tatsächlich machte dieser sich auf den Weg nach Mykene und erzählte Iphigenie, Achill, der umschwärmte griechische Held, habe von ihrer Schönheit gehört, sich sogleich in sie verliebt und wolle sie nun unbedingt heiraten. Odysseus' Worte waren so schön, so einschmeichelnd, daß das Mädchen freudigen Herzens nach Aulis aufbrach, nur um dort zu erfahren, daß sie wie eine junge Kuh geopfert werden sollte. Um diesen grausamen Mythos ein wenig zu entschärfen, berichten die Autoren, Artemis selbst habe im letzten Moment Iphigenie durch eine Hirschkuh ersetzt und das Mädchen mit sich nach Tauris genommen.

Ein anderes Beispiel zynischer, gewissenloser «Realpolitik» ist die Geschichte mit Protesilaos. Die Achäer treffen vor Troja ein. Die Troer haben schon am Strand Aufstellung bezogen, entschlossen, die Angreifer ins Meer zurückzuwerfen. Athene setzt Odysseus davon in Kenntnis, daß der erste, der das feindliche Ufer berührt, auch als erster sterben wird. Und wie vorauszusehen ist es Achill, der vor allen anderen zum Sprung ansetzt. Doch Odysseus will einen so wichtigen «Match-Winner» nicht gleich zu Beginn schon verlieren und reißt ihn mit einer Hand zurück, während er mit der anderen Protesilaos einen kleinen Schubs gibt. Manche behaupten zwar, Athene habe in Odysseus' Gestalt den Stoß ausgeführt, fest steht aber, daß Odysseus, egal, ob in Fleisch und Blut oder als Trugbild, an jedweder Schandtat irgendwie beteiligt war. So war es eben auch Odysseus (oder Neoptolemos?), der während der

Plünderung Trojas den gerade zweijährigen Astyanax, einen Enkel von König Priamos, an den Beinchen packte und von der Stadtmauer in die Tiefe stürzte, so wie es auch Odysseus vorbehalten war, Polyxena, Priamos' schönste Tochter, auf Achills Grab abzuschlachten, um den Letzten Willen des Helden zu erfüllen. Und so könnte man mit der Aufzählung weiter fortfahren, doch fürchte ich, daß Odysseus' Seele auch etwas gegen mich aushecken könnte, und mache deshalb lieber an dieser Stelle Schluß.

2 Das «Who is Who» der Odyssee

ACHILL: der Held *par excellence*, Sohn des Peleus und der Meeresgöttin Thetis, König der Myrmidonen, unverwundbar am ganzen Körper mit Ausnahme der Ferse
ADRASTE: eine der Mägde Helenas
AGAMEMNON: König von Mykene, Sohn des Atreus, Anführer des griechischen Heeres vor Troja
AGELAOS: ein Freier, Sohn von Damastor, Edler aus Ithaka
AGLAPE: eine der Sirenen
AIETES: Sohn des Sonnengottes Helios, Bruder von Kirke
ÄGISTHOS: Geliebter von Klytämnestra, erschlug deren Gatten Agamemnon
AIAS DER LOKRER: Sohn von Oileus, König der Lokrer, auch «der Kleine» genannt
AIAS DER TELAMONIER: griechischer Held, Sohn von Telamon, König von Salamis, auch «der Große» genannt
AKRONEOS: einer der phäakischen Athleten
ALEKTOR: spartanischer Held, Schwager von Menelaos
ALKINOOS: Vater von Nausikaa, König der Phäaken
ALKIPPE: eine der Mägde Helenas
AMPHIALOS: einer der phäakischen Athleten
AMPHIMEDON: einer der Freier, Sohn von Melaneus
AMPHINOMOS: einer der Freier, Sohn von Nisos, Prinz von Dulichion
ANABESINEOS: einer der phäakischen Athleten
ANCHIALOS: Vater von Mentes, König von Taphos
ÄNEAS: trojanischer Held, Sohn des Anchises und der Aphrodite

ANTIKLOS: einer der griechischen Helden im hölzernen Pferd

ANTIKLEIA: Mutter von Odysseus, Tochter von Autolykos

ANTILOCHOS: griechischer Held, Sohn von Nestor, einer der ersten, die vor Troja starben

ANTINOOS: neben Eurymachos Anführer der Freier

ANTIOPE: Nymphe, Tochter des Flusses Asopos

ANTIPHATES: König der Lästrygoner, Menschenfresser

ÄOLOS: Gott der Winde, Sohn von Hippotades

APHEIDAS: König von Alybas, Vater von Eperitos (sehr wahrscheinlich von Odysseus erfundene Namen)

APHRODITE (VENUS): Göttin der Liebe, aus dem Meeresschaum geboren. Vom griechischen *aphros* – «Schaum»

APOLLON: griechischer Gott, Sinnbild von Intelligenz und Schönheit

ARES (MARS): Kriegsgott, auch «der Mörder» genannt

ARETE: Gattin von Alkinoos, Königin der Phäaken

ARETOS: Sohn von Nestor

ARGOS: Hund von Odysseus

ARIADNE: Tochter des kretischen Königs Minos, verliebte sich zunächst in Theseus, dann in Hephaistos

ARKEISIOS: Vater von Laërtes

ARTEMIS (DIANA): Göttin der Jagd, Schwester Apollons, Jungfrau

ASKLEPIOS: berühmtester Arzt des Altertums, bei den Römern Aesculapius genannt

ASOPOS: Gott des gleichnamigen Flusses, Sohn von Okeanos und Tethys

ASTYANAX: Sohn von Hektor und Andromache

ATHENE (MINERVA): Aus dem Kopf des Zeus geborene Göttin

ÄTHON: von Odysseus erfundener Name

ATLAS: Gigant, Sohn des Iapetos. Zeus verurteilte ihn dazu, das Himmelsgewölbe zu tragen

ATREUS: Vater von Agamemnon und Menelaos

AURORA (EOS): Göttin, die das Herannahen des Sonnenwagens ankündigt

AUTOLYKOS: Vater von Antikleia, Großvater von Odysseus, auch «der Meisterdieb» genannt

AUTONOE: eine von Penelopes Mägden

BOREAS: Nordwind, Sohn des Astraios; sein Körper läuft in Schlangenform aus

CHARYBDIS: Ungeheuer, Tochter von Poseidon

CHLORIS: Königin von Pylos, Mutter Nestors

DEÏPHOBOS: trojanischer Held, Sohn des Priamos, heiratete Helena nach dem Tod seines Bruders Paris

DEMETER (CERES): Tochter von Kronos, Schwester von Zeus, Göttin des Wachstums und der Fruchtbarkeit

DEMODOKOS: Sänger an Alkinoos' Hof

DEMOPTOLEMOS: Freier aus Ithaka

DEUKALION (NOAH): Sohn von Prometheus, baute eine Arche und rettete das Menschengeschlecht

DIOMEDES: achäischer Held, Sohn des Tydeus

DMETOR: König von Zypern, Sohn des Iasos

DOLON: thrakischer Soldat in Rhesos' Diensten

ECHEPHRON: Sohn von Nestor

ECHETOS: König von Epeiros, wegen seines ausgeprägten Sadismus auch «Schrecken aller Sterblichen» genannt

EIDOTHEA: Tochter des Proteus

ELATREUS: phäakischer Athlet

ELPENOR: Gefährte von Odysseus

ENIPEUS: Gott des gleichnamigen Flusses in Thessalien

EOS: siehe Aurora

EPEIOS: Erbauer des hölzernen Pferdes

EPERITOS: von Odysseus erfundener Name
EPIKASTE (IOKASTE): Mutter von Ödipus
ERETMEUS: phäakischer Athlet
ERIPHYLE: Mutter von Eurydike
ETEONEUS: Leibwächter von Menelaos
EUENOR: Vater des Leiokritos
EUMÄOS: Schweinehirte, Sohn von Ktesios
EUPEITHES: Vater von Antinoos
EUROS: Südwestwind
EURYALOS: phäakischer Athlet
EURYBATES: Herold von Odysseus
EURYDAMAS: Freier aus Ithaka
EURYDIKE: Geliebte von Orpheus
EURYKLEIA: Amme von Odysseus
EURYLOCHOS: Gefährte von Odysseus
EURYMACHOS: neben Antinoos Anführer der Freier
EURYNOME: Magd von Penelope
EURYNOMOS: einer der Freier
EURYSTHEUS: Geliebter von Herakles, in dessen Auftrag der Held die zwölf Arbeiten verrichtete
GANYMEDES: Mundschenk der Götter
HADES (PLUTO): König der Unterwelt, Bruder von Zeus und Poseidon
HALIOS: phäakischer Athlet
HALITHERSES: Seher von Ithaka
HELENA: offiziell Tochter des Tyndareos, in Wirklichkeit aber des Zeus, Gattin von Menelaos, Geliebte von Paris
HELENOS: trojanischer Seher, Sohn des Priamos
HEPHAISTOS: Gott des Feuers, der Schmiede und Handwerker, Sohn von Zeus
HERA (JUNO): Tochter des Kronos, Schwester und Gattin von Zeus

HERAKLES (HERKULES): Halbgott, vollbrachte zahlreiche Heldentaten

HERMAPHRODITOS: Kind von Hermes und Aphrodite, das zugleich Mädchen und Junge war

HERMIONE: Tochter von Menelaos und Helena

HIPPODAMEIA: Magd von Penelope

HIPPOTADES: Vater von Äolos

HYPERION: einer der Titanen

IASION: Geliebter der Demeter

IDOMENEUS: König von Kreta, Sohn des Deukalion, nahm am Trojanischen Krieg teil

IKARIOS: Vater von Penelope

INO: Tochter von Kadmos

IPHIGENIE: Tochter von Agamemnon und Klytämnestra, wurde von den Achäern in Aulis geopfert, um Artemis zu besänftigen

IPHIMEDEIA: Geliebte Poseidons

IPHITOS: Sohn des Eurytos, schenkte Odysseus' Vater Laërtes den berühmten Bogen

IRIOS: Bettler am Hof des Odysseus unter den Freiern

JASON: König von Iolkos, Anführer der Argonauten, eroberte das Goldene Vlies und heiratete dann Medeia

KADMOS: thebanischer Held, Sohn von Agenor

KALCHAS: Seher des achäischen Heeres, Sohn von Thestor

KALYPSO: die «Verbergende», Tochter von Atlas, lebte auf der Insel Ogygia

KIRKE: Göttin, Tochter der Sonne, lebte auf der Insel Aia

KLYMENE: Tochter von Okeanos und Tethys, Mutter von Prometheus

KLYTÄMNESTRA: Tochter von Tyndareos, Gattin von Agamemnon

KLYTIOS: Vater von Peiräos

KLYTHONEOS: phäakischer Athlet, Sohn von Alkinoos
KRATAIIS: Dämon, Mutter von Skylla
KRONOS: Vater des Zeus, Sohn des Uranos, kastrierte seinen Vater und wurde seinerseits von Zeus entmachtet
KTESIOS: Vater des Eumäos, König der Insel Syria
KTESIPPOS: einer der Freier, Prinz von Same, Sohn des Polytherses
LAËRKES: Goldschmied in Pylos
LAËRTES: Vater von Odysseus
LAMPETIA: Nymphe, Wächterin der Kühe des Sonnengottes
LAMPOS: eines der Pferde der Aurora
LAODAMAS: phäakischer Athlet
LEDA: Mutter von Helena und Klytämnestra sowie Kastor und Pollux
LEIODES: einer der Freier aus Ithaka, Sohn von Oinopos
LEIOKRITOS: Freier
LEUKOSIA: eine der Sirenen
LIGEIA: eine der Sirenen
MACHAON: Arzt, Sohn von Asklepios
MÄRA: eine der Seelen, die Odysseus in der Unterwelt erblickt
MARO: Priester Apollons
MEDON: Herold von Odysseus
MEGAPENTHES: Sohn von Menelaos
MELANEUS: Bogenschütze, Sohn Apollons
MELANTHIOS: Ziegenhirt
MELANTHO: Magd von Penelope
MEMNON: Sohn der Eos und des Tithonos, ein ausnehmend schöner Mann von schwarzer Hautfarbe
MENELAOS: König von Sparta, Sohn des Atreus, Gatte Helenas, Bruder Agamemnons
MENTES: Herrscher in Taphos, Sohn von Anchialos

MENTOR: enger Freund von Odysseus
MESAULIOS: Sklave von Eumäos
MINOS: König von Kreta, Sohn des Zeus
MOLPE: eine der Sirenen
NAIADEN: Quellnymphen
NAUPLIOS: Vater von Palamedes
NAUSIKAA: Tochter des phäakischen Königs Alkinoos
NAUTEUS: phäakischer Athlet
NELEUS: Sohn von Poseidon, Vater Nestors
NEOPTOLEMOS: Sohn von Achill, kämpfte vor Troja, heiratete Hermione
NESTOR: König von Pylos, Sohn des Neleus, nahm am Trojanischen Krieg teil, berühmt für seine Weisheit
NISOS: Vater von Amphinomos
NOËMON: Edler von Ithaka, Schiffseigner
ÖDIPUS: König von Theben, Sohn des Laïos und der Iokaste
ODYSSEUS: Sohn des Laërtes, König von Ithaka
OKYALOS: phäakischer Athlet
OPS: Vater Eurykleias
ORESTES: Sohn von Agamemnon und Klytämnestra, rächte den Tod seines Vaters, indem er dessen Mörder Ägisthos umbrachte
ORION: Sohn von Poseidon, Gigant und hervorragender Jäger, ausgestattet mit der Fähigkeit, über das Wasser zu laufen
ORPHEUS: Sohn von Oiagros, berühmter Liedermacher, stieg zur Unterwelt hinab, um seine Geliebte Eurydike zurückzuholen
PALAMEDES: Sohn von Nauplios, achäischer Held, Erfinder
PANDAREOS: Vater eines Mädchens, das in eine Nachtigall verwandelt wurde

PARIS: Sohn von König Priamos, raubte die schöne Helena

PATROKLOS: achäischer Held, Freund und Geliebter Achills

PEIRÄOS: Freund von Telemachos

PEIRITHOOS: König der Lapithen, Sohn des Zeus

PEISANDROS: einer der Freier

PEISISTRATOS: Sohn Nestors

PELEUS: Vater Achills

PELIAS: König von Thessalien, Sohn Poseidons

PENELOPE: Gattin von Odysseus, Tochter des Ikarios, Königin von Ithaka

PERIMEDES: Gefährte von Odysseus

PERSEPHONE (PROSERPINA): Gattin des Hades, Königin der Unterwelt, Tochter des Zeus

PERSEUS: Sohn Nestors

PHÄDRA: Tochter des Minos, Schwester von Ariadne

PHAËTHUSA: Nymphe von Thrinakia, Wächterin der Kühe des Sonnengottes

PHÄTON: eines der Pferde von Aurora

PHEIDON: König der Thesproten

PHEMIOS: Sänger am Hof des Odysseus

PHILOKTETES: griechischer Held, bekannt durch seinen stinkenden Fuß

PHILÖTIOS: Hirte von Odysseus

PHYLO: Magd von Helena

POIAS: Vater von Philoktetes

POLYBOS 1: phäakischer Athlet

POLYBOS 2: Freier aus Ithaka

POLYBOS 3: König von Theben

POLYDAMNA: Ägypterin, die Helena ein Pulver schenkte, das jedweden Schmerz lindert

POLYKASTE: Tochter Nestors

POLYPHEMOS: Kyklop, Sohn Poseidons und der Nymphe Thoosa

POLYTHERSES: Vater von Ktesippos

POLYXENA: Tochter des Priamos, täuschte Achill leidenschaftliche Liebe vor und lockte ihn so in eine tödliche Falle

PONTEUS: phäakischer Athlet

PONTONOOS: Mundschenk am Hof der Phäaken

POSEIDON (NEPTUN): Gott der Meere, Sohn des Kronos, Bruder des Zeus

PRIAMOS: König von Troja, Sohn Laomedons

PROKRIS: Tochter des Erechtheus

PROREUS: phäakischer Athlet

PROTESILAOS: achäischer Held, Sohn des Iphiklos, der erste Grieche, der vor Troja starb, von Hektor getötet

PROTEUS: Ungeheuer der Insel Pharos, bekannt als «Der Alte des Meeres»; sehr verwandlungsfähig

PRYMNEUS: phäakischer Athlet

RHESOS: thrakischer König, Verbündeter Trojas, wurde von Odysseus und Diomedes getötet

RHEXENOR: Sohn des Nausithoos, Vater von Arete

SALMONEUS: Vater von Tyro

SESTOS: Sohn Nestors

SISYPHOS: Sohn des Äolos, möglicherweise Vater von Odysseus, vergewaltigte Antikleia und legte Hades in Ketten; zur Strafe mußte er unablässig einen Felsblock einen Berg hinaufrollen

SKYLLA: sechsköpfiges Seeungeheuer

STRATIOS: Sohn Nestors

TANTALOS: Sohn des Zeus, tötete seinen Sohn Pelops und setzte ihn den Göttern zum Essen vor; wurde dazu verurteilt, bis in alle Ewigkeit Hunger und Durst zu leiden (Tantalos-Qualen)

TEIRESIAS: blinder Seher

TELAMON: Vater von Aias

TELEMACHOS: Sohn von Odysseus

THANATOS: Symbol des Todes, Hades ähnlich

THEANO: Priesterin Athenes, Hüterin des Palladions

THEOKLYMENOS: Gast von Telemachos, Seher

THESEUS: griechischer Held, Sohn des Aigeus, tötete den Minotauros

THETIS: Nymphe, Mutter Achills', Gattin von Peleus

THOON: phäakischer Athlet

THOOSA: Mutter von Polyphemos, wurde von Poseidon vergewaltigt

TITHONOS: Fischer. Eos, die Morgenröte, verliebte sich in ihn und bat Zeus, ihn unsterblich zu machen. Leider vergaß sie aber, auch um ewige Jugend für ihren Geliebten zu bitten

TITYOS: Gigant, wurde von Apollon getötet

TRASYMEDES: Sohn Nestors

TYNDAREOS: vermeintlicher Vater der schönen Helena

TYRO: Nymphe, Tochter von Salmoneus, Mutter der Zwillinge Pelias und Neleus

ZEPHYROS: Westwind

ZERBERUS: dreiköpfiger Höllenwachhund

ZEUS: Göttervater, Sohn des Kronos

Inhalt

ANHANG